光文社文庫

文庫書下ろし

# 後宮に紅花の咲く

## 濤《とう》国《こく》死《し》籤《せん》事《じ》変《へん》伝《でん》

氏家仮名子



光　文　社

この作品は光文社文庫のために書下ろされました。

# 後宮に紅花の咲く

## 濤国死籤事変伝

## 主な登場人物

**高明珠**《こうめいしゅ》　皇帝の妃《きさき》。没落商家の出で、位は最下級の才人《さいじん》。二十一歳。

**鳳天莠**《ほうてんゆう》　孝莠帝《こうゆうてい》。現濤国《とうこく》皇帝。皇太后の傀儡《かいらい》と言われる。十八歳。

**周静麗**《しゅうせいれい》　皇太后。皇帝の養母であり、事実上の濤国女帝。四十歳。

**周紫露**《しゅうしろ》　妃の最高位三夫人の一人。皇太后の姪《めい》。十七歳。

**潘翡翠**《はんひすい》　三夫人の一人。二十四歳。

**徐春蕾**《じょしゅんらい》　三夫人の一人。明珠とは友人。二十歳。

**鳳天華**《ほうてんか》　長公主《ちょうこうしゅ》。体の弱い皇太后の娘。十六歳。

**陳子建**《ちんしけん》　帝の腹心の宦官《かんがん》。

**莉莉**《りーりー》　明珠の侍女で乳姉妹《ちきょうだい》。

**胴抻**《どうちん》　奉天廟《ほうてんびょう》の道長《どうちょう》。

# 序

女は一人、死を待っていた。

邸内は静まり返っている。おもてでさえずる鳥の声が、やけに煩《うるさ》く思えるほどだった。邸《やしき》には婢《はしため》一人おらず、故郷から付き従ってきた古株の侍女の顔さえない。誰もいない。泣いても叫んでも、誰も来はしない。

女は死籤《しせん》を引いたのだ。籤《くじ》の効力には、何人《なんぴと》も逆らえない。

女はかつての暮らしを思い起こすように邸を見渡した。ありし日には、声に出して呼ばずとも、視線の上げ下げ一つで侍女たちが走り寄ったものだった。爪がわずかに欠けたといえば、鑢《やすり》を持った侍女が女の手をうやうやしく取り上げたし、故郷の棘梨《とげなし》が恋しいといえば、早馬を駆って二日後には女の口に入った。

それが今や、邸を囲む人々の誰もが女を遠巻きにし、今か今かとその時を待っている。

女は卓子《つくえ》の上に置かれた、鋭利な刃を見下ろした。女は数々の品を帝から賜った。そしてこの短刀が、その最後の品となる。

銀色に光る刃に、女の顔が映っていた。女の髪は乱れ、頬はこけていた。国中の美姫《びき》を集めた後宮でも随一と謳《うた》われた美貌は、見る影もない。まるで見知らぬ他人だった。これが己の顔と信じたくはなく、女は柄《つか》を手にした。

がちがちと、玉と玉とがぶつかり合うような、奇妙な音が耳に届いた。それが自分の歯の根が鳴る音と気付くのに、そう時間はかからなかった。

この期《ご》に及んで、女はまだ死に怯《おび》えている。誰もが女の死を待ちかねる今となっても、まだ。

最初からわかっていた。こうなれば死ぬことなど。この国に生きる者ならば、誰もが知っている。けれど主上は女に約した。決してそなたを死なせはしない、私が誰より愛しいその身を守ってみせる――と。

空《むな》しい言葉だった。この濤国《とうこく》で最も尊い人の言葉さえ、女を死から遠ざけてはくれなかった。

この国は、女を贄《にえ》として永らえる。建国より連綿と続く、贄たちの遺骸が造る道は続いていく。まぶたを閉じれば、先に死んでいった女たちが眼裏《まなうら》に見えるような心地がした。皆薄ら笑いを浮かべ、女を手招いている。早くお前もこちらに来い、屍《しかばね》の道を作る骸《むくろ》の一つになれと、そう言っている。

――なぜ、死なねばならない。私がいったい、何の罪を犯したというのだ。

女は奥歯を軋《きし》ませた。

問うたところで、女が死から逃れる術《すべ》はない。

亡者たちがにやにやと嫌らしい笑みを浮かべ、わかっているだろう、と女の腹をひたりと指差す。

お前が孕《はら》み、産んだからだ。

その胎《はら》から、この国を統《す》べる血を継ぐ者を送り出したからだ。

皇子を、産み落としたからだ。

その時、高い声がした。

亡者の、この世ならぬ声ではない。誰もいないはずの邸に、ひそかに忍び込んだ幼子の声だった。女が腹を痛めて産んだ、ただ一人の稚児の声だった。

「母上！」

齢《よわい》五つになったばかりのその子は、泣き腫らした目をしていた。宦官《かんがん》たちから「母は死を賜ることになった、もう会えぬ」と聞き、制止を振り切って邸に飛び込んできたのだろう。

子は、短い腕をいっぱいに伸ばし、女に駆け寄った。

――可哀想に。

この子はまだこんなにもいとけないのに、母を失わねばならない。明日よりこの子を抱くのは母ではなく、よその女だ。母から子を奪う、憎き女だ。

心残りを数え上げればきりがないが、死を前にした女の胸を占めるのは、恐怖と、この吾子《あこ》のことだった。きっとこの子は玉座に昇るだろう。しかし女がその目で成長を見届けることはかなわない。

この国に、かの法がある限り。

女は目に涙の膜を張ったまま、薄く笑った。

「よく覚えていらっしゃい、天莠《てんゆう》」

子はなにより愛おしい。

けれど女が死ぬのは、この愛し子を産んだためなのだ。この吾子もいつか、父帝と同じように死籤をまき散らし、女を孕ませ、そのために女を殺すのだろうか？　決して死なせはしないと誓っておきながら、最後には女から目を逸《そ》らし、「許してほしい」と口にして、女に自死を迫るのだろうか？

「私は貴方《あなた》のために死ぬのですよ」

ならばせめて。せめて誰の手で育てられようと、この子が永久に母を忘れませんように。かの法によって死ぬ女の姿を、永劫《えいごう》その目に焼き付けますように。

母の放つ異様な雰囲気に、幼子は足を止めた。その時を逃さぬとばかりに、女は刃を自らの喉に突き立てた。

幼子の上げた高い声が、蒼天に吸い込まれていく。

それきり、邸は再び静まり返った。

その日、皇帝の言動や行動を仔細《しさい》に記した起居注《ききょちゅう》には、「皇子の母に、死を賜う」との一文が書き加えられた。ただそれだけの一文に、一人の女の命は収められた。

翌朝、濤国皇帝の座す雲作《うんさく》城に紫鳳旗《しほうき》が翻る。

死した女の子が、東宮に指名されたのを祝してのことだった。貴色である紫が蒼天に揺れるのを、果たして当の皇子がいかなる心情で眺めたか。

語り得る者は、当人をおいて他にない。

# 一章

明莠《めいゆう》十年、春。

かの事変が起きた年である。しかし当の事変について、その年の春まで遡《さかのぼ》って話す者は少ない。だが高明珠《こうめいしゅ》を事変の中心に据えるならば、やはり始まりはこの日となろう。

事変の舞台となる後宮には未《いま》だ惨劇の気配なく、着飾った多くの女たちが園林に集い、桃花を愛でる宴《うたげ》を催していた。その園林の隅でなにやら怪しげな品を広げた女こそ、後に史書に名を刻むこととなる高明珠その人である。だがこの時点において、高明珠は才人《さいじん》――数多《あまた》いる皇帝の妻の最下級――の位を拝した女の一人に過ぎず、彼女の動向に目を留める者はいなかった。

その日、高明珠が何をしていたかといえば、桃花の物陰で、春の空気に似つかわしくないやかましい口上をまくし立てていた。

「榕婕妤《ようじょうよ》様、さすがお目が高くていらっしゃいますわ。そちらは旗州《きしゅう》は黄朱山《おうしゅざん》の高峰でのみ採れる花の根を用いた香にございます。効能はもちろん、『死籤除《よ》け』です。黄朱山といえば、女方士胴祇《どうし》が開祖となって奉天廟《ほうてんびょう》を開いた霊峰でございましょう？　女の身で大廟の開祖となった方士など、彼女をおいてほかに例を見ません。奉天廟の歴史は濤国そのものよりも長く、前王朝が滅び群雄の割拠した時代に始まり、この濤国を建国当時から見つめ、その克明な年譜を保有することで名を馳《は》せております。過去の出来事について争議あらば、皆奉天廟に行くべしとの言葉もあるほどですわ。しかし婕妤様にご注目いただきたいのはもう一つの特性でして、かの廟の長は代々女性が務め、今でも集う方士たちは多くが女子《おなご》なのです。もうおわかりでしょう？　そのような廟のある黄朱山にゆかりある香をお衣裳に焚《た》き染めれば、万一身籠《みご》もられましてもお生まれになる御子が男児ということはあり得ませんわ」

口上相手である榕婕妤が口を挟む隙すら与えず一息に言いきると、明珠は「いかがでしょうか」と香炉を目の高さまで掲げてみせた。

明珠の身に着けた上衣の赤い袖が、春風に揺れる。

本日は、皇太后周 静麗《しゅうせいれい》主催の桃花の宴である。皇太后自らの主催となれば、後宮の女たちは顔を出さぬわけにはいかない。席に穴を空ければ、後でどんなことを言われるかわかったものではないからだ。妃嬪《ひひん》たちは微笑みの裏で溜息《ためいき》を吐《つ》いていたが、明珠にとっては好都合だった。皆が出揃う今日のような日は、邸にこもってなかなか表に出てこない妃嬪を捕まえるまたとない好機となる。

「そうね、香も良いけれど……。高殿、こちらの護符は？」

榕婕妤は、明珠が広げた怪しげな品々――種々の香や玉、小さな人形や組紐《くみひも》、大小の護符、紅花を乾燥させた茶――の中の一つを指さした。

「そちらの護符は、同じく奉天廟の高名な方士様が特別にあつらえたものでございますわ。旗州は私の故郷でして、方士様方とも顔見知りなのです。当代の長でいらっしゃる女方士胴抻《どうちん》様のお名前は、お耳にしたことがおありでしょう？」

「ええ。お噂《うわさ》ではすでに仙境に達されて、百年を超える時を生きてらっしゃるとか。まさか、かの方のお手《て》蹟なの？」

明珠は答えず、思わせぶりに笑むに留《とど》めた。護符の大本《おおもと》は確かに奉天廟の方士の手によるものだが、榕婕妤に見せているそれは写しである。明珠が書卓に向かい、方士の手蹟《しゆせき》を必死に真似たのだ。真似たところで劣化は疑いようもないが、真実を口にする必要はない。

まあ、と榕婕妤は頰を紅潮させた。このように黙って微笑みさえすれば、育ちの良い妃嬪たちはいいように信じ込んでくれる。

「いかがでしょう。榕婕妤様ほどのお方であれば、一つくらいは持たれても良い品かと存じますわ」

明珠は商人ではない。位は才人とはいえ、れっきとした皇帝の妻である。その明珠がなぜこんな真似をしているかといえば、ひとえに実家の貧しさのためである。かつては豪商として名を馳せた高家も、今や明珠の仕送りなくば立ち行かぬ有様である。

「こちらの護符の効能は」と言いかけて、明珠は言葉を切った。もったいぶった仕草で、「お耳を」と自身の耳を指してみせる。榕婕妤が耳を寄せると、明珠は「肌身離さず持ち歩けば、その身に種を受けても実を生《な》さなくなるのですわ」とささやいた。

護符に書かれた文字は「開花不結果」。花は咲けども実は生らず、である。

榕婕妤はますます顔を赤くし、咳払いをした。

「それほどに貴重な品ならば、とても私には手が届かないのでしょうね」

「いいえ、そんなことはございません。香はこちら、護符はこれくらいでございますわ」

明珠はそれぞれ三本と二本の指を立てた。

「他の品でも効果はお約束いたしますが、まじないの品には、それぞれの方に合うもの合わないものがございます。榕婕妤様でしたら、ご紹介した香か護符がうってつけかと」

「そうね……。それじゃあ、護符の方をいただこうかしら。香は、陛下のお好みでないかもしれないし。白檀《びゃくだん》を好まれるのだと聞いたわ」

「まあ、そうでしたか。私のような粗忽者《そこつもの》では、陛下のお好みにまで考えが及びませんでしたわ。さすがは婕妤様です。次は白檀を練り込んだものもご用意いたしますわ」

榕婕妤が護符を選ぶのは予想どおりだった。父親は大した位についているわけでもなく、昇進の兆しもない凡夫《ぼんぷ》と聞き及んでいる。複数の品を示せば、なんのかのと理由をつけて安い方を指すに違いないと思っていた。香は、もっと高位の妃に売りつければいい。どちらの品も効能は「気休め」なのだから、安価な方を選んだだけ榕婕妤は賢いと言える。

榕婕妤は、並べられた品々の端——紅花茶に目をやった。

「これは？　珍しい色をしているけど、お茶なのかしら」

「ええ、紅花の茶でございます」

紅花、と明珠が口にすると、婕妤の頰がひくりと痙攣《けいれん》した。明珠は気付かなかったことにして話を続けた。

「こちらは死籤除けというより、女性特有の不調に薬効のあるお茶ですの。旗州の女は皆飲みますわ。黄朱山の麓には、紅花畑が広がっておりますから」

「徐《じょ》夫人様が愛飲されているとお噂のお茶ね」

婕妤は明珠の着た衣裳の赤をちらと見た。故郷から持ち込んだ、紅花で染めた襦裙《じゅくん》である。迷うようなそぶりを見せたが、結局婕妤は「今回はいいわ」と首を横に振った。

「かしこまりました。またご入用になりましたら、どうぞお申し付けください」

榕婕妤が代金を支払うと、明珠の侍女である莉莉《りーりー》がそれを回収した。明珠は引き換えに護符を差し出し、「では、ごきげんよう。またごひいきに」と挨拶してその場を離れた。

去っていく明珠の背を、榕婕妤の侍女の声が追いかけて来る。一応ひそめられてはいるもし、そのくせ聞こえよがしな声だった。

「婕妤様、お気をつけくださいまし。『財才人』から購《あがな》った護符など、どんな効果があったものだかわかりませんよ。呪詛《じゅそ》がこめられていたらどうなさいます。それにあのように赤い衣に、紅花茶など。見ただけで身震いがいたしますわ」

「口には気をつけなさい。彼女の得意客には潘《はん》夫人様がおられるし、紅花茶は徐夫人様が愛用されているのよ。呪詛などあるわけないわ。あれくらいの金額で死籤を避けられるかもしれないのなら、安い買い物よ」

榕婕妤はその後もたしなめるような言葉を二、三、口にしたが、それで侍女の不審が消えるはずもなかった。けれど遠ざかってしまえば、声は生ぬるい空気に紛れて消えていく。聞こえなければ、ないも同じだ。この後宮で人の陰口や噂話にわざわざ耳をそばだてていては、肝がいくつあっても足りない。

「お嬢様、よろしいのですか。侍女風情にあんな口をきかせたままで」

侍女であると同時に、幼い頃から共に育った乳姉妹《ちきょうだい》でもある莉莉は憤慨して言った。けれど当の明珠は、受け取ったばかりの銭を数え、財嚢《ざいのう》にうっとりと落とすばかりだった。

明珠は銭の上に銭が落ちる、ちゃりちゃりという音がこの世で一等好きである。銭が財嚢にすっかり吸い込まれてしまうと、懐の奥深く仕舞い込み、衣裳の上から優しく撫《な》でた。

「お嬢様！　聞いてらっしゃいますか」

莉莉は主人の手つきを咎《とが》めるように声を上げたが、明珠はふんと鼻を鳴らした。

「いいのよ、言いたい人には言わせておけば。お上品な行いじゃないのは確かだしね」

「ですが、商いのことはともかくとしても、お嬢様には関係ない紅花のことまであげつらって」

「それも仕方ないことだわ。全部今さらよ、莉莉」

それでも莉莉は悔しそうに後ろを振り返った。

紅花は明珠の故郷、旗州の名産品である。かの奉天廟のある黄朱山の名の由来は、夏になると咲き乱れる紅花で麓一面が黄に染まる（紅花は染料とすれば赤いが、奇妙なことに野に咲いているだけでは黄色い）こと、そしてその年に採れた紅花で染めた布が奉天廟に奉納されると、山の各所に点在する廟に朱の布が掲げられ、あちこちが季節外れの紅葉をしたかのように見えることが由来とされる。明珠の「珠」の字もまた、黄朱山の朱の字から取られたものである。

しかし紅花は近年、その価値をほとんど失っている。十年ほど前、地方で邪教の信徒による大規模な乱があった。その際、こともあろうに賊が同志の印として腕に巻いたのが、紅花で染めた手巾《しゅきん》だったのだ。乱は鎮められたが、おかげで紅花染めの人気は地に落ちた。誰も、賊と揃いの色など身に着けたがりはしないのだ。以来、濤国で赤や朱はまるで忌色《いみじき》のような扱いを受けている。

「そうはおっしゃいますが。ああいう頭の固い侍女に睨《にら》まれたら、いつ密告されるかわからないじゃないですか。もしお嬢様の商いが、皇太后様に勘づかれたらと思うと……」

「とっくに気付かれているのではなくて？　密偵がそこここにいるというお噂だもの。目に余ることをしなければ大丈夫よ。紛い物をちまちま売り捌《さば》く才人風情なんか、皇太后様にとっては庭に湧く羽虫のようなものでしょう。いちいち気にされないわ」

明珠は笑ってみせたが、莉莉の眉間には不安が凝《こご》ったままだった。

「だけど私、お嬢様が悪く言われるのは我慢ならないんです。いつまでこんなことを続けられるおつもりです？」

「ずっとよ。いいじゃない、どうせ陛下のお召しはないのだし。商いをやめたら、暇で暇で死んでしまうわよ。それに瑞玉《すいぎょく》を立派な家へ嫁がせてやりたいし、滄波《そうは》も小学くらいは通わせてやりたいもの。お金はいくらあっても困らないというのに、お父様はあの調子だし」

ですが、と莉莉はぎゅっと服の裾を握った。

「いいのよ、莉莉。ありがとう」

明珠は自分がこの後宮で何と呼ばれているか知っている。

守銭奴《しゅせんど》、香具師《やし》、財才人。そんな風に人は言う。意味はいずれも同じようなものだ。そこには、仮にも帝の妻でありながら、こそこそと商いなぞを行う卑しさへの揶揄《やゆ》がある。

高位の妃嬪など、実家が裕福で、銭など触ったこともない箱入りの令嬢がほとんどだ。彼女たちからしてみたら、自分はさぞ惨めで下品に見えることだろうという自覚はある。

明珠の実家は旗州の商家である。主に紅花の染物を扱い、祖父の代に家は隆盛を極め、旗州で五本の指に入る豪商と言われたものだった。だがそれも今は昔の話だ。例の乱によって紅花染めの価格は暴落し、二束三文でも買い手がつかなくなった。

ここまでなら抗《あらが》いようのない時代の波のせいにできるのだが、運の悪いことに、乱の終息を見ずして家長であった祖父が息を引き取った。家督を継いだ明珠の父は、商才に恵まれない男だった。傾きかけた家を背負うことになり焦った父は、誰に吹き込まれたか、紅花の染料を陶磁器の釉薬《ゆうやく》に流用すれば儲《もう》かるという眉唾話に乗せられた。結果は言うまでもない。それこそ一炷香《いっちゅうこう》かというほど短い間に、父は家を完璧に没落させた。坂を転がり落ちるかのような見事な転落ぶりで、ここまでとなれば逆に何かしらの才覚があるに違いないと人々は皮肉った。店からは、あれよあれよという間に職人も使用人もいなくなった。空になった店には紅花染めの反物ばかりが残り、壁を埋めた棚を赤く染めていた。人々は落ちぶれた「高《こう》」家を、「紅《こう》」家と書き換えて笑った。

それなりに身分ある家の出であった明珠の実母が、婚家の没落を見ずして病で亡くなっていたのは、ある意味で幸福だったかもしれない。代わりに、後妻に入った継母には大変な苦労を強いることになった。

明珠が入宮《にゅうきゅう》したのは、どうせ大した家に嫁がせてやることはできないし、それならばせめて後宮に入れれば一生食うに困ることはあるまいと、祖父の代の伝手《つて》と母の家柄を頼った苦肉の策であった。家に残った最後の使用人だった莉莉と共に、明珠はいうならば口減らしのために後宮へ送られたのである。婚礼衣裳を仕立てる余裕などすでに生家にはなく、仕方なしに店に残った紅の反物を自ら縫い、入宮の際の衣裳とした。そしてそれは、今日まで明珠の一張羅である。心優しかった継母は、後宮などと恐ろしいところにやるなんてと深く嘆いた。先々の安寧《あんねい》を祈るため共に奉天廟へ参詣し、なけなしの金をはたいて護符を買い与えてくれたほどだった。

だが、明珠は構わなかった。

「お父様には感謝してるくらいよ。ここへ来なければ、私に商いの才があるなんて一生知らなかっただろうから」

自分が父を手伝えていたら、あそこまでにはならなかったのだろうか。だが女の身では、それも無理な相談だ。

ほら見て莉莉、と明珠は庭園に集った一同を示した。

「皆様着飾って微笑んでらっしゃるわ。でも、どなたも本心からは笑っておられない。皇太后様主催の宴を断ることなどできないけれど、一刻も早くお帰りになりたいはずよ」

その点、と明珠は胸を張った。

「私にとって、妃嬪の方々が顔を揃える今日は顧客の新規開拓にうってつけよ。誰よりこの日を待ち望んでいた自信があるわ」

明珠は紈扇《がんせん》を取り出し、その陰でにんまりと笑った。芙蓉《ふよう》の花が描かれたこの円《まる》い扇は、明珠が実家から持ち込んだ気に入りの品だ。だがずいぶん古びてしまっている上に、桃花の季節に合っているとは言い難い。

「お嬢様だって、陛下の御妻《みめ》のお一人です。今日は桃花の宴なのですから、そのように怪しげな品々ではなくて、花を愛でたり美酒に酔ったりですとか、真っ当に宴を楽しまれてはいかがですか」

「真っ当なことは、真っ当なことが得意な方々にお任せするわ」

明珠は桃園の端、才人たちのためにしつらえられた席に着くと、ぐるりと周囲を見渡した。莉莉にああは言ったものの、なるほど美しい春の日である。

桃花の咲き乱れた庭園は、空気までもが薄紅色に染まるかのようだった。澄み切った空の青に、濃い桃色がよく映える。管弦の楽が途切れることなく流れ、集った女たちの頬は例外なく紅と酒でほの赤く染まっている。女たちは今日という日に合わせ、桃色を基調とした襦裙に身を包んだ者が多い。近くに寄ってみれば、髪に挿した簪《かんざし》も春の文物を象《かたど》ったものが多く見られるだろう。着飾った女たちが桃木の合間でさざめく様子は、さながら桃の精、神仙界の宴であった。

しかしよくよく耳を澄ましてみれば、交わされる言葉は神仙にしてはいささか俗っぽい。

「陛下はお出でにならないの？」

「また『ご政務がお忙しい』か、『ご気分が優れない』かでしょう」

「ご政務だなんて。御簾《みす》の向こうにいらっしゃる皇太后様のお声を聞かれるのが、そんなにもお忙しいものかしら？　蔵書楼《ぞうしょろう》からお出になれないのではなくて？」

忍び笑いがそれに続いた。

濤国の現皇帝──孝莠帝《こうゆうてい》は暗愚である。下々の者はどうか知らないが、それがこの雲作城に住まう者たちの共通認識であった。

孝莠帝は先帝の崩御に伴い齢わずか八つで玉座に昇り、玉座の背後に垂らされた御簾の陰に控えた皇太后の声に従って政《まつりごと》を行った。即位から日を空けずして紅花の乱が起こったが、年少の帝に何ができるわけもない。乱を収めたのも皇太后である。皇帝は御年十八になる。皇太后はすでに後見の座を退いたはずが、おかしなことに玉座の背後の御簾は巻き上げられることなく、今もその場に座している。帝の発する言葉は自身のものではなく、彼女に吹き込まれた言でしかない。帝は政務に口出しを許されず、日がな一日蔵書楼で書物ばかりをあさっている。ついた渾名《あだな》が「蔵書楼の主《あるじ》」である。

傀儡《かいらい》皇帝。それが帝を最もよく表す言葉であった。この濤国の主たるべきその人が治めることができるのは、わずかに蔵書楼のみである。

今日の宴の主催でもある皇太后は、未だ桃園に姿を見せてはいない。

さざめく声は、帝を嗤《わら》うに留まらずに続いた。

「長公主《ちょうこうしゅ》様も、またご欠席？」

「御生母の皇太后様主催のお席だというのにねえ」

「いつものことではないの。それに皇太后様のご実子だからこそ、席に穴を空けても許されるというものでしょう」

そうね、と女たちは紅をはいた眦《まなじり》で目配せを交わした。

「そうでなければ、どんなお叱りを受けるかわかったものではないわ」

女たちはふっくらとした唇をほころばせ、くすくすと笑った。

「お叱りで済めばよいものの。本気でご不興を買えば、どんなことになるかわからないわ。『女帝陛下』に怖いものはないのだから」

ちょうどその時、新たな輿《こし》が二つ園林に到着した。

噂話に花を咲かせていた女たちが、ひゅっと息を吸っておし黙る。皆急ぎ頭を下げ、給仕に駆けまわっていた婢《はしため》たちはその場に平伏した。

しゃらしゃらと歩揺《ほよう》に付いた鈴を鳴らして先に輿から降りたのは、髪を複雑怪奇な形に結い上げ、鮮やかな藍の襦と紫の裙とを合わせた少女だった。その色合わせは春に身に着けるにしては重ったるく、艶やかというよりは毒々しい。ほっそりとした腕には、白い毛並みの肥えた猫が抱かれていた。痩せぎすの主人に少し肉を分け与えてやればよいものを、と、目にした誰もが思わずにいられないほどの堂々たる体軀《たいく》である。

猫を抱いた彼女は周紫露《しゅうしろ》。齢十七、後宮で最高位の妃たる三夫人の一角を占める妃であり、皇太后の実の姪である。

庭園に降り立った紫露の姿を頭を下げたまま一瞥《いちべつ》し、誰もがその奇抜な色合わせに顔をしかめた。けれどそれは、明珠の赤に眉をひそめるのとは異なり、あくまで心中でのことである。三夫人が一人、それも周家の娘の不興をわざわざ買いたい者など、この後宮には存在しない。

「あ、こら、白餅《はくべい》！　どこへ行くの」

紫露が声を上げたかと思うと、抱かれていた白猫が細腕をすり抜けて走り出した。集った女たちは、脂汗でその華麗な衣裳を濡《ぬ》らす羽目になった。紫露の愛猫が行方をくらますことなどあってはならないが、もう一方の貴人が未だ輿から降りてこない以上、追いかけるどころか顔を上げることもできない。

女たちの無言の祈りが通じたのか、白餅と呼ばれた猫はひたりと足を止めた。猫が見上げた先の輿から、ぬっと銀糸で花葉紋《かようもん》が縫い取られた絹の沓《くつ》が現れる。

「おや、白餅。いけない子だね。お前が姿をくらませば、我が姪がどれほど悲しむか」

猫のくせに媚《こ》びるべき相手を心得ているかのように、白餅は甘い声で鳴いた。肉付きのよい体を、伸びてきた手に摺《す》り寄せる。

「まあ叔母上、ありがとうございます。この子が飛んでいってしまうのではないかと肝が冷えましたわ」

それはこちらの台詞《せりふ》だ、というのが女たちの総意だったろう。紫露はただ悲しめばよいが、侍女や婢など、愛猫を逃がした咎でどんな罰を与えられるかわかったものではない。

「紫露。この猫がそれほど大事なら、邸に置いてくるなり、縄を付けるなりなさい」

はあい叔母上、と紫露は裙を揺らして一礼した。

「でも、白餅は賢い猫ですから。叔母上のご威光を前にして、その前を素通りしたりはいたしませんわ」

紫露は白餅をよいしょと抱き上げると、皇太后に向かってお辞儀をするように白餅の体を傾けさせた。

ほほ、かわゆいこと、と皇太后周静麗は紈扇に口元を隠して笑った。

皇太后の持つ紈扇には桃花と二羽の燕《つばめ》が描かれ、花弁の一枚一枚が金糸に縁どられている。紈扇の柄から垂らされた組紐には、いくつもの玉が編みこまれていた。おそらく今日の宴のためにあつらえたものだろう。妃嬪たちの持つ扇に目をやれば、春にふさわしい図柄が並ぶが、桃花のそれは一つもない。皆、皇太后が桃花の紈扇を持つことを予想して避けたのだ。皇太后と同じ柄など用いて、機嫌を損ねてはかなわない。彼女に目を付けられれば、後宮で肩身の狭い思いをするに留まらず、父や兄の官職にもどんな影響があるかわかったものではないのだ。

「紫露や。事実とはいえ、皆のいる前でそのようなことを言われると面映《おもは》ゆいわ」

皇太后と紫露は殊更《ことさら》にゆったりと歩いて席に向かった。庭園に掘られた広い池のほとり、園林の場の桃花すべてが見渡せる特等席である。

濤国の皇帝は、周・潘・徐の三家から代々妃を娶《めと》り、貴き三夫人の位に据えてきた。最も建国に尽力した三家の娘を、それぞれ一人ずつ初代皇帝が娶ったことに由来する。紫露と皇太后は三家が一角、周家の出身である。

三家はそれぞれ象徴たる花を持つ。周家が藤、潘家は蓮《はす》、徐家が桃である。本来今日の桃花の宴は三夫人が一人徐春蕾《しゅんらい》のもので、最後に席に着くのも彼女でしかるべきであった。しかし何の気まぐれか、今年は皇太后が自ら取り仕切ると名乗りを上げた。皇太后主催となった時点で、春蕾は宴の主役から外されたも同然だった。当の春蕾はすでに池縁に腰を下ろし、そのあどけなく可憐な顔を桃花の陰で薄紅色に染めている。手にした紈扇の図柄も、桃ではなく柳だ。

美しいように見える宴だが、始まりもしない内から権力闘争の縮図を見せつけられているようで、明珠はげっぷが出そうだった。これでどうして、花など楽しめようか。

素面《しらふ》ではとてもやっていられない、と配られた酒を早速口にした。酒などずいぶん久しぶりだ。位の高い妃であれば頻繁に口にする機会もあるかもしれないが、才人には滅多に振る舞われない。妃嬪相手の商いで稼いだ銭貨は、次の仕入れに使う分と、その仕入れを任せた宦官に摑ませる賄賂《わいろ》（この賄賂が占める割合が最も大きい）を除いてはすべて実家に送ってしまっている。異母弟妹のために貯《た》めるようにといつも書き添えているが、失意の底にある父にそれができているかは怪しいものだ。明珠が家を出る時にはすでに、父は酒浸りだった。

酒を食らう明珠を横目で見ると、「お可哀想なお嬢様」と莉莉は芝居がかった調子で顔を袖で覆い、泣き真似をした。

「亡くなられた奥様は、まさかお嬢様がこのような暮らしをなさるとは夢にも思わなかったでしょうね」

また始まった、と明珠は莉莉をたしなめた。

「私、ここでの生活を不満に思ったことはないわよ。莉莉は旗州に帰りたい？」

「そんなことは申しておりません！　お嬢様のいるところが私のいる場所です」

「よかった。莉莉がいなくなったら寂しいもの」

お嬢様、と目を潤ませる莉莉に微笑みながら、明珠はとうとう全員が――皇帝と長公主を除いて――居並んだ後宮の面々を眺めた。

一座の中央を占めるのは、皇太后とその姪である周紫露。左右に座するのは、残る三夫人の二人である潘翡翠《ひすい》と徐春蕾だ。三夫人は同列であるはずだが、これではまるで二人は紫露の格下である。

自尊心の高い翡翠にとっては屈辱だろうが、彼女は常と変わらず背筋を伸ばし、桃花の花弁が池に舞い落ちる様を見つめていた。その横顔は陶器のごとくすべらかで美しく、結い上げられた髪は春の陽《ひ》を受けて輝いていた。簪一つ、襦裙にあしらわれた刺繡《ししゅう》の一つとっても季節と場とにふさわしい。手にした紈扇は、ぬかりなく杏花である。三夫人たる者としての手本と言うべき姿態《したい》を備えた妃だが、彼女がまっすぐに前を見ているのは、隣で楽しげに皇太后と言葉を交わす紫露を視界に入れないためであると、明珠は知っている。

翡翠は涼やかな顔を崩しはしないが、内心で鬱憤《うっぷん》が溜《た》まっているだろうことは想像に難くなかった。彼女は誇り高いがゆえに、家の格式に見合わない格好や振る舞いをし、またそれが許されている紫露のことを嫌っている。

明日にでも、翡翠の邸を訪れるとしよう。翡翠は嫌なことがあると、様々な物品を購うことでその憤懣《ふんまん》を晴らそうとするきらいがある。さぞかしたくさん買ってくれるに違いない、と明珠は内心で算盤《そろばん》を弾いた。

翡翠とは反対側に目をやると、そこに座した妃――徐春蕾とぱちりと目が合った。

彼女のやわらかな唇が、花のように綻《ほころ》ぶ。明珠の唇もまた、他意なく引き上げられた。春蕾のたおやかな手が、明珠にだけ見えるよう、袖の中でひらひらと蝶のように振られる。

明珠と春蕾は、ちょっとした縁があり、友と呼べる仲である。もちろん身分差を考えれば畏れ多いことなので自ら名乗ったりはしないが、春蕾は明珠を「私のお友達」と呼ぶ。明珠は春蕾に礼をしようとしたが、皇太后が立ち上がったので動けなくなった。

静麗は池のほとりに進み出、齢四十を迎えても衰えの見えぬ肌を春の陽に晒《さら》した。若い頃はさぞかし、などという言葉は静麗には不要である。彼女は今もってなお美しい。少なくとも、その顔貌は称賛に値する。

「皆、私の宴に集ってくれたこと、感謝する。昨年の桃花も素晴らしきものであったが、今年はなお格別に思える」

去年の桃花の宴のことを思い出し、明珠は陰鬱な気分になった。去年はよりによって宴の当日に雨が降り出し、静麗の機嫌はさんざんなものだった。主催の春蕾が天の機嫌を損ねるような真似をしたのではないかと難癖をつけた挙句、当日の天候を占った司天官《してんかん》はその職を解かれ、宮城《きゅうじょう》を出たと伝え聞く。噂に尾ひれを付けるのを好む人々によれば、門をくぐる時すでにその者の命はなく、棺《ひつぎ》が担ぎ出される格好だったとまで言われている。さすがに作り話だろうが、雲作城に蔓延《まんえん》する皇太后への恐れがそんな噂を呼んだのだろう。

しかし今日の静麗はあくまで穏やかに、口元に薄く笑みまで浮かべて皆を見回した。

「近頃は乱もなく、稲や麦も豊作続きと聞く。後宮においていらぬ騒ぎもなく、私の心もこの蒼天のごとく澄み渡っておる」

皆がほっと胸を撫で下ろしたのも束の間、「だが」と静麗は目を細めた。うららかな春の園林に、緊張が走る。楽の音もどこか張りつめて耳に届いた。

「天莠に、まだ子がない」

天莠——鳳《ほう》天莠は、今上帝の御名である。その名は軽々に口にしてよいものではない。みだりに呼ぶことも、文字に表すことも禁じられている。生半《なまなか》の身分の者であれば、杖打ちでは済まされないだろう。皇太后といえど、静麗は帝の実母ではなく養母である。先帝の皇后であったため、皇太后の座にあるというだけだ。だというのに「天莠」と、人の耳を憚《はばか》らずに呼んでみせる。

「『女帝陛下』に、怖いものはないということね」

小声でつぶやくと、莉莉が「お嬢様」と唇を動かしたが、皇太后は末席の些事《さじ》には気付かずに話し続けた。

「これは由々《ゆゆ》しきことであろう。天莠は八つで帝位についた。今年で十八だ。してその間、お前たちは何をしておったのだ？」

妃嬪たちは皆俯《うつむ》き、皇太后の目に留まらぬよう気配を殺した。翡翠でさえ、頬を赤くして視線を下に向けていた。

季節に似合わぬ凍《い》てついた空気の中、無邪気に口を開いたのは紫露だった。

「心配なさらないで、叔母上。すぐにでも私が陛下の御子を身籠りますわ」

静麗が頰を窪《くぼ》ませる。

「紫露がそう言うなら心配ないな。だがお前は、いくつになっても腰が細いままだ。お産に耐えられるかねえ」

「平気です。たとえ私が死んでも、陛下の御子だけはこの世に送り出してみせますもの」

「よう言うた。他の者たちにも、紫露の意気を見習ってほしいものだ」

静麗は庭園に揃った者たちを翡翠から順に見渡し、最後に春蕾に目を留めた。

「そうだ。徐夫人、そなたは占いが得意であったな。ひとつこの雲作城の行く先でも占ってみてはくれぬか」

春蕾の常に穏やかな顔が、わずかに強張《こわば》る。明珠はぎゅっと紈扇の柄を握りしめた。

皇太后がああ言えば、断ることなどできない。そして占いの結果は静麗の意に沿ったものでなければならないし、同時に偽りを告げてもならない。馬鹿正直に真実を告げても機嫌を損ねるし、適当な嘘を吐いて現実と異なれば「これはどういうことか」と詰《なじ》られる。つまり無理難題を吹っ掛けられた、ということである。

「私の占いなど、手慰みに過ぎません。とても皇太后様のお目にかけられるものではございませんわ」

「そう固くならずともよい。何も宮廷召し抱えの卜者《ぼくしゃ》と同等のことをせいというわけではない。ただの余興だ。女たちは皆占いが好きだろう。それに、今日は桃花の宴ではないか。

本来、宴の主役はそなただろう。集まった皆をもてなしてやってもよいのでは？」

　宴の主役など、どの口が言うのか。

　明珠の心配をよそに、春蕾は「それでは」と静麗の前に進み出た。

「私が最も得意とするのは星読みなのですが、夜まで皆様をお待たせするわけにはまいりませんわね。この場に相応《ふさわ》しい形で占うことにいたしましょう」

「相応しい形とは？」

　静麗は、紈扇の奥で目を三日月形に細めた。春蕾が失敗して、恥をかくのを期待しているのだろう。皇太后が容貌と政の手腕に優れることに異を唱える者はないだろうが、とかく意地が悪いことも、人々の意見が一致するところである。その矛先は姪の紫露を除いて誰彼構わず向けられるのだから、迷惑極まりない話だ。今だって、春蕾が失敗すれば紫露と笑い、まともな占いを披露し宴が盛り上がれば、水を向けた自分の手柄とするつもりに違いない。

　春蕾だってそのことは承知しているだろうに、臆した様子もなく、扇の柳と合わせた新緑色の被帛《ひはく》を揺らして池のほとりに立った。

「古《いにしえ》より、鏡が呪具として占いに用いられることは皆様ご存じでしょう」

「そんなの当たり前だわ。でも、ここに鏡なんてないわよ」

　紫露が野次じみた声を飛ばすと、春蕾はまるで声援を受けでもしたように頷《うなず》いた。

「その通りでございます。ですから、代わりにこれを」

春蕾は、紈扇で池の水面を指した。なるほど澄んだそれは、鏡のように咲き乱れる桃花を映して薄紅色に染まっている。

「ですが、この占いは一人ではできませんの。どなたか、お手伝いをしてくださる方はおられませんか？」

当然のごとく、誰も手を挙げない。春蕾を助けたいのは山々でも、静麗と紫露が難癖を付けようと蜘蛛《くも》のごとく待ちかまえている巣に、わざわざ入っていきたくはないのだ。これは、現在の朝廷で徐家と周家を天秤《てんびん》にかければどちらが重いかということの答えでもある。本来並び立つものであるはずの三家は、その均衡を失って久しい。

はあ、と明珠は溜息を吐いた。「お嬢様、まさか」と青ざめた莉莉の隣で、明珠はすっと立ち上がった。

「徐夫人様。私のような者ではお役に立てるか存じませんが、どなたもいらっしゃらなければ、どうか使ってやってくださいませ」

春蕾は明珠に目を留め、口元を緩めた。女の明珠でも頬が染まりそうな可憐な笑みだったが、悪戯《いたずら》っぽい目は、必ず明珠が名乗り出ると確信していたかのようでもあった。

「皇太后様、よろしいでしょうか？」

春蕾の問いに、静麗は明珠を——というより明珠の襦裙を——見やり、紈扇の向こうで

「紅か」とつぶやいた。どきりと心臓が跳ねる。かつて静麗は紅花の乱に煮え湯を飲まされている。紅花染めの衣について何か言われるかと生きた心地がしなかったが、静麗は「かまわん。そこな才人、徐夫人を手伝うてやれ」と言うに留まった。

静麗と春蕾の二人に礼をして進み出ると、「ごめんなさいね」と春蕾は明珠だけに聞こえる声でささやいた。明珠もまた、身じろぐ程度に首を振った。

「早いところ、この茶番を終わらせましょう」

「そうね。お手伝いと言っても、難しいことはないわ。枝から離れた桃花があちこちに落ちているでしょう。それを集めて、池に放ってほしいの」

「それだけでよろしいのですか？」

「ええ。卜者が自分で撒《ま》いては意味がないから、こうしてほかの方にお願いするしかないのだけど」

それでは、と落ちた花を拾おうと屈み込んだが、明珠がいくつも拾う前に、婢たちが掌《てのひら》いっぱいの桃花を差し出してくれた。春蕾は彼女たちに微笑みかけ、集った面々に告げた。

「支度は整いました。高才人がこの花々を水に放ちますので、私はその形を読んで、この一年の運勢を占いますわ」

籠《かご》もないので明珠は裙を両手で捧《ささ》げ持ち、そこに婢たちに桃花を投げ入れてもらった。

「では、高才人。私がよいと言ったら、花を水へ」

明珠は頷き、水辺で待った。皆、固唾《かたず》を呑《の》んでなりゆきを見守っている。楽もいつのまにやら止《や》んでおり、遠く鳥の囀《さえず》る声だけが耳に届いた。

ふと、頬を撫でていた春風が止み、池の水面が凪《な》いだ。

「どうぞ、今です」

春蕾の声に従い、明珠は裙から桃花を放った。桃花の群れが波のように池の上をうねり、散り散りになって着水する。ひととき止んでいた風が再び吹き、水面で花々を交錯させた。

「花が寄り集まって大きな花紋を象りましたら、最上の吉兆ですわ。ばらばらに解《ほど》けたまま、何の形にも見えなければ凶。それ以外でしたら、各々《おのおの》異なる意味がございます」

まだ桃花が水面をさまよっている内から、そんなことを話していいのだろうか。何かしらの形に落ち着いたところで「これこそ吉兆ですわ」とでも言えばいいだろうに。どうせこの場の春蕾以外、誰もそれが嘘か真《まこと》かわからないのだから。

やがて水面で花弁が寄り集まり始めた。桃園の女たちは、池の水面をじっと見守った。少なくとも凶は避けられたようだが、まだどうなるかわからない。

「……これは」

そこに浮かび上がったのは、奇妙な紋様だった。縁から水面を覗《のぞ》き込んでいた明珠は、思わず春蕾の顔を見た。その口元から、微笑みが消えていた。

「どうだ？　占えたか？」

はい、と答えた春蕾の声は掠《かす》れて聞こえた。

「してこの奇異なる紋様は、吉兆か、はたまた凶兆か」

春蕾はすぐには返事をしなかった。口を閉ざしたというよりも、どう答えたものか決めあぐねているかのようだった。

「叔母上が尋ねているのよ。なんとか答えたらどうなの」

紫露が急《せ》かす声に、明珠は生きた心地がしなかった。しかし占いについては無知もいいところだ。何もわからないのに口を挟めば、それこそ藪蛇《やぶへび》になってしまう。春蕾がこの場をうまく切り抜けてくれることを祈るしかない。

水面に浮かんだ紋様は、少なくとも花紋のようには見えなかった。

あえて言うなら――まるで花を鋭利な刃物で真っ二つにしたかのような形が、そこに現れていた。

春蕾は覚悟を決めたように居住まいを正すと、告げた。

「これは、半花にございます」

「半花？　まるでもう半分を斬り捨てたかのようではないか。明らかに凶兆であろう」

「いいえ、皇太后様。半花は凶兆であると同時に吉兆でもあるのです。禍《わざわい》あれど、過ぎ去れば福。それが半花でございます。考えようによっては、これは皇太后様や陛下にとっては至上の卦《け》であるかと」

「……何が言いたい？」

静麗の声音が苛立ちを帯びたが、「お慶《よろこ》びください」と春蕾は口元に笑みを取り戻した。

「この濤国の後宮において、禍去りて来たる福といえば、ただ一つにございましょう。本日ここに集われた方の内、お一方は次の桃花を見ることかないません」

皇太后はしばし剣呑《けんのん》な視線を春蕾に向けていたが、やがて何かに気付いたように目を見開き、ほ、ほほほ、と高く笑い始めた。

「つまり、天蕣に子ができると？　それが男児であると、濤国はついに継嗣《けいし》を得ると、お前はそう言うのだな！」

春蕾は答えず、静かに微笑むばかりだった。明珠はその笑みに、既視感を覚えた。まるで、先ほど榕婕妤を相手にしていた自分がただ微笑み、相手が察するに任せたのと同じように思えたのだ。

「なんとめでたきこと！　徐夫人には褒美を取らせよう。ああ、早く天蕣の子をこの手に抱きたいものだ」

皇太后の喜びように、侍女や宦官、婢たちはほっと息を吐いた。しかし妃嬪たちの顔には安堵《あんど》が浮かぶ代わりに血の気が失《う》せ、念入りに塗られた頬紅も薄まったように思えた。

徐夫人、と今度は紫露が口を開いた。先ほどまでの威勢は、声音から感じられなかった。

「誰なの。いったい誰が、陛下の子を身籠るというの。肝心なのはそこでしょう」

紫露は立ち上がって春蕾に詰め寄った。

「申し訳ございません。私の未熟な腕では、そこまで見通すこと適いませんでした」

「これ、紫露。徐夫人に対して礼儀がなっておらぬ」

「ですが、叔母上」

「誰であろうとよいではないか。もちろんお前が皇子を産んでくれるに越したことはないが、母になるのが誰であってもめでたいことに変わりはない」

静麗は、あらためて居並んだ妃嬪たちを見渡した。

「時にお前たち。なぜ黙りこくっておる。なぜそのように青い顔をする？」

静麗は気に入りの宦官に酒を注《つ》がせると、寿《ことほ》ぎとばかりに池に浮いたままの半花に振りかけた。その勢いに、半花は崩れ、散り散りとなった。

「なぜ、己こそが至上の誉《ほま》れに与《あずか》る女かもしれぬと、喜色を浮かべぬのだ？　まさかとは思うが、皇子を産みたくないなどと申すのではあるまいな」

滅相もないことですわ、と紫露が叫ぶ。

「お世継ぎを産むことは栄誉であると同時に、後宮に住まう女の責務です。その務めを果たすことを喜びこそすれ、どうして厭《いと》う必要がありましょうか？」

そうですわ、周夫人様のおっしゃるとおりです、と妃嬪たちはぎこちない笑みを浮かべて同調した。

他国であれば、紫露の言葉ももっともかもしれない。だが、この濤国では事情が異なる。妃嬪たちの反応には、もちろん理由があるのだ。

明珠の住まう濤国の後宮には、奇妙な法が存在する。

法の名は、貴母投法《きぼとうほう》。

内容は字のごとく、実に簡潔なものである。

皇帝の男児を産んだ妃は、身分の貴賤にかかわらず死を賜う。長子、次子の区別なく、男児を産んだ妃は皆等しく死なねばならない。

明珠が避妊や男女産み分けの胡散臭《うさんくさ》い品々を妃嬪相手に売り捌けているのも、この法があるからこそだ。後宮において、男児を身籠ることは密《ひそ》かに「死籤に当たる」と言われている。死籤、文字のごとく死の籤だ。皇帝の種を賜る者は、皆その籤を引いているのである。いずれ死をもたらすかもしれない籤を。

濤の民であれば、貴母投法の存在は誰でも知っている。奇異な法には違いないが、民が抗議の声を上げることはない。貴母投法は、彼らの暮らしからは遥《はる》か遠い後宮に住まう妃嬪にしか関わりがない。民にとっては御伽話《おとぎばなし》に等しいものだ。

都の亶陽《せんよう》から遠く離れた南方の旗州で暮らしていた明珠にとっても、同じことだった。思いがけず入宮が決まって都に上り、老宦官から後宮内でのしきたりについて説明を受けた場で、明珠は素《す》っ頓狂《とんきよう》な声を上げた。

『本当に、皇子を産んだ方は皆死なねばならぬのですか？　何かの比喩ではなく？』

明珠は老宦官に向かって、明け透けすぎる言葉でそう尋ねたのだった。

庶民の家でさえ、後継ぎの誕生は家をあげての慶事であり、産みの母は「でかした、よくやった」と労《ねぎら》われるものだ。それが皇子の母となれば、猶《なお》のことではないのか。法のことは知っていたが、高貴な人がよくやる「寓意的《ぐうい》言葉遣い」であり、実際は後宮を退くとか、何か別のことを意味しているのだとばかり思っていた。

しかし老宦官は「まったく田舎の小娘は無知で困る」というように首を振った。

『比喩ではない。文字通り、死ぬことになるのだ。皇子が幼い内に』

腑《ふ》に落ちないという顔をした明珠に、老宦官はその由来を一から説いた。

かつてこの地には、大小無数の国々が割拠していた。戦《いくさ》は絶えず、田畑は踏み荒らされ、民は飢えていた。その戦乱の世を終わらせたのが鳳天巍《ほうてんぎ》、後の濤国初代皇帝である。彼は小国に生まれたが次第に頭角を現し、周囲の国々や氏族を従え、天下を統一するに至った。それが今から三百年前の話である。

『それくらい私だって知ってるわ。知りたいのは、貴母投法のことよ』

いいから黙って聞け、と老宦官は髭《ひげ》のない顎をさすった。

鳳天巍が濤を建国するにあたり、最も尽力した氏族があった。彼らはいずれも早い内から天巍に力を貸し、甲乙つけがたい働きを示した。それが潘・周・徐の三家である。皇帝に即位し孝巍《こうぎ》帝と名乗った鳳天巍は、三家にそれぞれ所領を与えるのみに留まらず、一人ずつ娘を娶り、三夫人と冠した位を与えた。建国当初こそ国内のあちこちで残党たちが乱を起こし、皇帝は玉座に腰を据える暇もなく後宮も機能していなかったが、三家はこれまで以上に孝巍帝に尽くし、数年後には平穏な日々が訪れた。

世が平らかになれば、次に気を揉《も》むことといえば世継ぎの問題である。皇帝はまだ若く、子を一人も持たなかった。側近たちにせっつかれ、皇帝はそういえば自分には妻が三人もあることをようやく思い出した。

そして孝巍帝は、今さらながらに恋をした。相手は潘家の娘だった。皇帝は足しげく彼女の邸に通い、なぜこのように輝かんばかりの美貌を自分はこれまで視界に入れずにいられたのかと、毎夜耳元でささやいた。

そして潘夫人は身籠った。生まれてきたのは男児であった。子はいずれ東宮となると、誰もが思った。それを証明するかのように、潘夫人の父は他家の者を追い落とすようにして丞相《じょうしょう》の席に着き、次に兄弟、その次は叔父、従兄弟《いとこ》たち、と順番に要職を占めた。

それで不満が出ないはずもない。忠臣たちは、あまりに潘家に寄りすぎることの危うさを帝に説いた。しかし帝は耳を貸さなかった。初めて知った女への愛が、孝巍帝の耳を塞《ふさ》いでいた。危機感を覚えた他ならぬ潘夫人が、このままでは帝は信を失うと進言した。

しかし帝は、当の潘夫人の言葉さえ耳に入らなくなっていた。むしろ彼女に裏切られた気さえした。潘家を取り立てたのは、夫人を喜ばせるためだったのに、と。

潘夫人は多くの犠牲の上に手に入れた平穏を再び失うことを憂い、夫に告げた。御心を改めることがないのならば、私は後宮を去ると。

皇帝はひどく取り乱した。しかし帝は潘家の重用を控えるのではなく、潘夫人と皇子を幽閉することで事態の解決を図った。潘夫人は、かつて心を通わせた帝の変わりようを嘆いて日々を過ごした。彼女にできることといえば、天に祈ることだけだった。どうか、夫の目が覚めますようにと。この平穏が崩れ去ることのないようにと。

『そして蝕《しょく》が起こった』

世は闇に包まれた。潘夫人は、祈りが天に通じたのだと涙を流した。

天災は、古来天から統治者への警告であるといわれている。中でも蝕は、悪政をたしなめるものと解釈される。しばらくすると太陽は再び姿を現したが、官吏も市井《しせい》の民も、このままでは暗君によって濤は瓦解すると青ざめた。濤建国以前のような、いつ死ぬともわからぬ時代に戻ることを誰も望まなかった。しかし、国を興《おこ》した孝巍帝は天意に背いている。ならば国が傾く前に、誰かが穏便に玉座を奪わねばならない。

剣呑な空気が国中を覆った。

帝は潘夫人の元を訪れ、どうしたらよいのだと嘆いた。私はただ、お前の愛に報いたかっただけなのにと、そう言って泣いた。

その夜、潘夫人は覚悟を決めた。

翌朝になって、彼女が死んでいるのを侍女が発見した。簪で喉を突き、絶命していた。かたわらに残された文《ふみ》には、「私が生きている限り、濤に災いをもたらすことになる。愛しい人よ、どうか私の死が貴方と愛児を、数多の民を守りますように」と書き残されていた。

その後、孝巍帝は正気を取り戻し、賢帝と呼ばれるに至る。彼は晩年、国のために命を投げ出した愛妃に「潘天女」という名を贈った。彼女は地底の冥府《めいふ》に赴《おもむ》くことなく、天に召し上げられ天女となったのだという願いが込められた名だった。

そして濤国には、今日まで平穏が続いている。

『とまあ、そういう故事に基づいて貴母投法は制定されたのだ』

わかったか？　と老宦官は己の名講義に浸るかのようにうんうんと頷いたが、明珠は唇を尖《とが》らせた。

『わからないわ。その逸話は誰だって聞いたことあるわよ。知りたいのはその先。孝巍帝の時はともかくとして、それでどうして代々皇子の母を殺すなんてことになるの？』

『故事に基づいた法ではあるが、合理的でもあるのだ。外戚の跋扈《ばっこ》は王朝の寿命を縮める。貴母投法は、それを事前に防ぐ法と言えよう。帝の母が元よりいないなら、外戚も生まれようがない』

『でもそれなら、後嗣《こうし》と定められた皇子一人の母君に死を賜えばいい話じゃない。どうして男児を産んだ妃全員が死ななくてはならないのよ』

『一度東宮を立てたとて、その御子が帝位を必ず継ぐとは限らぬ。病で亡くなられるかもしれぬし、変事で身分を危うくされるかもしれぬ。帝の血を引く男児全員に、即位の可能性は残されるのだ。ならば、皇子の母に等しく死を賜うのが道理だろう』

『それじゃ、後宮は忌事《いみごと》ばかりになってしまうじゃない』

『然《しか》り。いつぞやの色を好む帝の治世には、多くの妃妾が亡くなったと聞く。二人の女が時を同じくして死を賜ることさえあり、新たな妃を迎えるのも間に合わず、無人の邸ばかりが増えたと』

老宦官はにやりと笑ったが、明珠は絶句した。

そんなことって、と言い募ろうとして、言葉を呑み込んだ。ここでこの老宦官相手に議論を吹っかけても法が揺らぐわけでなし、ただ明珠の心証を悪くするだけである。万が一「思想に問題あり、宮城にはとても入れられない」と判断されて故郷に送り返されようものなら、身の置き所がない。入宮を断られた女を娶ろうなどという物好きは現れないだろうし、そもそも帰りの輿や馬を雇う金などないのだから、見知らぬ都で路頭に迷うことになる。連れてきた莉莉のためにも、そんなことはあってはならない。

『お話、よくわかりましたわ。濤国に生まれながら、法が故事に基づくと今日まで知らなかったこと、わたくし恥じ入りました』

老宦官は明珠が急に聞き分けがよくなったことに面食らったようだったが、『わかればよいのだ』と頷いた。

『では、ゆこうか。お主の終《つい》の住処へ』

後宮の門まで先導しながら、老宦官は言った。

『お主のような下級妃には、帝のお声は一生かからんかもしれん。女として、それは苦しかろう。そんな女を何人も見てきたから、儂《わし》にはわかる』

老宦官の言葉に、莉莉が嚙《か》みついた。

『お嬢様は良いお方です。生まれた時からずっと一緒にいる私が言うんですから、確かですよ。陛下だって、きっとお嬢様の素晴らしさにお気づきになります』

わかってないねえ、と老宦官は頭を振った。

『「良いお方」は、ここじゃ寵を得られんのだよ。もっとも、その方がいいかもしれんがな。ご寵愛《ちようあい》が深ければそれだけ、死籤に当たる確率も上がる。死ぬくらいなら、寝所に呼ばれないくらいなんだと思えるさ。開き直っちまえば、楽になる。まあ、そうだな、あとは……』

『あとは？』

老宦官は、明珠の紅花染めの襦裙を一瞥した。

『その赤い衣は、止《よ》した方がいいと思うがね』

『別の服を買えるなら、私だってそうしてるわ。私の家は紅花染めの反物屋だったのよ。例の乱のせいで金庫はすっからかんで、まともな衣裳はこれしかないの』

そうだったか、そりゃ悪かったと老宦官は胡麻塩頭を掻《か》いた。

『いいえ。いろいろとありがとう、肝に銘じておくわ』

明珠は素直に礼を言った。少々的外れと言えなくはなかったが、それでも老宦官が自分を励まそうと助言してくれているとわかったからだ。宮城で働く宦官は皆根性が捻《ね》じ曲がり、蜘蛛の巣一つ掃《はら》うにも付け届けを要求すると聞いていたが、どうやらそんなことはなさそうだ。

老宦官がうんうんと二度頷くと、もう後宮へと続く門の前だった。

『それじゃあ高才人、ここでお別れだ。善き人生を』

そうして明珠は門をくぐった。

あれから五年経った。皇帝からのお召しはまだない。老宦官の教えは、十分に明珠の役に立っているといえる。

「付き合わせてしまって、悪かったわ」

春蕾が耳元でささやいた声に、明珠ははっと我に返った。

「どうしたの？　ぼうっとしたりして。緊張で疲れてしまったのかしら」

「いえ、申し訳ありません。桃花の香りに呑まれたようで」

皇太后や三夫人まで揃っている面前で、物思いにふけるなどどうかしている。

春蕾は首を傾《かし》げたが、特に追及されることはなかった。明珠の頬についた花弁を指先でつまむと、「近い内にまた私の邸に招くわ。今日のお礼をさせてね」と言い残して自席に戻っていった。

明珠は内心で息を吐きだした。一歩間違えれば去年と同じように宴は荒れただろうが、どうやらなんとかなったようだ。やはり春蕾は、たおやかなようでいて肝が太い。

それにしても、と解放された明珠は池のほとりから下がりながら思った。

皇子が生まれるというのは、本当なのだろうか？　こんな大それた予言が外れた日には、春蕾がどんな目に遭うかわかったものではない。

才人たちの席まで戻ると、青を通り越して紫に近い顔色をした莉莉が待っていた。

「お嬢様は、莉莉の寿命を縮められるおつもりですか！」

まあまあうまくいったんだから、と明珠は莉莉をなだめた。

「春蕾様が、手伝いの礼に邸にお招きくださるそうよ。きっと莉莉にも菓子をくださるわ」

「お嬢様。菓子と言えば、莉莉が黙るとでもお思いで？　私はもう十七ですよ」

「私は二十一だけど、菓子をもらえば嬉しいわよ。銭と酒の次くらいには好きだわ」

「ごまかさないでください、お嬢様」

明珠は莉莉の言葉を無視して、ひとつ伸びをした。緊張で全身が強張っていたらしく、あちこちの骨がぱきぱきと音を立てた。

「それにしても、皇子をお産みになるのが私のお客様だったらまずいわね。売りつけた品が効かないってことの、何よりの証明になってしまうもの」

お声を落としてください、と今日何度目になるかわからない叱責の声が莉莉から飛んだ。

「わかってるってば」

気のない返事をし、飲みかけになっていた盃《さかずき》を手に取る。

やわらかな風が吹き抜け、はらりと桃花の花弁が二枚、盃の中へと舞い落ちた。先ほど池に浮かんだ半花が目に蘇《よみがえ》る。

「……本当に、吉兆ならば良いのだけれどね」

明珠は花弁の浮いた酒を、喉を鳴らして飲み干した。

# 二章

潘翡翠は自室で眠っていた。

浅い眠りだった。近頃はいつもそうだ。思えば、後宮に入ってから深く眠れたことなど一度もない。

寝返りを打つと、梅の香りがした。ようやく冬が終わる。もうしばらくの辛抱で、寒さで夜半に目を覚ますこともなくなるだろう。冬は殊に、一人寝が身にこたえる。

けれど梅の季節が終われば、桃が咲く。桃が咲けば、桃花の宴だ。皇太后や紫露が顔を揃えた場へ出て行くのは、気が重かった。宴のために、衣裳や簪、紈扇も新調しなくてはならない。色がどうの、図柄がどうのとあれこれ言う侍女たちと一日中過ごさなくてはならないことを思うだけで、何もかもを投げ出してしまいたい気持ちになる。

——故郷にいた頃は、何を着ても美しいと、皆口を揃えて言ってくれたのに。

今は違う。潘夫人様のお歳でこの色は、潘夫人様くらいのご身分となるとこの意匠は、周家の方々が身に着けられるものを考えますと、と好みのものは皆取り上げられる。こちらがよろしいかと、と差し出されるのは、翡翠の目にはくすんで見えるものばかりだった。好きな衣裳一つ身に着けられず、どうせ帝も来ないのに、なぜ着飾る必要があるのか。いったい誰のために、無難な襦裙をわざわざあつらえて宴などせねばならないのか。花を愛でるなら、一人でだってできるだろうに。

翡翠は梅の香に誘われるようにして寝台を抜け出し、窓辺に寄った。

夜気が頬を撫で、一つ身震いする。

庭に咲き誇る白梅は、陽光の下で見るよりもなお美しかった。夜ならば、静まり返って辺りに人影がないのもいい。誰の笑い声も、噂話も耳に届くことがない。

あるのはただ、月と白梅だけ。

そう思っていたのに、ふと、何かと目が合った。

思わず上げそうになった悲鳴を、口を押さえて呑み込んだ。

梅の木の下に、誰か立っている。白い衣に、結われることなく背に垂らされた長い髪、月光に濡れて白く輝く肌。さながら白梅の精だった。見間違いかと目を瞬《しばたた》いたが、人影は消えなかった。

幻のようなその人は、翡翠にふっと笑いかけた。

美しかった。

まるで、この世ならぬもののように。

「ああ、高才人。よく来てくれたわね」

桃花の宴の翌日、明珠は潘翡翠の邸を訪れていた。

明珠がこの邸に来るのは、もう何度目になるかわからない。たいてい月に一度は招かれているので、当初はその豪奢《ごうしゃ》さに戸惑った調度も今となっては見慣れたものだ。

「潘夫人様、お招きにあずかり光栄ですわ」

翡翠はいつもの品々に加えて榕婕妤が買わなかった香も買い上げると、さっそく桃花の宴の話題に花を咲かせた。

「徐夫人様が占いをしろと皇太后様に命じられた時は、どうなることかと思いましたわ」

「あら、私は貴女《あなた》が手伝いを申し出た時の方が肝が冷えたわ。貴女は本当に、人が困っていると見ない振りができない性分なのね」

まったくそんなことはなく、あの場で名指しされたのが春蕾か、もしくは翡翠のような上客でなければ名乗り出ることはなかっただろう。けれど明珠は「買い被りですわ。ただどなたかが行かなくてはならないのなら、私でもよいかと思ったに過ぎません」と心にもないことを言った。

「謙遜しなくてもいいのよ。もうずいぶん長い付き合いだから、貴女のことは多少わかっているつもり」

　翡翠は頬に一筋かかった髪を耳にかけた。美しい顔《かんばせ》だと、いつもながら思う。黙って座っているだけで、一幅の絵のようだ。美姫を揃えた後宮にあってさえ、翡翠の美貌は際立っている。明珠とて故郷にいた頃は別嬪《べっぴん》だ美人だと褒められることもないではなかったが、今ではあれは、龍を知らぬ人が蛇を見て「これが龍か、すごいもんだ」と囃《はや》し立てていたようなものだと理解している。

「それにしても、徐夫人は如才なく切り抜けたわね。あの内容なら皇太后様もけちの付けようがないし、かといって媚びを売ったようにも見えないわ。さすが学に秀でた徐家の娘よ」

　翡翠の言う通り、徐家は学士を多く輩出している。それに相反するように周家は武を頼みとし、潘家はその中間といったところである。もっとも、周家の娘である皇太后が権力を握ってからは、文官にしろ武官にしろ、主要な席は周家の者が占めている。

　この先は侍女には聞かせたくない話らしく、翡翠はそれとなく彼女たちを下がらせた。

「さて、本題よ。徐夫人の占いは、本当なのかしら」

「どうでしょう。しかし予言が成就しなければ、徐夫人様のお立場も危うくなります。あれほどはっきりと口に出されたのですから、自信がおありなのではないでしょうか」

「私も同意見ね。近い内、誰かが死籤を引く。いいえ、それが一年以内に起こるというなら、もう引いているのかもしれない」

翡翠は湯呑《ゆのみ》を手に取り、唇を湿らせた。翡翠が事もなげに手にした茶器や、そこに注がれた茶葉の値段を明珠はつい考えてしまう。この茶器一つで、瑞玉の婚礼衣裳はまかなえるだろう。いや、嫁入り道具と持参金を入れても釣りが来るかもしれない。

これはもう明珠の癖のようなものだ。そうしなければ、故郷にいた頃から、頭の中で算盤を弾き、目に入るものすべての金額を考えた。そうしなければ、食いつなぐことができなかったからだ。入宮し、日に二度の食事は保証されているのだから、もういちいち額面を考えるような真似はしなくてもいいはずだ。けれど、染みついた習慣はそう簡単には消えてくれない。

なんにしろ、と翡翠は湯呑を茶托《ちゃたく》に置いた。

「身籠るのが私ではないことは確かだから、心は穏やかよ。死籤を引くことになるのは、もっと若い誰かでしょう」

明珠は言葉に詰まった。

翡翠は齢二十四。御年十八の帝からすればとうが立ちすぎている、と口さがない者たちは言う。なんでも、本来は翡翠ではなくその従妹《いとこ》が妃候補として挙げられ、入宮の支度もすべて整っていたのだという。ところが急な病で従妹が世を去ってしまったため、翡翠に白羽の矢が立った。翡翠が年齢を負い目に感じているのは、明珠の目からも明らかだった。多少年齢差があろうと、この美貌なのだから堂々としていればよいものをと思う。けれど一方で、容姿を褒めそやされて育っただろう彼女がいざ入宮してみれば年増扱いされたのだから、その分衝撃は大きかったのだろうという想像も容易《たやす》い。

「周夫人は皇子を産めるなら死んでも構わないと言ってはばからないのだから、彼女が死籤を引くのが穏当かもしれないわね。もっともこれ以上周家に勢い付かれては、腹に据えかねるというものだけれど」

翡翠は口元を苦々しく歪《ゆが》めた。

帝の訪れが最も多いのは、紫露の邸である。しかし彼女が寵妃というわけではなく、単に朝廷内の力関係を反映したに過ぎないと噂されている。翡翠とて帝から捨て置かれているわけでもないが、それは彼女が三夫人の一人で、潘家の娘であるからだろう。

翡翠は明珠が反応に困っているのに気付いたのか、「それに」と付け加えた。

「私には、貴女の持ち込む品もあることだし。万が一にも、皇子を産むことなんかないわ」

「そう、そうですわね。特に、翡翠様には最上級の品をお渡しししておりますから。この高明珠が潘夫人様のおそばにいる限り、万が一にも死籤に当たるなどということはあり得ませんわ。どうぞご安心なさってください」

「頼もしいわね。これからもよくよくお願いするわ」

翡翠は卓子《つくえ》に並んだ干し杏《あんず》を明珠に勧めた。有難く頂戴したが、いつもより甘味が薄く感じられた。

翡翠は善人だ。皇帝の訪問がそれほど頻繁でないことも、妃嬪たちの中で最も年上であることも、気にしていないかのように振る舞う。見え隠れする卑屈さは、周囲の品のない噂話のせいで、生来のものではない。

しかし、ならばなぜ明珠を邸に招くのかと思うと、暗い気持ちになる。翡翠が明珠を呼ぶのは、「私はこれらの品々を必要としている、それほど帝に愛されている」と誇示するためとしか思えなかった。翡翠自身が、そのことに気付いているかどうかは別として。

老宦官が入宮前に言っていたのは、こういうことだったのだろうか。

翡翠にも、明珠にとっての商いのように、帝のことなど忘れるほど夢中になれるものがあればいいのかもしれない。だが、明珠が好きに動けるのは、才人という高いとは言えない身分あってのことだ。三夫人の一人が同じことを始めたら、看過されるわけもない。たちまち噂され、悪くすれば罪人や病人を押し込めている冷宮《れいぐう》行きになるだろう。

では翡翠が、この後宮で心晴れやかに暮らす術はあるのだろうか。

「そうだわ。貴女はあちこちの邸に出入りしているから、後宮内の事情にも通じているわよね？」

そうですね、と笑顔で応じながらも明珠は警戒した。他の妃にも同じことを切り出され、よその妃嬪の身辺を探る密偵の真似事をさせられそうになった経験があるからだ。妃嬪相手に商いを続けていくためには、誰かの不興を買うことは避けたい。後宮内はすぐに噂が広まる。悪評を流されれば、誰も相手にしてくれなくなるだろう。翡翠の立場に同情はするが、深入りは禁物だ。

「噂を、聞いたことがないかしら」

「どんなお噂でしょう？」

翡翠は自分で切り出したくせに、言い淀んだ。

「潘夫人様。今この場には私しかおりませんから、どうぞご安心ください。決して他言はしないと誓いますわ。潘夫人様は、私の大事なお客様ですもの」

どうしてか、翡翠の目に陰りが見えた気がした。けれど気のせいだったのだろう、すぐに「そうね、貴女は信頼できるから」と口を開いた。

「幽鬼が出るという噂よ」

なんだ、と明珠は拍子抜けした。後宮に怪談話は付き物で、それこそ暇となればいたるところで女たちがやれ幽鬼がどうの鬼がどうのと話に花を咲かせている。そんな怪談話に真面目に震えあがるのは、入宮したばかりの箱入り令嬢か、作法もまだおぼつかぬ婢くらいのものである。暇に飽いた妃嬪が人を集めては怪談を語らせるせいで、年季が明ける頃の婢など、幽霊話を鼻で笑い、園林に住み着いた蝮《まむし》ばかりを怖がるものだ。

「幽鬼のお噂は、後宮中に溢《あふ》れておりますわ。どのような幽鬼でございましょう？」

「……白い衣を着た、美しい幽鬼よ」

翡翠は何か喉に引っかかるような物言いをした。本当はもっと決定的な特徴があるのに、それについては口を噤《つぐ》んだかのようだった。しかし翡翠が黙すと決めたものを、根掘り葉掘り訊《き》き出すわけにもいかない。

「その幽鬼は、潘夫人様がご覧になったのでしょうか？」

「ええ、寝所の窓から見えたの。だから邸のすぐ近くよ」

「それは気味が悪うございますね」

明珠に心当たりがないと察したのだろう、翡翠は自ら話題を切り上げようとした。

「貴女が知らないのなら、きっと見間違いだわ。寝ぼけていたのかもしれないわね。恥ずかしいこと、忘れてちょうだい」

口止めというわけでもないだろうが、卓上に残った種々の菓子を薄紙に包み、翡翠は明珠に押し付けた。

気がかりではあるが、幽鬼となれば明珠の専門外だ。いや、扱っている商物についてだって専門とは言い難いが。翡翠にこれ以上話すつもりがないようなので、ひとまず邸を辞することにした。

しかし戸口から出て行こうとした明珠を、翡翠の声が追いかけてきた。

「高才人。貴女は、幽鬼を見たことがある？　後宮でも、それ以外でも」

「ええ。故郷におりました頃、祖父の幽鬼を見ました。生前の祖父とは違い鬼のような形相で、家が没落したことを嘆いて暴れまわり、朝まで眠れずさんざんでしたわ」

　翡翠は笑みを漏らした。

「そう。それじゃあ、私が見たのはやっぱり見間違いね。何もせず、ただじっとこちらを見ているだけで……恐ろしい形相ではなかったもの」

　むしろ、と付け加えられた言葉の先はなかった。翡翠の目は、どこか遠い場所を見るように、輪郭が緩んでいる。

　なぜだか、ぶるりと体が震えた。明珠は別室で待たせていた莉莉を連れ、今度こそ翡翠の房を辞した。

　回廊を歩きながら、明珠は考えた。

　本人が言うように、本物の幽鬼ではないのだろう。おそらくは、摩耗した神経が見せる幻ではないか。先ほどの祖父の幽鬼云々は冗談だが、明珠の父も、金が尽きて騙《だま》されたと気付いてからは、毎夜先祖の霊が出て自分を責めるのだと言って怯えていた。後宮にも、心を病んで幻を見るようになる女は時々出ると聞く。症状が重い者になると、本人がそれと気付かぬ内に外へ彷徨《さまよ》い出たりもするらしい。

　翡翠は、あまり酷《ひど》くならないといいが。次に来る時には、普段の品に加えて、心を鎮める作用のある香でも見繕ってみようか。一番の薬は帝からの寵を得ることだろうが、相手が傀儡帝では期待できない。帝はその夜におとなう妃さえ自ら選ばず、皇太后や太監(たいかん)の言うなりであるとも聞く。おまけにそのせいで死籤を引きでもしたら元も子もない。やはり香など一時の気休めよりも、何か気晴らしや趣味になるものでも提案した方がよいかもしれない。

「高貴な方って、何を趣味になさるのかしら……」

急に独り言を口にした明珠を、莉莉が不思議そうに見た。

翡翠が明珠を打ち明け話の相手に選んだのは正解だ。侍女相手に幽鬼を見たなどと口走った日には、どんな尾ひれをつけて後宮を泳ぎ回ることになるかわかったものではない。

ただでさえ、と明珠は中庭で吹き溜まる侍女たちに目をやった。

「うちのお姫様も、なにもこんな頻繁に『財才人』を呼びつけなくたっていいのに。あの赤い襦裙が見えると気が滅入るわ」

「見栄っぱりなのよ。ご実家におられた頃からそうだったじゃない」

「違いないわ。でも、お使いにならないままの香やら妙な護符やらが溜まっていくのを見る方が、よっぽどお辛くはないのかしら」

「本当にね。使いもしないものに金をかけるくらいなら、あたしたちの衣裳や食事をもう少しましなものにしてくだされぱいいのに」

「財才人」相手に声をひそめる必要もないというのか、あけすけな会話が耳に入った。

翡翠は身分に見合った態度を心がけるあまりか、侍女に慕われている様子がない。明珠に対する時のような態度で接すればこんな事態にはならなかったろうが、邸内で陰口を叩くような者相手には、それも難しかろう。

「下品な方たちですね。仮にも三夫人様の邸にお勤めとは思えません」

莉莉は侍女たちを威嚇《いかく》するように足音を鳴らした。

よしなさい、とたしなめながら思う。明珠とて、結局は翡翠の侍女たちと何も変わらない。翡翠の虚栄心につけ込んで使いもしない品を売り込み、懐の肥やしとしているのだから。いうなれば同じ穴の貉《むじな》だ。

目が合うと、侍女たちはばつが悪そうに目を伏せた。

「あの、申し訳ございません」

声に顔を上げると、まだ子供のような年頃の婢が、回廊の隅で縮こまっていた。明珠が来ると、たいてい侍女に取り次いでくれる娘だ。

「ご不快な思いをさせてしまって……」

小声で話すのは、侍女たちに聞きとがめられたら困るからだろう。それでも声をかけてくれたことがいじらしかった。

「貴女が謝ることじゃないわ。でも、ありがとう」

明珠は翡翠にもらった干し杏を婢に握らせた。娘は困ったように首を横に振ったが、

「誰にも言わずに、すぐ食べてしまいなさい」と押し付けた。婢は頬を赤くし、ぺこぺこと頭を下げて去っていった。

「婢の方が、よほど礼儀を弁《わきま》えておりますね」

「あの子は後宮に入って間もないから、すれてないだけよ」

そうは言ったものの、莉莉の言葉にも一理ある。ある時など、上客だったとある妃の侍女に、上に報告されたくなければと金品を要求されたことがあった。見かねた婢が妃に報告してくれたことで、その侍女の姿を見ることはなくなった。明珠の商いは、ほかでもない妃嬪たちが望むからこそ成り立っているのだから、明珠を脅せば主人から顰蹙《ひんしゅく》を買うことになる。そうなればどういう結果が待っているか、考える頭もなかったのだろうか。

けれど、そういう輩《やから》が二度と現れないとは限らない。妃に睨まれることがわかっていても、目先の金欲しさに目がくらむ者だっているだろう。そして――これが一番厄介な相手となるはずだが――純粋な正義感から行動する者だって、あるかもしれない。

妃嬪たちがどうか皇子を産むのが自分ではないようにと願うのは自然なことで、自分の商いもまたその需要に応えて発生して然るものである。だが国の存続を考えれば、皇子は生まれねばならない。妃嬪たちの願いや明珠の行いは明確に罪であり、悪だ。忠義者に見つかれば、明珠は二度と商いをできなくなるどころか、罰をも免れないだろう。

そんなことを考えていたのが呼び水となったのか、翡翠の邸の門を出ると、見慣れない顔があった。

「どなたでしょうね。お見かけしたことのない方です」

背の高い男だった。袍《ほう》の上からでも、胸板の厚さが見て取れる。華奢《きゃしゃ》な女やひょろひょろした宦官ばかりを見慣れた目に、男は異様なものと映った。

しかし、皇帝以外の男が、後宮にいるはずもない。そして当の主上はまだ齢十八のはずだが、目の前の男はどう見ても三十絡みだ。一見して男のようだが、宦官なのだろう。宦官たちはたいてい中性的と言おうか、男とは見えない見た目をしているが、中には髭をたくわえたりだとか、男性的な外見を残したままの者もいるにはいる。しかしここまで顕著なのは珍しい。おまけに身に着けた玉佩《ぎょくはい》からして、相当に高位であると察せられた。供も連れず、翡翠の邸にいったい何の用だろう。

じろじろ見過ぎていたのか、当の宦官と目が合った。慌てて礼をしようとすると、構わないと顔を上げさせせられた。

「失礼。一つお尋ねするが、こちらの邸にはどのような用向きで?」

明珠は頬が引きつるのを感じた。商物の包みを抱えた莉莉を隠すように、一歩前に出る。

「ああ、名乗りもせずに申し訳ない。私は陳子建《ちんしけん》」

その名には聞き覚えがあった。すべてを賄賂でごまかせてしまうような雲作城にあって、堅物で通った宦官だ。潔白さを見込まれて帝の側に侍ることになったが、そのせいでますます周囲から煙たがられているという有名人である。体躯は武官のように立派だが、以前は蔵書楼を預かるれっきとした文官であったと聞いている。「蔵書楼の主」たる帝とも、おそらくはそこで知り合ったのだろう。

間違いないのは、子建は明珠が最も恐れる「正義感」を持つ人物だということだ。

明珠は慎重に言葉を選んだ。

「潘夫人様が、お茶に呼んでくださったのですよ」

「貴女を？」

子建は、まるでそのためにあるかのような、広い眉間に皺を寄せた。

「失礼ながら、高殿。貴女は才人だろう」

「私をご存じなのですか？」

子建は心外だとでもいうように「陛下の側近である私が、御妻《みめ》の方々の顔ぶれさえ知らずにどうする」と首を捻《ひね》った。

「才人である高殿を、潘夫人様が招くというのは……」

「身分に差がありすぎるとおっしゃりたいのでしょう。お気持ちはよくわかります。私も最初は面食らいましたもの。ですが潘夫人様は、そのようなことにこだわらないお人柄なのです。なんでも、歳の近い話し相手が欲しかったとかで」

子建は納得したように「ああ」と頷いた。

「潘夫人様と歳の近い妃嬪は、たしかにそうはいない。徐夫人様を呼びつけるわけにもいかぬだろうからな」

ひとまず安堵したのも束の間、子建は莉莉の抱えた包みに目を留めた。

「しかしお茶にしては、ずいぶん荷物が多いようだが」

「こちらは、その……実家から送られてきた品をお分けしていたんです。いくつか種類がございましたので、潘夫人様にお選びいただいて。今持っているのはその残りですわ」

「なるほど。では、私にも一つお分けいただけるだろうか？」

莉莉の沓が、砂利を踏む音がした。動揺しては駄目、と目配せする。

「いいえ、陳様。申し訳ないのですが、潘夫人様にお届けするために取り寄せた品ですので、香やら反物やら、女人のための品ばかりなのです。陳様にはぜひまたの機会に、果物でも手に入った際にお分けいたしますわ」

子建はなおも包みの輪郭を視線で辿《たど》っていたが、「そうだったか」と引き下がった。

「呼び止めてしまい、すまなかった」

「ご理解くださって安心いたしました。それでは、私たちはこれで」

明珠は莉莉の手を引き、逃げるようにその場を後にした。

「お嬢様、大丈夫なんでしょうか。陛下の側近の方にあんな嘘をついて」

歩調を早めながら、莉莉が小声で言う。

「全部が嘘ってわけじゃないわ。潘夫人様が私に対しては気さくな方なのも、持参した品をお分けしたのも本当のことよ」

「でも、あの方絶対まだ疑ってますよお」

「わかってるわ。今は黙ってて！」

背中に視線が張り付いている気がしたけれど、振り返る勇気が明珠にはなかった。


翌日の早朝、明珠たち才人の住む邸に、子建とはまた別の宦官が訪れた。侍女が応対する物音が、まだ寝ぼけた空気の残る回廊から聞こえてくる。

才人は、上級妃と異なり自邸を持たない。一つの邸に身を寄せ合い、その中で房を分け合って暮らしている。雑居房と揶揄されることもあるが、邸を持ったところでどうせ侍女の数が手入れに追い付かないのだから、皆で住むのは理に適ったことだ。しかしこんな雑居であるから、帝が才人と臥所《ふしど》を共にする場合、ほかの多くの妻の房を素通りして、目当ての女の元を訪れることになる。だから帝の足が余計に遠のくのだと、嘆く者がいないでもない。しかしそのおかげで、才人たちが死籤に当たる心配はないに等しい。

「こんな朝早くに、何だっていうのかしら」

「私、見てまいりますね」

莉莉が戸口から出て行こうとすると、隣房に住む姜《きょう》才人がぬっと顔を覗かせた。姜才人は明珠より一年早く入宮していた女だ。歳は一つ下だが、ここへ来たばかりの頃はずいぶん世話になった。恩返しというわけではないが、まとまった金が入った時には差し入れを欠かさぬようにしている。その甲斐あってか、隣り合う房の者同士は、物音やら持ち物への嫉妬やらでいがみ合うことも多いが、明珠と姜才人は良好な関係を保っている。

「ずいぶん久しぶりに顔を見たわね、あの宦官」

「お知り合いなんですか？」

「馬鹿言わないで頂戴。あれは陛下のお召しの印よ。今夜貴女の元に陛下が参りますって先触れする役の宦官ね。渾名は死籤易者。あれが来たら、籤を引くことになるから。明珠は見たことなかったかしら？」

明珠が頷くと、どうりで私も干からびるわけね、と姜才人は息を吐いた。

「どの房の前で止まるか、見ものだわ。あんな占いがあった後だから、指名された子は貴女に泣きつくでしょうね」

姜才人はにやっと笑い、さっさと自分の房に引っ込んだ。まだ眠るつもりなのだろう。死籤易者が来るのは自分のところではないと決め込んでいるらしい。

明珠は莉莉と顔を見合わせた。

「……お嬢様。私、なんだか嫌な予感がします」

「しっ、黙って莉莉。悪い予感は口に出すと現実になるのよ」

侍女と死籤易者とが回廊を歩いてくる足音が近付いてきたので、二人は息を潜めた。

ふと、足音がひたりと止んだ。どっと冷や汗が背中から噴き出す。

房の外に、人の気配があった。

お嬢様、と莉莉が声を上げかけたところで、扉が開いた。

「こちら、高才人の房でお間違いないか」

そこに立つ宦官は、名簿のようなものを捲《めく》りながら問うた。姜才人が余計なことを吹き込むから、易者どころかまるで明珠を迎えに来た冥府の役人のように見える。莉莉が応えようとしたが、声が出ないようだった。代わって明珠が立ち上がり、拝礼して返事をする。

「お役目ご苦労様です。間違いございません。私が高明珠です」

宦官はにこりともせず頷いた。

「おめでとうございます。今夜、迎えの者が参りますゆえ」

「陛下はこちらにいらっしゃらないのですか？」

「尚懐宮《しょうかい》におでになるようにとの仰せです」

尚懐宮といえば、帝の寝所だ。後宮とは回廊で繋がっているものの、門の外にある。なぜこちらから出向くことになったのか、と尋ねる間もなく死籤易者は帰ってしまった。

「どうしましょう、お嬢様」

明珠はしがみついてくる莉莉を受け止めてよろめいた。

「よりによって、なんで今……」

五年も放置されていたのに、今さら声がかかるなんて、心当たりは一つしかない。

陳子建だ。

明珠は早くも痛み始めた頭に手をやりながら、己の房を振り返った。今夜ここに来ると言われなかっただけ、まだましかもしれない。あちこちに散らばった霊験あらたかな（という謳い文句の）品々やその原料を見やり、いよいよこれらの効能を自身で試す日が来たのかと、明珠は溜息を吐いた。


明珠は並の人間より神経が太いと言われることが多い。

しかしさすがに、帝の寝所に通され、案内役の宦官も姿を消して一人になると、身が竦《すく》んだ。暗愚、傀儡と侮られてはいても、帝は帝である。明珠が故郷から出ることなく暮らしていれば、一生拝むことのなかった天上のお人だ。

御前に出るのに紅花染めの襦裙ではまずいかと思ったが、別の衣裳を用意する猶予もすでになく、結局一張羅のそれで来てしまった。帝は若く、紅花の乱の記憶は薄いはずである。せめて不興を買うことがなければいいが。ただでさえ、陳子建に何を吹き込まれているかわかったものではないのだ。

奥の間から、誰か出てくる気配があった。明珠は宦官に言い含められた通り、跪坐《きざ》したまま声を発さず待った。静かな足音がひたひたと近付いてきて、その沓先《くつさき》が視界に入った。

美しかった。

さすが皇帝の沓だ、と明珠は息を吐いた。上級妃の履くような繊細な刺繍を纏《まと》った女の沓も良いが、目と鼻の先にある沓は、余計な装飾などなくても、その価値が匂い立つようだった。明珠には、その額の想像もつかなかった。

駄目、と明珠は胸中で頭《かぶり》を振った。仮にも皇帝の御前だ。余計なことを考えてはいけない。帝への言葉一つで、明珠の首は飛ぶやもしれないのだ。

「わざわざ来てもらって、すまないね」

降ってきたのは、軽やかな声音だった。

皇帝といって思い浮かべるような厳粛なものでも、蔵書楼の主という渾名から想起される陰気なものでも、どちらでもない。

帝はなかなか次の言葉を発しようとしなかった。まるで明珠を観察しているかのように、視線が全身を這《は》うのを感じた。やはり、赤の襦裙が気に障ったか。すぐにでも申し開きをしたくなったが、許しなく顔を上げることはできない。

考えてみれば、仮にも夫だというのに明珠は皇帝のことを何も知らない。知っていることといえば、傀儡、暗愚という評くらいのものだ。容貌がどうとか、どのような妃を好むとかはもちろん、暗君であれば暗君なりの笑い話がありそうなものだが、それすらも聞こえてこない。皇太后の人形には、人格すら宿っていないとでもいうのだろうか。

しかしその人形が、今夜明珠をここへ呼んだのだ。何かしらの意図を持って。

逸《はや》る鼓動を聞きながら、冷えた床の上で「許す」の一声を待ち続けた。いいかげん足が痺れてくる。このままでは立ち上がれなくなると危惧し始めた頃になってようやく、「楽にしてよい」と声がかけられた。

ゆっくりと顔を上げる。

そして明珠は初めて、夫と呼べるはずの人――孝莠《こうゆう》帝の姿を見た。

仙のようだ、というのが最初の印象だった。

御伽話に登場する仙は、若い見た目のまま俗世を離れ何百年も生きる。もしこの世に本当に仙がいるのなら、こんな姿をしているに違いない。そう思わせるほど、帝の相貌はどこか老成し、浮世離れした雰囲気を湛《たた》えていた。

緩く結われた長い髪に、切れ長の双眸《そうぼう》、通った鼻筋が美しい。袖を通しているのは、金糸で昇り龍が刺繍された黒の袍である。なるほど皇帝らしい威容を湛えた色使いと図案だが、似合っているとは言い難かった。仙のごときこの人が着るのなら、もっと淡く自然な色合いが相応しく思える。

目の前に立つのは、たしかに十八の青年だ。しかしまだ少年らしささえ残した若い見た目と老成した佇まいが噛み合っておらず、妙に落ち着かない気分にさせられる。

「どうかした？」

皇帝はくすりと笑いを漏らした。笑うとやや幼さが覗き、年相応に見えた。尋ねられて初めて、膝を突いたままだったことに気が付いた。

「ご無礼をいたしました。ご尊顔を拝し、感激のあまり」

明珠は立ち上がろうとしたが、足は本格的に痺れ始めていた。このままへたりこんでいるのもまずいが、立っていきなり転ぶのも、無様によろめくのも全部まずい。

皇帝はいつまでも座り込んでいる明珠を不思議そうに眺めていたが、しばらくして「ああ、そうか」と合点がいったような顔をした。そして明珠の元に屈み込むと、「よいしょ」の掛け声と共に、背と膝下を支えて明珠の体を抱え上げた。いかにも乙女が夢見そうな格好ではあるのだが、手つきはまるで荷でも運ぶようなそれである。

「陛下、あの、重いでしょう。しばらくすれば痺れも取れましょうから、下ろしていただきたく……」

明珠がそう言うと、皇帝は黙って明珠の足に軽く触れた。すると痺れが一気に襲ってきて、明珠は皇帝の腕の中で悶絶《もんぜつ》した。皇帝は明珠が動けない内にすたすたと寝台まで歩いていき、そこに明珠を転がした。

「硬い床にいつまでも座らせていたら、こうなるに決まってたね。ごめんごめん」

「いえ陛下、そのような、私の方こそお手を煩わせてしまい……」

転がった寝台の上で起き上がろうとするが、痺れが邪魔をしてうまくいかない。羞恥《しゅうち》と動揺で顔が熱くなったが、帝は明珠を見てはいなかった。寝台の縁に腰かけ、「だから私は、気が利かない、頭が鈍いといつも言われるんだな」と独り言のようにつぶやいた。

「……そのようなこと、どなたが言われるのですか」

帝は自分で明珠を寝台に上げたくせに、そこに自分以外の人間がいること、言葉が返ってきたことに驚いたように振り向いた。

「決まっているじゃないか。私にそのような口をきくのは養母上《ははうえ》だけだ」

明珠は絶句した。皇帝の養母といえば、皇太后周静麗である。静麗が実権を握っているのは周知の事実だが、仮にも帝にそんな不敬な言葉を吐くというのか。

「今はそんなことはいいんだ。さて、足の痺れが取れるまで、少し話をしようか。かまわないね？」

「もちろんです、陛下。……このように無様な格好をお許しいただけるのであれば」

皇帝は笑って袍を脱いで下衣姿になり、髪の結紐を解いた。長い黒髪がはらりと顔に落ち、その目を覆う。

近い、と思った。

寝転んだ明珠の顔を、帝が覗き込んだのだ。長い髪が頬をくすぐり、その合間から覗いた目に、自分の顔が映っているのが見えるほどだった。

「では一つ質問だ。君は、私に何か隠していることはないか？」

刹那、呼吸を忘れた。目の前の、どちらかといえば線の細い青年が、今にも明珠の体を嚙みちぎろうとする虎か何かのように思えてくる。

しかし帝の問いは想像の範疇《はんちゅう》だ。子建が後宮にいたのも、誰かが明珠の商いを密告したからだろう。子建の耳に入れば、帝が知るのも道理。落ち着いて、用意した答えを口にすればいい。明珠とて、一度も見咎められることなく安穏と商いを続けられると思っていたわけではない。帝本人に尋問を受けるというのは想定外だったが。

「陛下、何をおっしゃいます」

明珠は心外だという顔を作った。

「後宮に住まう女は、心身共に陛下のものです。そんな女の一人である私が、どうして陛下に隠し事などできましょうか？」

明珠は大げさに眉を下げ、悲しげな表情を作った。しかし皇帝はほだされるどころか表情一つ変えない。

「女たちが、帝の与り知らぬところで謀《はかりごと》をするなんて茶飯事だろう？　魔窟《まくつ》の中に住んでる君の方が、よっぽどよく知ってると思うけど」

この近さで話されると、まるで耳元でささやかれているようで、首筋がぞわぞわする。

それにしても、魔窟とは。帝の言う通りではあるのだが、己の妻たちの住処に対してあまりの言い様である。

「たしかにそういった例がないわけではございません。ですがそれらは皆、主上の歓心を買うためでしょう。女たちが後宮で悪事を練ってばかりいるように思われては、悲しゅうございます」

明珠は袖で顔を覆って体を震わせ、泣き真似をした。寝転がったままなので多少格好はつかないが、一度この方向で始めてしまったからには貫き通すほかない。

帝が忍び笑いを漏らし、寝台から降りる気配があった。窮地を切り抜けられたのかと思ったが、すぐに何かを携えて戻ってきた。

皇帝が手にしたものを見て、明珠は今度こそ鼓動が止まってしまうかと思った。それは紛れもなく明珠が扱う商物、中でも手頃な価格で一番人気の「死籤除けの護符」だった。例の「花は咲けども実は生らず」の文言が、明珠の素晴らしいとは言い難い手蹟ではみ出さんばかりに書かれている。

ここでもし皇帝に筆を渡されて「字を書いてみろ」と言われれば、筆跡が同じなのだから、どうしたって明珠が作ったものと知れてしまう。

「これ、見覚えあるでしょ。悪かったね、白々しく質問したりして。子建が先回りして、君が潘夫人に売ったっていう品の一部を侍女から買い上げてたんだ」

しかし証拠を突き付けられても、素直に認めるわけにはいかない。明珠の商いが「宗室の血を絶とうと画策した」と解釈されれば、即ち謀反、死罪すらあり得る。もちろん死にたくないし、明珠が罪に問われれば、手伝ってくれていた莉莉や、仕送りを日々の糧の頼みとする父や継母、異母弟妹はどうなる。たとえ連座は免れても、彼らの生活は立ち行かなくなるだろう。

「陛下、恐れながら申し上げます。そちらを私が売ったという証《あかし》がどちらにございましょうか？　陛下の腹心でおられる陳様はともかく、その侍女とやらが、私や潘夫人様を陥れるためにでっちあげたことだとはお考えにはならないのでしょうか。侍女の身元は洗われましたか？　後宮に謀《たばか》りの多きことは、先ほど陛下が仰せになられた通りです。主人である潘夫人様のお立場を悪くするようなことを密告する侍女の言など、はたして信ずるに値するでしょうか。潘夫人様は仮にも三夫人が一人、潘家の本流のお血筋の方です。あらぬ疑いをかけられたとあれば、潘家は陛下に不信を抱くやもしれませぬ。私のような才人風情に、軽々にお話しになってよいことではございませんでしょう」

明珠が言葉を切ると、皇帝は驚いたように目を丸くした。

「すごいね。よく口が回る」

驚いたのは話の内容ではなく、明珠の息があまりに続くことに対してらしかった。

「故郷の父母もよく、私は口から生まれたのだと申しておりました」

ようやく痺れも治まってきたので、明珠はなんとか寝台の上に起き上がった。

字を書けと迫られたら、読み書きはできぬとしらばっくれよう。身分の高い妃ならいざしらず、片田舎の傾いた商家出身の娘がそう言ったところで不自然ではない。

しかし帝は明珠の考えることなど読めているとでもいうように、字を書いてみろと命じることはなかった。代わりに寝台に腰かけ、手燭《しゅしょく》を寄せて護符をしげしげと眺めた。

「しかし、うまいことを考えたものだね」

声音に皮肉めいたものはなく、本気で感心しているように聞こえた。

「あの、陛下。その護符が何のためのものか、ご存じなのですか？」

「もちろん。私の子を、中でも男児を避けるためのものだろう」

やはり、魂胆はとっくに知れている。

開花不結果。妃嬪たちが求める護符にそう書かれていれば、意味はおのずと知れる。いくら暗君と侮られる帝であろうと、わからぬはずはない。

「では、お怒りにはならないのですか。その……護符を作った、誰かに対して」

「あくまで白を切るんだね」と帝はひらひらと護符を振った。

「怒らないよ。私だって、皇帝である前に人間だ。死にたくないという妃たちの気持ちは理解できる。何も罪を犯していないのに死ぬなんて、誰だって嫌だろう」

皇帝は沓を脱ぎ捨てて寝台に上がり、胡坐《あぐら》をかいて明珠と向かい合った。

「だから、この護符を作った者にはむしろ感謝しているかもしれない。怯える女たちとばかり枕を共にするなんて、夜が来るのが憂鬱で仕方ないからね」

明珠は目を瞬いた。

護符を売り捌いてきた妃嬪たちには、何度も礼を言われた。これで陛下のお召しを怖がる必要はなくなる、と。けれどまさか、帝その人にまで感謝されているとは思わなかった。

「まあいいか。君がこの護符を作った当人じゃないなら、意味のない問答だね」

そう言うと、帝は早々と蒲団《ふとん》にもぐり込んだ。

「あの、陛下」

拍子抜けした明珠は、思わず声を上げた。何も咎められず、このまま無罪放免となるのか。有難い話だが、にわかには信じられない気持ちだった。

なに、と皇帝は寝返りを打って明珠と目を合わせた。

「このままお眠りになるのですか」

帝は「そのつもりだけど」とすでに眠そうな目をして答えた。

「私は、どうしたら……」

「君も寝たらいい。明日も忙しいでしょ？　いろいろと」

皇帝は訳知り顔でそう言うと、おいでとばかりに自分の隣を叩いた。

「私は構いませんが、陛下はそれでよろしいのですか？」

「いいよ。君が私の寝所で一晩過ごしさえすれば、たとえ一晩中双六《すごろく》で遊んでたって、起居注には『高才人と臥所を共にす』って書かれるからね。いらぬ危険を冒すことはないよ。今夜は件《くだん》の護符について訊きたかったのと、後宮で商いなんか始める才人の顔を見てみたかっただけだから。ああごめん、それは君じゃないんだったね。ぜひ会ってみたいから、心当たりがあれば誰なのか教えてほしいんだけど」

「いえ、まったく存じ上げぬことです」

帝は蒲団を頭からかぶり、けらけらと笑った。およそ帝らしからぬ、悪戯でも仕掛ける子供のような笑い方だった。

「思い出したら伝えておくれ。ほら、今日はもう休むとしようじゃないか」

明珠はおそるおそる、帝と同じ蒲団にもぐり込んだ。当然のことだが、まったく安らげない。帝が隣にいると思うと、柔らかな臥床も蒲団も、板のように硬く思える。

「全員が、これで済ませられたらいいんだけどね」

くぐもった声を、薄闇の中で聞いた。明珠は思わず隣を見たが、帝は背を向けていた。

「枕を共にした人がそのせいで死ぬかもしれないなんて、考えたくもないよ。君は何もせずに帰しても、泣いて実家に言いつけるようなことはしないだろう？」

「……それは、紫露様が？」

帝は答えなかったが、この尊い人の行いに対し騒ぐことのできる妃など、三夫人をおいて他にない。春蕾がそんなことをするはずはないし、翡翠も自尊心の高さを思えば同じ結論になる。泣き喚《わめ》く姿が容易に想像できるのは、紫露一人しかいない。そして紫露の実家といえば周家であり、周家に話がいけば静麗の耳に入らぬはずがない。その時の帝の置かれた状況を思うと、明珠は思わず笑い声をこぼしてしまった。

「笑わないでよ、笑い事じゃなかったんだから。閨《ねや》のことなんてただでさえ人に聞かれたくないのに、よりによって親代わりの皇太后に吊るし上げられて。あんなに恥ずかしいことはないね」

帝が黙ると、房は静まり返った。

明珠は仄《ほの》かな灯《ひ》に照らされた帝の背を見つめた。このまま寝入ってしまうのは惜しい気がした。明珠はこれまで、帝のことを皆が言うようにお飾りの帝だと思い込んでいた。けれどこうして言葉を交わして、帝も人だと知った。そして思ったより話が通じそうだと、そう思ってしまった。

「陛下、ご無礼を承知でお尋ねしたいことがございます。閨の戯れとお許しいただけますでしょうか」

「許すよ。なに？」

「陛下は、皇子を産めば死ぬ運命にある女たちを憐《あわ》れんでくださる。ですが、いずれ必ずお世継ぎは必要になります。誰かが死なねばなりません。桃花の宴での、徐夫人様の占いについてはすでにお聞き及びでしょう？」

「聞いてるよ。一年の内に誰かが皇子を産み、死を賜ると」

帝は背を向けたままだ。その顔がこちらを見ないことが、どうしてか腹立たしく思えた。

「ならばなぜ、貴母投法を廃そうとはなさらないのですか」

帝は答えなかった。

自分の鼓動ばかりが、闇の中にあった。

やはり無礼が過ぎただろうか。しかし口にしてみれば、それは明珠が入宮してからずっと抱え続けてきた問いであったように思えた。

貴母投法は、かつては宗室たる鳳家に権を集中させるために機能したかもしれない。しかしすでにその意義は失われている。実際、今の朝廷の実権を握っているのは鳳家の正統なる帝ではなく、周家の皇太后だ。法の機構ばかりが残り、意味もなく女たちを殺し続けている。先刻の言動から考えて、この帝が貴母投法の存在を疑問に思ったことがないはずがない。

長い沈黙が続いた。答える気がないのか、それとももしや怒りに触れただろうかと明珠が冷や汗を滲《にじ》ませたところで、声がした。

「かの法がなければ、君の……いや、例の護符の作り主の商売は成立しない。あれを作った者は、貴母投法があるからこそ妃に取り入り、少ない元手で利潤を生むことができた。違うかい？」

明珠は唇を噛んだ。

帝の言う通りだった。どう取り繕おうと、結局明珠は妃たちの恐れにつけ込んで小金を稼いできたのだ。明珠もまた、貴母投法を利用してきた一人に違いなかった。

「それでも君は、貴母投法を廃せと言う？」

帝がこちらを向いたかと思うと、その手が伸びて明珠の頬に触れた。

「私がそう望むなら、手を貸してくれるとでも？」

しくじった。

頬に帝の掌の温《ぬく》もりを感じながら、明珠はそう思った。

表情は見えないが、帝の顔は笑っているように思えた。

この皇帝は、人が言うような暗愚ではない。

最初から、貴母投法について明珠が尋ねるのを待っていたのだ。

「返答は求めないよ。徐夫人の真似ではないけど、予言しよう。君は明日になれば、どうか協力させてほしいと自ら請うようになる」

妙に自信に溢れた言葉に、背筋が冷えた。しかし明珠が真意を問い質《ただ》す前に、皇帝は最後に一つ残った灯《あか》りを吹き消した。

房には、仄かな月光だけが残った。

「おやすみ、よく眠るといいよ。明日からは、今までよりももっと忙しくなるから」

朝日が昇る前、まだ夜といってよい時刻に明珠は才人邸に戻った。

暗がりの中、莉莉が目をぎらぎらさせて起きていたのでぎょっとした。「首尾はいかがでしたか」とにじり寄る彼女をいなし、明珠は慣れた寝床にもぐりこんだ。帝にはよく眠れと言われたが、あんな場所では一睡だってできるわけがない。考えなくてはならないことが山積みだが、そのためにまずは眠らなくては頭が回りそうになかった。

やはり自室が一番だとうとうとしかけたところで、莉莉に揺すり起こされた。

「お嬢様、起きてください！」

明珠はほんの少しまどろんだだけのつもりだったが、すでに房には陽が差していた。

「早くお支度を、お客人がお待ちです！」

「客人？　誰だっていうの」

昨日の今日で、いったい何だというのだろう。それもこんな早朝から、と明珠は眠い目を擦《こす》ったが、莉莉の切羽詰まった声で一気に目が覚めた。

「陳子建様です！　取り急ぎ、この房を調べたいと。内侍省《ないじしょう》からの通達文をお持ちです！」

明珠はがばりと起き上がった。房内の床には、草の根がこびりついたままの薬研《やげん》やら、護符の文言を試し書きした木片やらが転がっている。それだけでは飽き足らず、棚には乾燥紅花を収めた壺や、避妊のための呪法・医術を記した竹簡が並び、壁には手本とするための奉天廟の護符が貼られている。莉莉はすでにそれらをかき集め櫃《ひつ》に詰め込もうとしていたが、その櫃の中も亀の手やら馬の尾毛やらでいっぱいだ。とても収めきれない。

ひとまず姜才人の房に押し込ませてもらおうと、明珠は両手いっぱいに商売道具を抱え上げた。彼女ならば、後で礼をはずめば文句の二つや三つで許してくれるはずだ。

しかし明珠が自房を転がり出ようとしたところで、眼前に立ち塞がる人物があった。

「高殿、どちらへ行かれる」

陳子建の立派な体軀が、隙間なく戸口を埋めていた。これではすり抜けようもない。

子建は明珠の抱えた品々を一瞥した。

血が凍るとはこのことだ。万事休す。莉莉、故郷の家族、もし累が及んだらごめんなさい、私のことは許さなくていい――と思ったところで子建の手が伸びてきて、抱えた品々の一つである膏薬《こうやく》をひょいと手に取った。子建は蓋を取って臭いを嗅ぐと、顔をしかめた。

「高殿。陛下は大変にお優しい方だ」

「はい、それはもう昨夜、身に染みております」

膏薬の原料には鼠《ねずみ》の糞《ふん》が含まれている。あんな風に鼻に近付けては、さぞ臭かろう。秘所に塗れば子種を避けるという触れ込みでどうかと作ってはみたものの、そもそも臭い過ぎて子種どころか人が避けるので、商品化には至っていない。子建はすぐに蓋を閉め、膏薬を明珠に突き返した。

「陛下は御心を決められた。その上で、二つ言伝《ことづて》がある。一つは、我々に手を貸すならば、貴殿の商いを罪には問わないということ」

「……いま一つは、何でございましょうか」

「それは、先に返事をもらってから伝えるとする」

明珠の腕は荷物の重みに耐えかね、すでに震え出していた。

「高殿。返答を」

子建が催促する間にも、上の方に載せられた壺が揺れ、中身の紅花が二つ三つ、床へと転がり落ちていった。

「……諾《だく》と」

「うん？　何か言ったか」

どうせ聞こえているくせに、子建は耳に手をやって訊き返した。

「承知いたしましたと、陛下にお伝えください！　私のような者でお力になれることがあれば、喜んで手をお貸ししますと！」

子建は恭しく礼をした。

「色よい返事に感謝する。大家《ターチャ》もさぞやお喜びになるだろう」

子建は床に落ちた紅花を拾い上げると、明珠の抱えた大荷物の上に飾るように置いた。

「それでは二つ目の言伝だ。陛下は貴殿に、今夜も尚懐宮に来るようにとの仰せである」

子建が返事を待たずして行ってしまうと、明珠はとうとう大荷物を支えきれなくなり、手に持ったものをすべて床にぶちまけた。その轟音《ごうおん》は、何事かと姜才人ばかりかほかの才人たちまでもが房を覗きにやってくるほどだった。房内の有様を見て、彼女たちは声を上げて笑い出した。笑えないのは、明珠と、おろおろとすがりつく莉莉ばかりだった。

明珠の気分を代弁するかのように、外では雨が降り始めていた。


「二夜続けてのお招きにあずかり、光栄です」

膝を突いた明珠の頭上に、皇帝の笑い声が降った。

「それは皮肉？　君と私はこれから共犯なんだから、嫌味なんか飛ばすものじゃないよ」

帝は、今夜はすぐに明珠の手を取って立たせた。

「陛下もお人が悪うございます。陳様を寄越されるくらいでしたら、昨晩問い詰めてくだされればよろしかったのに」

「それじゃ面白くないからね。後宮で死籤除けを売り捌こうって人に、ただ命じるんじゃ芸がなさすぎるでしょ」

「無用な芸にございます」

明珠の言葉に、帝は満足げに笑った。今度は、悪戯が成功した子供のように。

「温情には感謝しております。しかし私などが、陛下のお役に立てますでしょうか」

「もちろん、そう見込んだから協力を仰いだんだよ」

「仰ぐというか、脅されたというか……」

同じことだよ、と皇帝は榻《ながいす》に体を預け、明珠にも勧めた。明珠はためらったが、「同《どう》衾《きん》した仲なのに」と言われればどうでもよくなって、皇帝の向かいに腰かけた。しかしあれははたして、同衾したといえるのか？

「事が事だけに、誰でもいいわけではなかったんだ。まず、私の企みを口外しないと確信できる者。そして後宮内を歩き回り何事か調べていても不審に思われず、顔が広い者。どちらも君に当てはまる」

たしかにそれはその通りだった。弱みを握られているので口を閉ざすしかないし、商いのおかげで妃嬪たちには顔が利く。後宮内をうろついて調べ物をしていても、新しい品でも開発中なのだろうとしか思われない。知らず知らずのうちに、明珠は帝にとって都合の良い人材となっていたのだ。皇太后に睨まれないよう最低限気を付けてはいたが、まさかその陰で皇帝に目を付けられているとは思わなかった。

「ですが、これはそこまで秘密裏に運ばねばならぬお話なのでしょうか？　陛下が朝議にでもおかけになれば……」

言いかけて、明珠は口を噤んだ。公《おおやけ》の場で帝が口にすることはすべて、静麗が耳元でささやいたことだと言われている。つまり貴母投法を廃そうと動くことは、皇太后の意に沿わぬことなのか。

明珠は思わず、こめかみを押さえた。もしかして自分は、思った以上の厄介事に巻き込まれようとしているのかもしれない。

「うん、その点についてはこれから説明しようと思ってね。そんなに不安そうな顔しないでよ。君にとっても悪いことばかりじゃないはずなんだ。無事に法を廃することができた暁には、正式に後宮で商いの許可を与えると約束するよ。貴母投法がなくなれば今の品は不要になるだろうから、別のものでね。白粉《おしろい》でも菓子でも反物でも、女たちが欲しがるものはいくらでもあるでしょ。後宮内は出入りできる人が限られているから、市場を独占できるかもしれない。どう？　悪くないでしょ」

たしかに、破格の条件と言えた。本来なら罪に問われたくなくば命に従えと脅されて当然のところを、褒美まで用意してくれるという。

「よろしいのですか。後ろ暗い商いに手を染めていた女に、そのようなことを約されて」

「この条件では不服？　なかなかの強欲ぶりだね」

「いえ、とんでもございません！」

明珠の商いは、実家に送金するため苦肉の策として考えついたものだ。別の品で商いを続けてよいとのお墨付きを得られるならば、願ってもない。仕送りを止めずに済むし、妃嬪たちの弱みにつけこんで儲けているという後ろめたさからも解放される。

考えてみれば、後宮は商人にとって最高の環境だ。競合相手はろくにおらず、うなるような金を持つ妃が何人もいる。明珠の財嚢などには収まりきらぬほどの銭貨が行き交うだろう。この話が実現すれば、異母妹の持参金や異母弟の学費どころか、実家を再興するのも夢ではないかもしれない。

「陛下。一日も早く法を廃せるよう、この高明珠、精一杯お務め申し上げます」

「君は文字通り現金だね。わかりやすくていいと思う」

私は好きだな、と帝は目を細めた。

「して陛下、手始めに何をすればよいのでしょうか」

「うん。それじゃあまず、私たちが何と戦わねばならないのかを知らないといけないね」

帝は老師が生徒に教え諭すような口調で言った。

「考えてみるといい。現在の朝廷において、貴母投法の恩恵を最も受けるのが誰であるのか。それほど難しくはないはずだよ」

皇帝は自ら答えを明かすつもりはないらしく、面白がるように明珠を覗き込んだ。

「恩恵、ですか」

貴母投法は、皇子の母を殺す。もともと外戚の跋扈を封じるための法であり、外戚に代わる位置に立てるのは、皇帝に侍る宦官である。過去にはその増長によって滅んだ王朝もあると聞く。だが、現在の朝廷で宦官がそれほど力を持っているかといえば、答えは否だ。雲作城において、絶対の権力者は皇太后である。そして周家の者たちがその権のおこぼれに与っているのが現状だ。

ではなぜ、皇太后がその地位を手にすることができたか。帝の後見の立場を得たからである。なぜ後見となったか。帝の養母となったからである。

ではなぜ、養母となれたのか？　帝の実母が死んでいたからだ。

さっと冷えた明珠の顔色を見て、帝は頷いた。

「理解したようだね。誰だって、少し考えればわかることだ。だけどわかったところでどうしようもない。逆らいようもない相手と戦おうとする者なんて、当たり前だけど誰もいないんだ」

ざあ、と雨が屋根を叩く音がした。昼間から降り続く雨は、止むどころかますます強くなったようだった。これでは、盛りを迎えた桃花がすっかり散ってしまうだろう。宴を終えた後でよかった、と明珠はぼんやり思った。そうでなければ、きっと静麗が今年も怒りを露わにしただろうから。

褒美についての話を聞いた時の高揚は、すでに胸から失せていた。危険な場所に踏み入ったとは、とうに気付いていた。けれどその危険を、明珠は暗がりを歩くようなものと思っていた。けれどこれではまるで、虎が潜む藪に分け入るようなものではないか。

　ごめんね、と口にした帝の笑みに、苦いものが混じった。

「君に酷なことを課そうとしている自覚はある。なにせ、この濤国の主に抗えと命じているようなものだから」

　主。それは本来、今明珠の目の前に座る人であるはずだ。

　だが違う。皆、知っている。明珠だって知っている。「傀儡帝」と、その渾名を口にしたことだってあった。

　傀儡から伸びた糸を握るその人は、皇太后、周静麗である。

「想像の通り、養母上は貴母投法を逆手にとって権力を握った。自らは皇子を産まず皇后となり、他の妃が産んだ御子の養母となって実権を握る。おそらく次代も同じことをするつもりだろうね。姪である紫露に子を産ませて、その子も傀儡に仕立て上げる。今度は自分と同じ周家の血を継ぐ子となるから、私よりも都合がいいだろう」

　紫露も哀れだね、と帝は目を細めた。

「あんなに皇太后のことを慕っているのに、その真意に気付かない。そう育てられたのだから、無理もないことだけど」

　叔母上、と無邪気に皇太后を呼ぶ紫露の声が耳に蘇る。

　たとえ私が死んでも、陛下の御子だけはこの世に送り出してみせますもの——

　明珠は知らず、両手を強く握り合わせていた。

「法を廃すために、私たちがすべきことは二つ。一つは、貴母投法の根拠を覆すこと。もう一つは、皇太后の弱みを暴くこと。養母上を失脚させなければ、法の根拠が揺らいでも握りつぶされるだけだ。なあに、心配いらない。宗室の人間でない者が権を握るのに、後ろ暗いことが一つもないなんてあり得ないからね。それで、君に頼みたいのは後者だ」

どきりと心臓が跳ねる。それはつまり、帝の間者になるということだ。当然だが、報酬の大きさの分だけ、冒さなければならない危険も増す。

「前者については、私と子建の方でだいたいの調べがついてるんだ。かの法が、高祖たる孝巍帝とその愛妃潘天女の伝承に根拠を置いているのは知ってるよね？」

「もちろんです。子守歌がわりに、必ず親から聞かされますから」

「じゃあその話を、私に語ってくれる？」

「は？」

帝とて、その話を知らぬはずはない。わざわざ明珠の口から聞くまでもないはずだが、命を突っぱねるわけにもいかない。明珠は、幼い頃に母や乳母から繰り返し聞かされた孝巍帝と潘天女の逸話を語った。妃が皇帝を諫《いさ》めるため、そして天意に沿うため自ら命を絶つという例のそれである。

「――妃は蝕によって太陽が隠れるのを見て、天意を悟りました。そして夫と我が子の行末を想い、濤国のため刃をその喉に突き立て――」

物語が終わりに差し掛かったところで、「そこまででいいよ」と帝は話を遮り、奥の間に引っ込んだ。おいで、と姿の見えなくなった帝の声が明珠を呼ぶ。

「陛下？」

奥の間に顔を出すと、帝はぽつねんと置かれた文机《ふづくえ》をいじくっているところだった。何か細工が施してあるらしく、いくつも並んだ抽斗《ひきだし》の一つを引っ張り出している。覗き込むと、奥に引き戸が見えた。その戸を引くと、カチリと音がして、左端の抽斗が飛び出した。抽斗には、古めかしい竹簡がびっしりと詰め込まれていた。帝はその内の一つを引っ張り出し、机の上に広げてみせる。

「さっき君が語ったのが、濤の民が皆信じる逸話だね。今度はこっちを読んでもらっていいかな」

帝が手燭を引き寄せると、掠れた文字がぼうっと浮き上がった。ずいぶん古い書物のようだ。経年により滲んだ部分はあるものの、読めないほどではない。しかし文体の古さには閉口した。帝が内容を教えてくれればよいものをと思いながら、ゆらめく灯の下で明珠は文章に集中した。書かれているのは、やはり孝巍帝と潘天女の物語のようだった。何巻かに分けられた内の終盤らしく、物語はすでに潘天女が苦悩するところから始まっている。

帝は明珠を急かすことなく、ただじっと待っていた。その真意を図りかねながら、文字を追う。

どれくらいの時が経ったか、手燭に立てられた蠟燭《ろうそく》がずいぶん短くなった頃、明珠は竹簡を解く手を止めた。

「……陛下。この書物は、いったいなんなのです？　濤に反する勢力が記した偽書でしょうか？」

そうじゃない、と帝は頭を振った。

「それは紛れもなく、濤国の官吏の手によって記された正史だよ。三百年前、建国当時の。巻末には執筆の日付に加えて、鳳家の印が捺《お》されているだろう。私が所持しているものと印影が一致するから、本物だね」

明珠は信じられない思いで帝を見た。けれど帝の目はあくまで真剣そのもので、冗談を言っているようには見えなかった。

「ですが、これは」

竹簡に記された物語は、途中までは明珠の知るものだった。枝葉の部分は異なっても、大筋では同じと言えた。

だが、物語の結末、妃の最期が、あまりにも異なっている。

潘天女は殺されていた。唐突な死であった。

自害ではない。潘夫人は夫である鳳天巍の手にかかって死んだと、そう記されていた。

殺害理由は「乱心」とのみあり、潘天女の呼称さえ出てこなかった。

「混乱するのも無理ないよ。現在の史書にこの記述はないんだから。まあ、時を経て歴史が美化されることはよくあるよね。史書に記されたことが、すべて真実とは限らない。朝廷にとって都合の悪いことは書かれないものだから。これだって、初代皇帝が妻殺しではまずいだろうという配慮で、後世に書き換えられたのかもしれない」

でも、と皇帝は竹簡の文字を指先で撫でた。

「この記述の相違――潘夫人の死に方の違いは、配慮から生まれたものじゃない。明らかに誰かの、高祖を美化しようという以上の意志が働いている。だってそうだろう？　潘天女が自ら国のために命を絶ったのでないのだとすれば、貴母投法は根拠としてきた故事を失うんだから。私がこの竹簡を蔵書楼で見つけたのも偶然だった。本来これは、あってはならない書物だ」

「あってはならないものが、なぜ蔵書楼に？」

「たまにあるんだ。蔵書録にも載っていない、まるで隠すように書棚の奥にしまい込まれている書物が。大概は大昔の誰かの日記だったり、俸給の少なさを嘆く文だったりするわけだけど、これはそういう他愛ないものとは違う。記録によると、雲作城の蔵書楼は二度燃えている。二百年ほど前と、十三年前だ。どちらも燃えたのは蔵書楼のみで、隣接する殿舎が被害を受けることはなかった。つまり、火元が蔵書楼なんだ。おかしな話だと思わない？　書物を保管しているだけの蔵書楼で、どうして二度も火が出る？」

「それは……」

火付けに決まっている。蔵書楼は書物を守るため、灯や炉の使用が許されない。失火はあり得ないのだ。

「その度に、書物の大半は焼けてしまった。わずかに残った書も、蔵書楼の再建を待つ間に散逸している。史書はその度に、文官たちの手で書き直された。この竹簡が今日まで残ったのは偶然だろうか、それとも誰かの意志に逆らってでもこれを残したいと思った忠臣がいたのかな？　はたしてどっちだろうね」

「陛下は、二百年前も火付けだとお考えなのですか？」

「うん。歴史を紐解くと、面白い符合があるんだ。その頃にも、現皇太后と同じように幼帝の後見となって政に関わった女性がいる。彼女はどうも、もともと帝の乳母だったらしい。帝は彼女を、殺された実母に代わって母として尊重したようだ。それほど高い身分の出でもなかったのに、彼女のおかげで係累たちは要職を得た。彼らにとって、貴母投法は存続してくれないと困るものだったんだろうと想像するのは、飛躍しすぎかな」

明珠は押し黙った。降って湧いた一族の栄華。だがもし、誰かがその根拠である貴母投法に疑いを持ち、異を唱えたら？　せっかく手に入れた栄誉が揺らぐようなことがあったら？　誰を殺すわけでもない、ただ書を焼くだけで、一族は守られる。二百年前の誰かがそう考えたとしても不思議ではない。

「当時の火事の原因は今さら調べようもないから、想像の域を出ない。十三年前のものについては、処遇に不満を持った蔵書楼勤めの宦官の火付けということで片がついてる。それに、この古い史書が偽造されたものという可能性もある。でもね」

皇帝は言葉を切り、開いたままだった竹簡を丁寧に巻き上げた。

「火付けの罪で処断された宦官は、養母上が皇后となることに強硬に反対していた人物だった。もしかすると、一度目の火事を逃れた古い書が、その頃はまだ蔵書楼に残っていたのかもしれない。今度こそそれを燃やし尽くすついでに、厄介な人物も追い出すことができるとしたら――」

帝の言葉の続きを想像するのは、夜空に星座を見出すよりも容易なことだった。しかし今夜は雨だ。天を見上げても、暗雲だけがそこにある。

「この古い史書の存在を訴え出ても、偽書だと一蹴されるだろうね。それどころか、私の立場を危うくするだけだ。黙っていた方がずっと賢い。だけど誰かが皇子を産んで、皇太后がその子の養母となった時、おそらく私は始末されるだろう。おとなしくしていたって、結末は同じなんだ」

帝は自嘲するように口元を歪めた。

「死に怯える妃たちを救いたいとか、そういう格好良いことが言えたらよかった。でも私は、ただ自分が死にたくないだけなんだ」

「そのようなことをおっしゃらないでください。みすみす死にたい者などおりません」

もっと違うことが言えたらよかった。いつもはよく回るはずの口がうまい言葉を探しあてられず、こんなつまらないことしか言えない。

「悪いね、巻き込んで。君ももう逃げられないよ」

明珠は視界が揺れるのを感じた。明珠が入宮した当初から、朝廷の実質的な最高権力者は皇太后だった。彼女は「女帝」だ。誰もが帝の声に耳を傾けるふりをして、その実背後に座する女帝の言葉を聞いている。その体制は、帝が即位してから十年続く。さらに先帝の晩年は精神錯乱甚だしく、実際の政を取り仕切ったのは当時皇后であった皇太后だと聞き及ぶ。であれば濤国はすでに十数年、彼女の手中にあるのだ。その間に、皇太后はすべてを整えただろう。要職には都合のいい人員を揃え、意に染まぬものは地方に追いやる。十数年経った今の朝廷は、おそらく彼女にとっての完成形だ。その中で皇太后を失脚させるとは、太陽を射んとするかのごとく思えた。

「何か策は……おありなのですか」

「はっきり言って、ないねえ」

明珠はこめかみを押さえた。

「そう気を落とさないで。長い戦いになるだろうから、気長に地道にいかないと。敵に気《け》取《ど》られたら、それで終わりなんだから」

敵、と明珠は口の中で繰り返した。帝にとって、養母である皇太后はすでに敵なのだ。

「ですが陛下、徐夫人様の占いの件がございます。そう悠長に構えていられないのでは」

「まあ、そうだね。焦らずとも急がないといけない。策はないと言ったけど、糸口くらいはあるんだ。手始めに、天華《てんか》の身辺を探ってほしい」

帝の口から出たのは、意外な名前だった。

「……長公主様ですか？　皇太后様のご息女で、陛下の腹違いの妹御の？」

天華は皇太后の一人娘なのだから、意外ではないのかもしれない。しかしとにかく彼女は表に出てこないから、此度《こたび》のような政争とは無縁と思っていた。

「そうだよ。天華は滅多に邸から姿を見せず、生来病弱だとして降嫁の話も皇太后がすべて退けている。何か臭いとは思わない？」

長公主は御年十六になる。今上帝の異母妹たる天華を嫁がせることは、皇太后にとっても権勢の拡大に役立つはずだ。いくら病がちとはいえ、その手札を切らずに手元に置き続けているのは、たしかに不自然にも思える。

「……そうですね。後宮において『病』というのは、本来の意味より、都合の悪いことを伏せる際に使う方が多いくらいですから」

その通り、と帝は頷いた。

「そういうわけで、頼んだよ。私が接触しようとすると目立ちすぎるし、子建も駄目だ。

あれは宦官にしては男臭すぎて、深窓の姫君には恐ろしいだろうから」

「陛下も長公主様には長くお会いになっていないのですか？」

「うん。最後に天華を見たのは、五年前くらいかな」

五年前といえば、ちょうど明珠が後宮へ来た頃だ。思い返せば入宮したばかりの頃、藤花の宴で天華を見た覚えがある。末席から覗き見ただけだが、色白の美しい少女だった。

だがあの肌の白さは病ゆえと気の毒に思ったものだが、そうではなかったのだろうか。

しかし、そう簡単に目通りできるとも思えない。もし本当に何か隠し事があるのだとすれば、皇太后とて警戒しているはずだ。

けれど、できないとは言えない。後宮の中には、長公主と交流がある者もいるかもしれない。時間はかかるが、一人一人当たってみるしかないだろう。

「心配しないで。何も明日までに結果を持ち帰れって言ってるわけじゃないんだ」

「承知しております。しかし……恐ろしいのです、間に合わぬことが」

皇子が生まれれば、妃は死ぬ。そして用済みになった帝も始末されるやもしれぬと聞いて、焦らないわけがない。

「もしかして、私の身を案じてくれている？」

「当たり前です」

帝は冗談めかして言ったが、明珠が即答すると笑いを引っ込めた。

「私は日々銭貨を稼ぐことに汲々《きゅうきゅう》としておりますが、義がないわけではございません。私の商物など、必要とされなければそれに越したことはないのです。死に怯える人の顔など、見たくはありません。特に、名や顔を見知った方となれば」

「……私も、その見知った方の一人だってこと？」

不敬ながら、と明珠は両袖を合わせて礼をした。

ふうん、と帝は口元に手をやった。

「悪くないね。悪くないっていうか、良い気分かも。そうだ、いうなれば私たちは同志になったんだ。うん、それで呼び名が陛下じゃあ、あんまりそっけなさすぎる。どう、君、私を天莠と呼んでみるのは」

天莠。皇太后が不遜にも呼ばわってみせた、帝の御名である。

「ご冗談を」

「子建は、私がせがんだら呼んでくれたよ。小さい頃の話だけど」

「陛下はもう子供ではございません。名を呼ぶなど、畏れ多くてとても。御名は未来の皇后陛下にとっておいてくださいませ」

つまらないなあ、と帝は——天莠は高い天井を振り仰いだ。

「じゃあせめて、私は明珠と呼ぼうかな」

ふいに名を呼ばれ、心臓が跳ねる。そういえば天莠が明珠の名を口にしたのは、これが初めてだった。

「ご随意に。私はこれでも、陛下の妻の一人に違いありませんから」

「だから、それだとつまらないんだって。じゃあこうしようか。私たちの望みが叶ったその時には、名前で呼び合うというのはどう？」

「……陛下がそうお望みなのでしたら」

「うん。約束だ」

天莠は約束の証とばかりに明珠の手を握り、上下に振った。

どうもこの人は、思っていた人物とは違うらしい。

会わぬ内は、空っぽの傀儡と思っていた。初めて会った時は、妙に老成した仙のような青年だと感じた。今は、少し怖い。いったい何が怖いのだろう。皇太后と対立する立場となったのももちろん怖いが、そうではない。天莠自身が、どうにも明珠を落ち着かない気分にさせる。明珠はこれまで、どんな人と相対しようと恐ろしいと思ったことはなかった。

こんなことは天莠相手が初めてで、それ自体が恐ろしいのかもしれない。

では寝るとしようか、と帝は床に入り、明珠を手招いた。もちろん服は着たままで、今夜も文字通りの寝るという意味以外にはなさそうだ。明珠とて、法を廃するまでは枕を共にするつもりはない。いや、同じ枕は使うのだが。

ごちゃごちゃ考えながら、明珠は天莠の隣に体を横たえた。幸い寝台は広く、密着しなくても十分に横になれる。天莠が灯を消すと、辺りは深い闇に包まれた。今夜は雨で、月の光もない。

明珠は一つ、溜息を吐いた。

「私には、わかりかねます」

独り言のつもりだったが、闇が答えた。

「何がわからない？」

「なぜ、罪のない者を殺してまで、権を得ようとするのでしょう。皇后や皇太后にまで昇りつめたのなら、すでに濤国で最も貴い女人です。どうしてそれ以上を求めるのでしょうか」

さあ、と帝は寝返りを打った。闇の中で、天莠の顔がこちらを向いたのがわかった。

「そればかりは、養母上に直接訊いてみないとわからないね。事が成ったその時には、お尋ねしてみるとしよう」

事が成ったら。それはいつになるのか。本当にそんな日は来るのか。

いや、来させねばならないのだ。でなければ、この人は死ぬ。

「陛下は、恐ろしくはないのですか」

母と呼ぶ人に、殺されるかもしれないことが。

しかし返事はなかった。よほど寝付きがよいのだろう、耳を澄ますと寝息が聞こえてきた。明珠は二度目の溜息を吐き出すと、さてこれから忙しくなる、と目を閉じた。

後宮に戻った明珠は、足音を忍ばせて才人邸の敷居を跨《また》いだ。続けて二夜も帝に召された上、戻りの音で眠りを妨げたとあっては、誰に何を言われるかわかったものではない。

一日降り続いた雨も、もう止んでいた。

房を荒れたままにしてきてしまったが、莉莉は片付けを終えただろうか。たとえ散らかったままでも、商物が駄目になってしまったわけではない。すぐに商いの支度を始めるとしよう。誰の元を訪れるのがいいだろうか。長公主との接点を探るなら、やはり周家と近しい家の妃嬪がいいだろうか。

自室の扉を開けると、元通りとはいかないまでも、昨日の惨状が夢だったかのように片付いていた。莉莉の努力に胸を熱くしていながら奥の間に入ると、散らばった草の実を掻き集めている姿が目に入った。明珠の気配に気付いたのか、眠たげな顔が振り返る。

「莉莉！　まさかお前、寝ないで片付けていたの」

「あ、お嬢様、おかえりなさいませ。いいえ、夜は休ませていただきました。お嬢様がお帰りになる前に綺麗にしてしまおうと早起きしたのですが、間に合いませんでしたね」

たぶん嘘だろう。莉莉は明珠を心配して、夜通し起きていたにちがいない。

「……何事もありませんでしたか？」

「何もないとは言えないわ。厄介事に巻き込まれたけれど、説明は後にさせて。夜明けまでまだ少しあるから、とにかく眠りましょう。莉莉も休んで」

はい、じゃあ後はこれだけ、と莉莉は薬壺を棚に戻した。

「そうだ、忘れない内に。お嬢様が出て行かれた後、またお客様がありました」

「今度はいったい誰？」

近頃は客人が多すぎる。頭痛がぶり返すようで、明珠は思わずこめかみを押さえた。

「ご安心を、徐夫人様からの遣いです。明日……というか、もう今日ですね。邸へのお誘いでした」

天莠からの呼び立てがあって頭から抜けていたが、そういえば春蕾からも近い内に邸に招くと言われていたのだった。

「わかったわ。朝になったら、ぜひ伺いますと返事をしてちょうだい」

ちょうどいい、先日の占いの真意も確かめておきたかったところだ。

それに明珠自身、春蕾に会いたかった。ここのところ、予期せぬ出来事に振り回されてずっと気を張っている。いや、これからは秘密を抱えたまま後宮内を調べ歩かなくてはならないのだから、気が休まる時などないだろう。春蕾の顔を見れば、少しは神経もほぐれようというものだ。

数刻後には起きねばならないが、これでやっと長い一日が終わるかと思うと、どっと疲れが襲ってきた。明珠は行儀悪く、着替えもせず赤い襦裙を引きずって寝台に横になった。

「お嬢様、一張羅が皺になります！　これを駄目にしたら、何を着て徐夫人様を訪ねられるおつもりですか」

わかってるわよ、と明珠は莉莉に剝がされるようにして襦裙を脱いだ。長公主の邸に出入りしようというなら、いいかげん衣裳も新調せねばならない。紅花に罪はないのだから恥じることはないと意地になって着続けている面もあったが、いいかげんそれも終いにすべきだろう。先行投資だと思って、実家への仕送りから差し引いて用立てるしかあるまい。天莠に言えば衣裳くらい下賜してくれるだろうが、二度召されただけでも目立っているのに、これ以上女たちの耳目を集めるようなことはしたくなかった。

明珠は深い溜息を落とした。

後宮で何か購おうとすると、外よりもずっと高くつく。衣裳ならば、後宮で一枚買う値段で、故郷の旗州では同じものが二枚買える。それが嫌なら何も買えない。天莠の言ったとおり、後宮は寡占市場なのだ。

出費は手痛いが、気落ちしても仕方がない。もはや明珠は天莠の命から降りることはできない。成功した暁には手つかずの寡占市場が丸ごと手に入るのだと想像し、努力するしかない。まるで、自分で自分の鼻先に飼葉を吊るす馬にでもなった気分だった。

「明珠。あなた、良くない相が出ていてよ」

邸に顔を出した途端、春蕾は明珠にそう告げた。

「そうだろうと、私も思っていたところです」

「あら、心当たりがあるの？」

春蕾は紈扇を口元に当て、くすくすと笑いを漏らした。名のごとく、春蕾の笑みは春花の蕾《つぼみ》がほころぶ様を思わせる。名付け親は誇っていい。これほど当人に寄り添った名を与えることができる人など、そうはいまい。

「今のは嘘よ。一目見ただけで占えるほど、私は熟練の卜者じゃないわ。ただ、なんだか心配事がありそうな顔をしていると思っただけ」

春蕾の自室には、巨大な渾天儀《こんてんぎ》が鎮座している。目盛りのついた円がいくつも重なり合った不思議な器具で、何に使うものなのかもよくわからない。明珠にわかるのは、占星術を得意とする春蕾が星を読むのに欠かすことのできない品であること、元は曽祖父だか高祖父だかの持ち物で、入宮の際にねだって故郷から持参したものであるということだけだ。

春蕾が星読みを得手とするのは、徐家に培われた土壌と、司天官令の職を拝していると いう叔父の影響もあるのだろう。司天官は、星の巡りを観測し、暦をより正確なものへと整えることをその職務とする。男に生まれていたなら、春蕾もその官職を得たに違いない。

「ご名答です。やはり春蕾様にはかないませんね」

明珠は、翡翠の邸と同じく春蕾の元にも頻繁に足を運ぶ。しかし、商物を腕いっぱいに抱えて来たりはしない。春蕾はただ明珠を友として招くのである。多少の品を渡すことはあれど、翡翠や他の妃嬪のようにあれもこれもというわけではない。春蕾が主に買い求めるのは、旗州の名産である紅花茶だ。

明珠が今日も持参したそれを差し出すと、「いつもありがとう」と春蕾は多すぎる代金を差し出した。明珠が値段分だけ取って残りを春蕾へ差し戻すと、春蕾も無言で押し返した。明珠は春蕾の顔をちらと見たが、彼女はにこにこと微笑むばかりである。

「……ご愛顧に感謝いたします。有難く頂戴いたしますわ」

明珠は頭を下げ、結局は全部受け取って懐に収めた。いつもの、慣れたやり取りである。

「この紅花茶にはそれだけの価値があるもの。ほかの方にはどうかわからないけれど、少なくとも私にはそうなのだから、気にすることはないわ」

茶壺の蓋を開き、春蕾はその香りを楽しむようにうっとりと目を閉じた。青臭いしそれほど芳《かぐわ》しいとも思えないが、春蕾にとっては良い香りのようだ。

「この香りを嗅ぐ度に思い出すわ。明珠と初めて会った時のこと」

「畏れ多いことです。あの時春蕾様と出会えていなければ、今の私はないでしょう」

「助けてもらったのは私の方よ。ひどい痛みから解放されて、そして貴女という友を得たのだから」

明珠は入宮する前から、後宮で商いをしようなどと大胆にも考えていたわけではない。故郷より持ち込んだ紅花茶を春蕾に差し出したことが、そのきっかけとなった。当時の春蕾は、月のものが来る度にその痛みに苦しんでいた。医官たちは何か処置をして粗相があったらと恐れ、どうせ月のもの由来ならばじきに治ると、ほとんど何もしてくれなかったらしい。とんだ藪である。いや、何もしないのだから藪よりなおたちが悪い。

紅花茶は血の巡りを良くしその痛みを和らげる薬効があるといわれ、旗州では女たちの必需品だった。三夫人の一人が臥せっていると聞き、断られればそれまでと、莉莉を通じて徐邸の侍女へと渡してもらった。紅花茶など嫌がらせと取られかねないと危惧していたが、しばらくして文が届いた。

『おかげで痛みが和らぎました。礼をしたいので、ぜひ邸にお招きしたく』

そして明珠は初めて春蕾の邸の房に通され、今目の前にある巨大な渾天儀を目にした。どうして紅花を厭わなかったのかと問うた明珠に、春蕾はにこりと微笑んで言った。

『花に罪はないもの』

それを聞いた瞬間、明珠はすっかり春蕾のことが好きになっていた。春蕾の言葉は、ずっと誰かに言って欲しかったことそのものだった。

この時より、春蕾は明珠の恩人であるとともに、後宮で初めて得た友となった。

一連の出来事によって、明珠は商いを始める端緒を摑んだのである。春蕾が紅花茶を口にしてすっかりよくなったとの話が広まったおかげで、「私にも分けて欲しい」と言う女たちが出てきたのだ。最初は対価もなしに渡していたが、同じ女が「また欲しい」と遣いを寄越した時、これは商いになるのではとひらめいた。最初は紅花茶ばかりを売っていたが、妃嬪たちの邸を出入りする内に、彼女たちが真に欲しているものに思い至った。

つまり、「死籤除け」である。

評判はついに翡翠の元にまで届き、彼女の招待を受けた。これは好機だと、明珠が寝る間を惜しんで種々の商物を取り揃えたのは言うまでもない。何か一つでも翡翠の目に留まるものをと、必死だった。けれど邸を訪れてみると、翡翠は商物を吟味することもなく「そうね、それじゃ一通り頂こうかしら」と端から端まですべて買い上げたのだから度肝を抜かれた。「よろしいのですか」と明珠が目を丸くすると、「だって一度使ってみなければ、効果のほどはわからないでしょう？」と当たり前と言わんばかりに答えた。

翡翠はそうして上客となってくれた。定期的に翡翠と春蕾二人の邸に出入りするようになると、顧客は倍増した。期せずして三夫人の内二人からのお墨付きを得たのだから、当然といえば当然のことだ。

かくして明珠は日々商物を増やしていき、今日に至る。

さて、と春蕾はあらためて明珠を見た。

「思い出話はいいとして。明珠が抱えている心配事は何かしら？　さしずめ貴女の商いが、とうとうどなたかに見咎められでもしたとか」

「春蕾様は千里眼をお持ちなのですか？」

自分などより、春蕾に後宮内を探らせた方がよほど良いのではという考えが頭を過《よ》ぎる。

だが、三夫人にこそこそ周囲を嗅ぎまわる鼠のような真似をさせられるわけがない。

「そんな大層なもの、持ち合わせてはいないわ。私の占いのほとんどは、徐家に蓄積された知識の賜物《たまもの》。それによって星を読んだ結果として、天候や月の巡りの類がわかるばかり。人の機微は、たまにぼんやりと見えるくらいのものよ」

春蕾は渾天儀を愛おしそうに撫でた。そうは言うものの、明珠の目には渾天儀は何か途《と》轍《てつ》もない神秘を秘めた道具に映る。それを操る春蕾もまた、神々《こうごう》しく見えるのだった。

「時に明珠。あなたの心配事はそれだけ？」

明珠はぎくりと心臓を跳ねさせた。

春蕾は渾天儀の向こうから、明珠の目を見ていた。やわらかな声音に反し、春蕾の視線は鋭い。

「なにか、まだ隠し事があるような気がするの。私たちの間柄で、寂しいことね」

「隠し事など。私と春蕾様の間に、そのようなものはありませんわ」

「本当かしら」

春蕾は歩揺を揺らし、ぬっと明珠の方に首を伸ばした。鼻と鼻とがぶつかりそうなくらいに、春蕾の小さな顔が近付く。天莠といい春蕾といい、美しい人の顔は心臓に悪い。明珠は目が泳がないよう、淡い鳶《とび》色の瞳を覗き込んだ。

「ごめんなさいね。私にはあるわ、明珠に隠し事」

「え？」

「ずっと秘密にしていたことがあるの。明珠にも、他の誰にも」

それはいったい、と明珠が言いかけたところで、春蕾はすっと体を退《ひ》いた。

「貴女が秘密を打ち明けてくれたら、私も教えてあげる」

明珠は言葉に詰まった。春蕾には悪いが、明珠の抱える「秘密」は口にできるものではない。迂闊《うかつ》に話せば、春蕾の身にも危険が及ぶことになる。

明珠に話す気がないと悟ったのだろう、春蕾は小さく吐息を零《こぼ》した。

「申し訳ございません、春蕾様。お話しできる時が来ましたら、必ずご説明しますから」

春蕾は長い睫毛《まつげ》を瞬くと、「いいわ」と微笑んだ。

「その時は私に一番に教えてね」

もちろんです、と明珠は何度も首を縦に振った。

「そ、それより春蕾様。お訊きしたいことがあったのです。先の宴での占いは、真のことなのでしょうか」

「ああ、そのこと」

春蕾は優雅な仕草で紈扇を口元にやった。

「そうね。嘘ではないけれど、本当でもないかもしれない」

「嘘でなくて、本当でもない？」

「あの時私は『禍、のちに福』と言ったでしょう。禍とはつまり、妃の誰かが死ぬこと。でも、変だとは思わなかった？　皇子が生まれた後に妃は死ぬのだから、本来なら『福、のちに禍』なのよ」

あ、と明珠は声を上げた。誰かが死ぬという予言に気を取られ、こんな単純なことにも気付かなかった。死籤を引くこと自体が禍と、決めてかかっていたせいかもしれない。

「では、この後宮にいったい何が起こるのですか？」

春蕾は答えず、ただ首を傾げるに留めた。

「私にも、はっきりとは見えないの。もしかしたら本当に誰かが皇子を身籠るのかもしれない。確かなのは、禍と福のどちらもが一年の内に訪れることと……この場所に、何か良からぬものが潜んでいること」

「良からぬもの？　それはいったい、何なのでしょうか」

春蕾は黙って首を横に振った。

「具体的には見えないわ。わからないことばかりね、これでは何も知らないのと同じだわ。力が及ばないばかりに、ごめんなさい」

「そんな。春蕾様が謝られるようなことでは……」

「それでね、明珠。私、決めたのだけど」

春蕾は湯呑を茶托から持ち上げ、口を付けないまままた置いた。

「やっぱり私も手伝うわ。貴女、陛下の密命を受けているのでしょう？」

「……は？」

突然のことで、「何のことでしょう」ととぼけるのが一瞬遅れた。

「勝手をしてごめんなさい。陳殿が明珠の房に来たと耳にして、気になってしまって。もしや明珠が商いのことで咎められるんじゃないかと勝手に気を回して……それで……」

「そ、それで、どうなさったのです」

明珠の問いに、春蕾はあっけらかんと答えた。

「心配になって、つい才人邸に人をやってしまったの。貴女の隣房の、姜才人といったかしら？　いくらかお気持ちをお分けしたら、この数日の間に貴女の身に起こったことを親切に教えてくださったわ。もちろん陛下や子建様とお話しした内容はわからないから、そこは私の推測でしかなかったのだけど」

明珠が頭を抱えると、春蕾はくすくす笑い出した。

「駄目よ明珠。こんな見え透いた罠にかかっているようでは」

姜才人の肩を摑んで揺さぶりたい気分だったが、春蕾の言う通りだ。これでは後宮の面々を口八丁で丸め込み、長公主から秘密を引き出すことなどとてもできない。気を引き締めなくては、と明珠は頬を叩き、はたと気付いた。

「では、春蕾様は私が陛下から何を命じられたかはまだご存じないのですよね？」

「ええ、でも想像はつくわ。貴母投法でしょう？」

明珠は今度こそ絶句した。

「当たりね。私、後宮で暮らすよりも、筮竹《ぜいちく》の店でも開く方が向いているかもしれないわ」

春蕾が店を出せばさぞ流行《はや》るだろうが、今はそれどころではない。

「なぜ、おわかりになったのですか」

「陛下を見ていればわかるわ。あのお方は、噂通りの暗君ではない。そう装われてはいるけれど、言葉の端々から、いつかご自分のせいで妃が死ぬことを恐れてらっしゃるのが滲んでいたわ。そして私の占いがあってすぐ、死籤除けの品を売る貴女に声をかけた。ならば、狙いは貴母投法だと考えるのが自然でしょう」

春蕾はやっと湯呑に口を付けた。もう湯気を上げておらず、すっかり冷めてしまった茶を飲み下す。

「明珠もお会いしたのでしょう。おいたわしい方だとは思わなかった？」

「おいたわしい、ですか」

それは、明珠が天蕎から受けた印象とは異なった。けれど確かに、法と皇太后に抗わねばその生命さえ危うい状態はいたわしいとも言える。思えば、帝は生まれた時から皇太后の支配下にあったのだ。

「ええ。陛下の御生母は、陛下が五つの時に自害されていらっしゃる。加えて、先の皇帝陛下は寵妃を失ったことでお心の安定を欠き、そのまま身罷《みまか》られてしまった」

「……つまりお二人とも、貴母投法によって」

春蕾は一つ頷いた。

「だからいつかきっと、陛下はかの法を壊すために動かれるだろうと思っていたわ」

「まさか……春蕾様は、陛下を焚《た》き付けるためにあのような占いを口にされたのですか？もう時間がないと、そう思わせるために」

春蕾は無言で微笑んだ。春蕾様、と明珠は思わず立ち上がった。

「いけません。皇太后様は、皇子がお生まれになるものとすっかり信じ込んでおられます。それが成就しなければ、どのような仕打ちを受けるか」

「落ち着いて、明珠。一度行った占いは取り消せないわ。私たち、もう引き返せないの」

呆然《ぼうぜん》として椅子の背に体を預けた明珠に、春蕾は微笑んだ。

「一年の内に皇太后様の牙城を崩し、貴母投法を廃せばいい。それだけのことよ」

それだけ？　こんなにも成し難い「それだけ」があるだろうか。

春蕾は卓子の上で、明珠の手を取った。

「ごめんなさい。貴女の隠し事を暴いてしまったわね。お返しに、私の秘密も教えてあげるわ」

　春蕾の掌が、明珠の両手を包み込んだ。その指先は、しんと冷えていた。

「徐家に生まれて、皇子を産んで死ぬことは誉れと聞かされて育ったわ。お父様も口では私の身が一番大事だというけれど、本心では皇子の外祖父となることを望んでおられるはず。実質的な力を持つことはできなくとも、やはりそれは栄えあることだから」

　でも、でもね、と春蕾は続けた。肌の上で、冷えた指先に力がこもる。

「私ね、死にたくないの。私はここで、結構楽しく暮らしているのよ。できるならこのままでいたい。だけど貴母投法がある限り、いつも終わりに怯えていないといけない」

　死にたくない。昨夜も聞いた言葉だった。

　だからお願い、と春蕾は続けた。

「私は自分の死を予見できるかもしれない。でも、運命を変えることはできないわ。他の方が死ぬとわかっても同じこと。何もできずに、ただ見送るしかない。自分ではなくてよかったと、安堵の息の一つも吐くかもしれないわ。そんなのは、私は嫌」

　春蕾は握った明珠の手を持ち上げ、頰に寄せた。

「私はここで、貴女に会えてよかった。初めて友と呼べる人を得たのよ。死んでしまえば、先々からそういう『こうなってよかった』という芽もすべて消える。私はそれに抗いたい。

わかって頂戴、明珠」

春蕾は明珠の手をぎゅっと強く握り、解放した。

なんとはなしに手の甲を見やると、春蕾の頬から移っただろう白粉が、肌の上で白く光っていた。

明珠は邸を出ると、一人帰路を辿った。莉莉は才人邸に残してきたので供もいない。春蕾に結局押し切られてしまったが、このままでいいわけはない。なんとかして、春雷が行動に出るのを止めなくては。なにせ明珠たちの敵は皇太后なのだ。反逆が露見すれば、徐家の娘であっても死は避けられないだろう。

でも、と明珠は立ち止まった。道行く宦官が、急に歩みを止めた明珠を怪訝《けげん》そうに見る。でも、たとえ皇太后に反しなくても、春蕾は死ぬかもしれないのだ。死籤を引くことによって。三夫人である彼女の元には、定期的に帝が訪れる。その度に、死の匂いは春蕾の鼻先を掠めていく。

上空で、烏《からす》が鳴いた。見上げると、茜色に変わり始めた空を、黒点のような鳥が飛び去って行った。

明珠は再び足早に歩き出した。立ち止まっていると、何か恐ろしいものに捕まってしまいそうな気がした。その拍子に沓が水たまりの泥水を撥《は》ね上げ、裙の裾を汚した。しかし明珠はかまわずに歩調を速めた。

　これまで、春蕾と貴母投法について意見を交わしたことはなかった。後宮の女たちは、忌事の話題を避けるのと同じように、それについて滅多に口にしない。

だけど、考えてみれば当然のことだ。

死ぬことなんか、怖いに決まっている。三夫人だろうが皇帝だろうが、同じことだ。

人通りも多く華やいだ大路を行き過ぎ、上級妃たちは立ち入ることすらないだろう小路に入ると、すっと物音が遠のいた。

私ね、死にたくないの。

余計な音の消えた耳の奥に、春蕾の声がよみがえる。

明珠はついに走り出した。けれど声は、考え始めたことは、振り落とされずにずっと明珠についてきた。

　とっくに気付いていた。天莠に指摘されるまでもなく、明珠の商いは、貴母投法あってのものだ。この商いを始めようと思いついた時に、人倫に悖《もと》るのではないかという考えが頭を掠めはした。明珠はそれに、ずっと見て見ぬふりをしてきた。妃嬪たちは喜んでいる、この商いを諦めたところで、法が消えてなくなるわけでもない。これは、法に抗するささやかな方策でもあるのだ。だから間違っていない。

　そうやって、自分への疑いに蓋をした。

妃嬪の誰かがいずれ死ぬこと、それが三夫人の中の一人である可能性が高いことなど、最初からわかっていた。知っているくせに、平気な顔をして春蕾に友と呼ばれ、翡翠の招待を受けた。こんな法が存在して、帝がどういう思いを舐《な》めているかなんて、考えようともしなかった。考えれば、自分の商いに疑問を持たずにはいられないから。

だから目を背けた。家族のためと言い訳して、湧き上がる疑念から逃げた。実家のために金が欲しかったのは本当だ。けれど商いを続ける内、唸《うな》るように金の匂いをさせた妃嬪たちから小金をせしめることで、まるでこの世に復讐できたような気になっていた。自分たちから財を奪い、踏みつけた誰かに、この世の理に。

そんなせせこましい心根で、世の理など傷付けられるはずもなかったのに。明珠が小金を得たところで妃たちの懐は痛まず、酒浸りになった父も元には戻らない。

明珠を守銭奴、財才人と揶揄した女たちは正しかった。気付かない内に、明珠は金さえ稼げればいい三流商人に落ちていた。

息が上がり、明珠は足を止める。

「馬鹿だ、私は」

呼気を乱しながら、思わずつぶやいた。人気《ひとけ》のない小路に、声は空しく響いた。

それに応えるように、どこかで猫がにゃあと鳴いた。

# 三章

翡翠の元を、幽鬼はそれからも度々訪れた。姿を見せる刻限は、いつも決まっていた。幽鬼は子供のように他愛無いことばかりを翡翠に尋ねた。好きな色は、好きな花は、好きな季節は。

翡翠は、幽鬼がやって来る刻限まで、寝ずに待つようになった己に気付いていた。幽鬼に対しては、何も取り繕う必要がなかった。幽鬼と言葉を交わすわずかな時間だけ、翡翠は浮世から解き放たれるような安らぎを感じていた。

後ろめたさはあった。けれどあれはこの世ならぬものなのだから、この世の理に当て嵌《は》めずともよいはずだ、と翡翠は苦しい理屈で自分を納得させていた。

「どうして、いつも庭にいらっしゃるの」

ある時翡翠はそう尋ねた。

「いっそ、房の中に出てくださったら良いものを」

幽鬼は困ったように笑っていた。本来なら自分は、庭に立つことさえ許されない存在なのだ、と。

「それじゃあせめて……もっと近くに寄ってはくださいませんか」

その言葉にも、幽鬼はただ首を横に振った。

私と貴女は、生きる世界が違う。交わってはならぬ者同士だから、と。

ならばなぜ、こうして翡翠の前に姿を現したのか。そう言って責めたい気もしたが、それで幽鬼の訪れが途絶えれば、いよいよどうにかなってしまいそうだった。

もう、出会う前には戻れないとわかっていた。

涙を零した翡翠に、幽鬼は手折《たお》った白梅の枝を差し出した。これが精一杯の距離だ、と。

盛りを過ぎた白梅の枝に、すでに花はなかった。けれどその枝には、出会った頃の季節の気配がまだ残っているように思われた。

翡翠はその枝を抱きしめて、幽鬼が行ってしまった後も、夜の後宮をずっと眺めていた。


その夜、明珠はなかなか寝付けなかった。

後悔や羞恥が頭の中でかっかと燃えて、明珠を寝かせまいとするかのようだった。眠る暇があるのなら、今後どうするのか考えろと急かされている気分だった。

そうだ、今は過去を恥じている時間はない。策を練らねば。貴母投法を廃することが、春蕾や後宮の女たちに対する最大の償いになるはずだ。

天莠に命じられたのは、天華長公主に接近すること。まずはこれを達成しなくてはならない。

しかし正面から訪問したのでは、門前払いを食らうだけだろう。莉莉がよその侍女から聞き出した話によれば、天華は病弱な上に神経が細やかで、出入りする侍女や宦官の数も数人に限られているらしい。直接そばに侍る人間にいたっては、天華が生まれた時から世話をする郭慈《かくじ》という侍女ただ一人だ。邸への訪問が許されるのも、母である皇太后と、従姉にあたる紫露だけ。

皇太后は論外として、そうなると明珠が接触できそうなのは郭慈と紫露のみになる。難しい二択だが、明珠がわざわざ長公主付きの侍女に会いに行けば、狙いは透けて見えるだろう。警戒されないわけがない。皇太后が選び抜いた侍女だろうから、賄賂でどうにかなる相手とも思えない。

「となると、周夫人様か……」

明珠は臥床の上で寝返りを打った。

正直、気が進まなかった。紫露は日頃から死んでもいいから陛下の子を身籠りたいと言ってはばからないため、明珠の顧客ではない。おまけに紫露に接近すれば、彼女を嫌っている翡翠はいい顔をしないだろう。叔母である皇太后にべったりなので、明珠が少しでも不審な動きをすれば筒抜けになる危険もある。

だけど、それしか道がないのであれば仕方ない。

常とは違う品を仕入れたのだと言って、紫露の興味を引くものでも用意すれば会ってくれるだろうか。妃嬪たちの喜ぶものといえば化粧道具や簪に衣裳、珍しい果物や菓子だが、そんなものは周家の娘はいくらでも手に入れられる。まして明珠の手持ちで取り寄せられるものなど、高が知れているというものだ。もっと目新しい何かを考えねばなるまい。紫露といえば、有名なのは服装や髪型の奇抜さと――。

ふと、顔に影が差した気がして、明珠は思わずがばりと起き上がった。

猫だ。

窓辺に猫が座り、明珠を見下ろしている。

真っ白な毛並みを月光に晒したその猫は、明珠と目が合うと、ゆっくりと伸びをした。そして体についた豊かな肉をぶるるっと震わせたかと思うと、さっと外へと飛び降りた。

「あ、待って！」

明珠は慌てて窓の外を覗き込んだが、猫はその体軀から考えられないほど素早く駆け、茂みの中へと姿を消してしまった。明珠は落胆したが、夜半に邸の外を出歩くことは禁じられている。猫を追いかけて走り回れば、見回りの宦官に見つかってしまうだろう。

「でも、そうだわ、猫よ」

明珠は気まぐれに訪れた白猫に感謝した。あれは、どう見ても紫露の飼い猫の白餅だ。あんなに太った猫がそうそういるわけがない。

紫露は白餅を殊更に可愛がっている。故郷で犬を飼っていた老爺《ろうや》は、孫を褒められるよりも犬を褒められるのを喜んだ。紫露もきっと同じだろう。いっそ紫露のためではなく、白餅のための品を何か仕入れた方がいいかもしれない。昔から、将を射んと欲すればまず馬を射よと言うし。

「猫って、何をあげたら喜ぶのかしら」

獣が喜ぶものといえばまずは食べ物だが、あの体格からして普段の飽食ぶりが知れる。それに、口に入るものは紫露が嫌がるかもしれない。後宮は毒殺の話には事欠かないのだ。それなら、櫛《くし》はどうだろうか。人間の髪に良いものは、猫毛だってきっと輝かせるだろう。猫用の櫛というのは聞いたことがないから、いい考えかもしれない。特別に小さなものをあつらえてもらって、周家の象徴である藤の意匠でも彫って……と考えている内に、道筋が見えてきて安心したのか、明珠はいつの間にか寝入ってしまった。

「猫、ですか」

うん、と明珠は朝餉《あさげ》の粥《かゆ》を飲み下し、給仕をする莉莉に答えた。

昨夜、尚懐宮であったことはすでに話した。莉莉は得意の「亡くなられた奥様は……」

の台詞を口にしたが、結局は「お嬢様が決められたことなら、私は従うまでです」と言ってくれた。自分には過ぎた侍女だ、と明珠は内心で息を吐いた。莉莉や春蕾を巻き込んでしまった以上、必ず事を成し遂げなければならない。

「周夫人様、白猫を飼ってらっしゃるでしょ。桃花の宴の席にまで連れてくるくらいだから、よほど可愛がってらっしゃるんだろうと思って」

「それは、たしかにそうだと思います。周夫人様付きの侍女は、人間と猫、二人の主がいるようなものだとこぼしておりましたから」

明珠は、あの肥えた猫が椅子の上でゆったりと丸くなり、侍女たちにかしずかれる様を想像した。貫禄のせいか、妙に様になっている。

ですが、と莉莉は上目遣いに明珠を見た。

「白餅様、桃花の宴の夜から姿が見えないそうなんです」

え、と明珠は声を上げた。

「箱入りの御猫様なので、それほど遠くには行っていないと思うんですが。なにしろ後宮内には身を隠す場所がいくらでもありますから、なかなか見つからなくて。周夫人様はお嘆きもお怒りも激しく、このまま白餅様が行方知れずになれば、侍女や婢たちを罪に問わねば気が済まないご様子だそうです」

「私、昨日見たわよ。周夫人様の猫」

「え!?」

莉莉が素っ頓狂な声を上げたのに驚き、明珠は粥でむせた。

「も、申し訳ありません、お嬢様」

「いい、いいのよ。それより白餅様よ。昨夜、この房の窓辺に乗ってらしたの。あの太りようだから、見間違いではないと思う」

逃亡中だと知っていたら、たとえ夜半だとて捕まえに行ったのに、と明珠は歯嚙みした。紫露の猫を捕らえるためと申し開きをすれば、たとえ見つかってもそう重い罰を受けることはなかったはずだ。

「今後は後宮内の噂に、以前より気をつけて耳を澄まさないといけないわね。莉莉、何でもいいから聞きかじったことは教えてちょうだい」

「お安い御用です。それではお嬢様、すぐに探しに行きましょうか。御猫様が見つかれば、婢たちも杖で打たれずに済みます」

「そうね。だけどその前に、周夫人様の侍女に、高才人が白餅様を見たと伝えてくれる？　たぶん昨夜の、丑《うし》の刻あたりだと思うわ」

「かしこまりました」

一礼すると、莉莉は房から足早に出て行った。

そして半刻ほど経った頃、予想した通り忙《せわ》しない足音が戻ってきた。

「お嬢様！　周夫人様が、直《じか》にお話を聞きたいとお呼びです！」

明珠は笑みを抑えられなかった。

「白餅様々だわ。ここまでうまくいくとは思わなかった！　莉莉、私はこれから白猫を見かけたら必ず拝むようにするわ」

「そのお話は後です！　お早く！」

明珠は莉莉に急かされ、紫露の邸へと向かった。近頃はまるで三夫人の邸巡りをしているかのようだなと、明珠は一人笑った。


「周夫人様、申し訳ございません。あの時私が、白餅様をお引き留めできていれば」

明珠が大仰な口調で言うと、紫露は赤く泣き腫らした目を向けた。睨んでいるようだが、泣き疲れているせいか視線に鋭さがない。普段は紫露の趣味で妙な形に結い上げられている髪も、今はおとなしい形に撫でつけられてしまっている。握りしめた手巾は、涙をありったけ吸っているのが見て取れた。

「ですがご安心ください。姿を消されてから数日経っても後宮内にいらっしゃったのですから、これ以上の遠出はなさいませんでしょう」

紫露は派手な音を立てて洟《はな》を啜《すす》った。

「才人邸なんて、十分遠いわ。私だって、あんな外れにまで行ったことはないもの」

癇《かん》に障る物言いではあるが、たぶん事実を言っているだけなのだろう。今の取り乱した紫露に、嫌味を飛ばす余裕があるとは思えない。

「大したお力にはなれないかもしれませんが、私もお探ししますわ。白餅様が行かれそうなところで、まだ探されていない場所はございませんか」

紫露は頭を強く振った。乱れた髪の一筋が、涙で濡れた頬に張り付く。

「ないわ。全部しらみ潰しに探させたもの。でも、どこにもいなくって……」

そう絞り出すと、目の縁に新たな大粒の涙が玉となって浮かんだ。しかし紫露の手巾はすでに濡れそぼっている。

「粗末な品ですが、お嫌でなければどうぞお使いください」

紫露は、明珠が差し出した木綿の手巾を忌々《いまいま》しそうに見やった。やはりかえって無礼だったか、と懐に戻そうとしたところで、紫露の手が手巾をひったくった。目元の紅が落ちるのも構わず、ごしごしと涙を拭い、ついでに洟もかんだ。これでもうあの手巾は使い物にならないだろうが、木綿の手巾一つなど安すぎる投資である。

白粉が剝げた顔を上げた紫露は、明珠の目を見ずに言った。

「一つ、まだ探させていない場所があったわ」

「そうでしたか。では、すぐに行って見て参りましょう。どちらになりますか？」

紫露はどうしてか、すぐには答えなかった。何か言おうとして口を閉ざすのを数度繰り返した末に、言った。

「……天華様のお邸よ」

屋根を見上げれば、鎮座した鳳凰が陽を浴びて金色に輝いている。鳳凰を邸に戴くことができるのは、鳳家の人間のみである。邸や庭の広さは、三夫人のそれをはるかに凌《しの》ぐ。聳《そび》え立つような門は、病的なほど精緻な彫刻に縁どられていた。

しかし邸の威容に似つかわしくなく、辺りはひっそりと静まり返っている。

紫露の猫を見つけた時点で、話がうまくいき過ぎていると思っていた。

それなのに、明珠は今、本来の目的だった長公主鳳天華の邸の前に立っている。

こんなに早く話が進むと、誰かの罠に嵌められているような気がしてくる。だが、確証もない不安のために二の足を踏んでいる暇はない。折角の好機なのだ、逃すわけにはいかない。たとえ罠だとしても行くしかないだろう。

紫露は『こんな顔で、天華様の御前には出られないわ。貴女が行って確かめてきて。私からの文を渡せば入れてくれるはずよ』と言って明珠を送り出した。

御猫様、白餅様、感謝いたしますと口の中で唱え、明珠は門前で「もし、どなたかおられますか」と声を張り上げた。

取次の侍女は、なかなか出てこなかった。まさか誰もいないのではあるまいなと不安になったところで、年嵩《としかさ》の侍女がようやく姿を見せた。この侍女が郭慈だろうか。値踏みするような視線が、明珠の安物の簪から襦裙、沓先までを舐める。明珠は紫露が持たせてくれた箱入りの文を、胸の前でぎゅっと抱えた。

「いったいどのようなご用向きでしょうか。ここがどなたのお邸かご存じでしょう？　あのように声を張り上げられて、長公主様が怯えられたらいかがします」

さすがに長公主付きの侍女だけあって、明珠のような相手にも慇懃《いんぎん》な言葉を崩さなかった。ただしその目に宿る侮りまでは、隠しおおせていない。

問答しても無駄なことだと、明珠は無言で紫露からの文を差し出した。どうせこの手の人間は、明珠の言葉になど耳を貸さない。ならば文を見てもらった方が話が早いだろう。

侍女は文箱に描かれた、藤花の印章に目を留めた。藤花は周家、ひいては紫露を象徴する花である。紫露の名も、生まれた時に盛りを迎えていた藤花に因《ちな》んで付けられたのだと聞いた。

侍女は鋭い視線を明珠に向けた。

「こちらは、真のものですか？」

「ええ、もちろん。才人風情の私に、周夫人様を騙《かた》る度胸はございませんわ」

それより早く中を確認なさって、と促すと、侍女は箱の封を解き、目を皿にして一言一句を読んだ。紙に染ませてあったのだろう、仄かな香が鼻をくすぐる。覗き見た紫露の手蹟は、普段の言動からは結びつけるのが難しいほど流麗なものであった。明珠が護符に書いた文字など、この筆跡を見た後では恥ずかしくて人に見せられない。書き文字は人柄を語るというが、紫露のそれは本人の為人《ひととなり》ではなく、彼女の育った家がどれほど豊かで、どれほどの教育を娘に施したかを物語っていた。この手蹟は、真似ようと思ってもおいそれと真似られるものではない。

「……確かに、周夫人様のお手蹟です」

侍女は腰を折り、明珠に頭を下げた。

「ご無礼を申し上げました。どうぞ寛大な御心でお許しくださいますよう」

明珠への言葉ではない。明珠の先にいる、紫露への申し開きである。

「気にしてないわ、疑われて当然だもの。あなたは自分の仕事をしただけでしょう」

礼を口にし、侍女は頭を上げた。

「どうぞお入りください。長公主様がお会いになるかはわかりませんが、ひとまず客庁《きやくま》まではお通しいたします」

「ありがとう。それで、白餅様のことなんだけど。こちらの邸内でお見かけしたことはある？」

「ここ数日は記憶にございませんが、たしかに時おりこちらの庭を散歩なさっておられます。お懐かしいのかもしれませんね」

「懐かしい？」

ええ、と侍女は明珠を案内しながら頷いた。

「白餅様は、もとはこちらの邸に長公主様とお住まいでしたから。子猫の内に紫露様へと譲り渡されましたが、最初の主人が誰であったかをお忘れではないのでしょう」

邸内に足を踏み入れると、なんとなくうら寂しい印象を覚えた。調度は豪奢なものが配されているのに、なぜだろう。やはり人の気配がないからだろうか。

「そうだったの。なぜ、長公主様は白餅様を手放されたのかしら」

しかし侍女はその問いには答えず、無言で椅子を引いて明珠に勧めた。

「お会いになられるか、長公主様にお尋ねしてまいります。しばしお待ちを」

そのまま奥に引っ込むのかと思ったが、同じ侍女が茶と菓子を携えて戻ってきて並べ、また引っ込んだかと思えば花を生け、それでようやく長公主の寝所へ向かっていった。

いくら病弱で静かな環境を好むといっても、権勢を誇る皇太后の娘である長公主の邸として、あまりに侍女の数が少なすぎる。客庁の花など、本来は主人が起き出す前に生けるべきものだ。客人が滅多にないせいかもしれないが、これでは活気が失せるのも頷ける。

よくよく見れば、調度も手入れが行き届いているとは言い難かった。さすがに埃が積もったりはしていないが、常に女たちが出入りし磨き上げている三夫人の邸と比べれば、その差は歴然だ。物自体には贅を凝らしてある分、余計に荒れた雰囲気を感じてしまう。

これでは長公主の生活にも支障が出ているのではないか。はたして病がちの長公主を、ここまで人気のない邸に置くものだろうか。

やはり詐病《さびょう》か。天莠が睨んだ通り、人を遠ざけるのは、何か別の理由、隠したいことがあるからなのか。しかし客庁を見回してみても、こんな浅瀬に答えが転がっているはずもない。

茶にも菓子にも手を付けずに唸っていると、さっきの侍女が戻ってきた。しかし長公主の姿は見えない。

「申し訳ございません。長公主様は、体調が優れぬゆえ……」

やはり駄目か、そううまくいくわけがないと明珠は肩を落としかけたが、侍女は続けた。

「客庁ではなく、自室でお会いになるそうです。起き上がると悪心が増すので、横になったままでよければとの仰せです」

明珠は目を見開いた。

「よろしいのですか。起き上がれぬほどお辛いのでしたら、また日を改めてでも」

「構わぬと、長公主様ご自身がおっしゃいました。白餅様のことをお伝えしたところ、周夫人様がさぞ嘆いてらっしゃるだろうとお心を痛めておいでなのです。……それに」

侍女は辺りを憚るように見回した。しかしこの物寂しい邸には、明珠と侍女の他に誰の姿もない。

「……時々は外の方とお話しされた方が、長公主様のご気分もいくらかは晴れましょう」

その目に、「この邸を見たらわかるでしょう」と同意を求め、すがる色が見えたような気がした。

なるほどこの侍女は、長公主の境遇に同情しているらしい。けれど皇太后の手前、長公主を外に出すことも人を招くこともできないといったところだろうか。

好都合だ。この侍女を懐柔できれば、今日だけでなく今後も邸へ出入りすることができるかもしれない。

そうですか、と明珠は高鳴る鼓動を抑えて息を吐いた。

「それでは、お言葉に甘えるといたします」


天華の寝所には、房内を仕切るように紗《しゃ》の幕が下りていた。幕の向こうに、巨大な寝台が据えられている。広すぎる寝台を持て余すように、その人は身を横たえていた。枕に預けた頭と、長い黒髪が透けて見える。

「長公主様、お連れしました」

侍女がそう声をかけると、黒髪が臥床の上を滑り、顔がこちらを向いたのがわかった。しかし紗幕に阻まれ、その顔貌までは見通せない。侍女が幕の内側に入り、姿勢を整えるのに手を貸す。

「どうぞ。こんな格好だけれど、話はできます」

低く掠れた声だった。病によるものか、それとも人とあまり話さぬゆえか。いずれにしろ、御年十六のうら若き深窓の姫君といって人が思い描くような、鈴を転がすがごとき声ではなかった。

明珠は膝を突いて挨拶した。

「才人の位を拝しております、高明珠と申します。お休みのところ、無理を申しました。お許しください」

「私がよいと言ったのですから。大仰な礼も不要ですよ」

あの皇太后の娘であり、紫露の従妹とも思えぬ、優しげな口調だった。邸の中にこもっている天華には、彼女たちのように権を周囲に見せつける必要もないということだろうか。

「郭慈、ここはいいから、仕事にお戻りなさい」

やはりこの侍女が郭慈で間違いないらしい。

「よろしいのですか?」

「大丈夫ですよ。お前に迷惑はかけません」

長公主はひらひらと手を振って、紗幕から侍女を追い出した。幕がめくれ上がる瞬間に中が見えないものかと注視したが、郭慈の手つきは抜かりなく、紗幕はほとんど揺れもしなかった。

彼女は何を伝えようというのか明珠に目配せすると、房を下がった。

しんと冷えた静寂が房に下りる。窓からは明るい春の日差しが差しているが、房の中は暗く、肌寒さを覚えるほどだった。天華が病人にしろそうでないにしろ、炉に火を入れた方がいいのではないか。この房でずっと横になっていたら、さぞ手足の先が冷えるだろう。

あの、と明珠が言いかけたところで、天華が先に口を開いた。

「白餅のことでしょう？」

「は、はい。周夫人様がおっしゃるには、こちらの邸に立ち寄られるかもしれないと」

しばし、沈黙があった。

不自然な間に明珠は焦《じ》れたが、長公主相手に返答を急かすわけにもいかない。

ややあって、天華は小声でつぶやいた。

「……申し訳ないことです」

やはりここにはいないのか。ならば後宮中を駆け回って探すしかない、そう思った時、猫の鳴き声が聞こえた。

「紫露姐姐《ねえさま》に、謝らないといけませんね」

天華の手が紗幕を捲ると、枕の影かと思っていた塊が動き、でっぷりと太った猫が顔を覗かせた。眠そうな目で明珠を見上げ、「なんだお前か」とでもいうように一つあくびをすると、また幕の中へ戻っていった。

「白餅様！」

猫は明珠の呼び声などまったく無視し、臥床にどっかりと尻を落として後ろ脚を舐め始めた。しかし腹の肉がつかえるのか、ほんの先っぽばかりをしきりに舐めている。

「今朝方、ふらっと遊びに来てくれたんです。いつもは数刻で帰るんですが、今日はなぜかそのまま居ついてしまって」

私の気が塞いでいたから慰めてくれようとしたのかもしれません、と天華は無防備に晒された白餅の腹を撫でた。白餅はどてっと転がり、もっと撫でろとばかりに体をくねらせている。明珠の目からすれば、天華を慰めたいなどという高尚な志はこの猫になく、ただ居心地がよいし重たい腹を引きずって紫露の邸まで帰るのが面倒だったから、ここでくつろいでいるようにしか見えなかった。

「三日も姿をくらましていると知っていれば、すぐに姐姐に報《しら》せましたのに。悪い猫です」

天華は口ではそう言いながらも、白餅の耳の後ろを優しく掻いてやっていた。白餅は嬉しげに、額《ひたい》を天華の手にこすりつける。

「なんにせよ、見つかって本当にようございました。周夫人様も、どんなにお喜びになることか」

まったく人騒がせな猫だ。しかし明珠をこの邸まで連れてきてくれた恩人、いや恩猫でもあるから文句は言えない。

「高才人にも面倒をかけました。紫露姐姐が無理を言ったのでしょう？」

「いえ、私の方からお手伝いしたいと申し出たのです」

「そうなのですか？　それはまた、なぜ」

「白餅様は昨夜、私の房の窓辺にいらっしゃっていたのです。あの場でお引き留めできなかった私にも、責任の一端があるかと」

これでは理由としては弱い気がして、明珠は口からでまかせを言った。

「それに私、先日徐夫人様に占っていただいたのですが、白猫は何よりの吉兆だとお聞きしておりまして……」

天華は小さく笑い声を上げた。

「白餅、お前が吉兆ですって。ずいぶん偉くなったこと」

天華が白餅の豊満な腹をさすると、喉を鳴らす音が聞こえてきた。

「ですが、占いは的中しましたわ。白餅様を追って、こうして長公主様にお目通りが叶ったのですもの」

私と会ったところで、と天華は白餅をひっくり返し、反対側も撫でた。

「益はないでしょう。長公主とはいっても名ばかりで、私はいないようなものですから」

そのようなこと、と言いかけて喉が詰まった。天華はこの先嫁ぐこともなく、後宮で暮らし続けることになるのだろうか。この静かすぎる邸の紗幕の向こうで、朽ちるのを待つように。

「ですが、私は……こうして長公主様にお会いできて嬉しく思います。長くお姿を拝見しておりませんでしたので、お健やかな声が聞けただけでも僥倖《ぎょうこう》です」

混じりけのない本心だけで、こう告げられないことが心苦しかった。所詮《しょせん》明珠は、皇太后の弱みを探るためにここへ来たのだ。天華その人に会いに来たのではない。

「そう。誰かが気にかけてくれるというのは、幸せなことですね」

なぜ、皇太后の娘がこんな寂しい言葉を口にせねばならないのだろう。

天華が抱き上げると、白餅はますます大きな音で喉を鳴らした。

どうして天華は、白餅を紫露に譲ってしまったのだろうか。白餅は天華によく懐いているようだし、紫露より孤独な天華の方が、よほど猫の存在を必要としているように見える。

「私も、貴女が訪ねてきてくれて嬉しいです。郭慈以外と話す機会は貴重ですから」

天華の声音には、寂しげな色が混じっていた。明珠の言葉を頭から信じるほど、純粋でも愚かでもないのだろう。長公主という立場への遠慮が、明珠にそう言わせていると思っているに違いなかった。

たしかに本心からの言葉ではない。だが、天華と直に言葉を交わして、その印象が変わったのは事実だった。明珠は勝手に、皇太后や紫露の係累というだけで、天華も似たような人物だろうと想像していた。だがその予想は裏切られた。目の前のこの人の境遇に、同情を覚えるほどには。本当に病がちなのだとしても──あるいは何らかの事情で軟禁されているのだとしても。どちらにしても、不幸な身の上には違いない。

「有難いお言葉です。陛下も、長公主様のことを心配しておいででしたよ」

「兄上が？　何のお役にも立てない私を気にかけてくださるとは、相変わらずお優しい方です」

「相変わらず、ですか」

「ええ。兄上がまだ後宮にいらした時分は、こっそり花や菓子などくださいました」

天霽にもずいぶん可愛らしい面があるものだ。ならば明珠を長公主の元に送ったのも、純粋に天華の様子を知りたいという気持ちも幾許《いくばく》かはあったのかもしれない。そうであれば、明珠の心も多少は楽になる。

「もしまた兄上に目通りすることがあれば、私は息災だと伝えてください」

「かしこまりました。あの、差し出たことをお尋ねしますが……本当に、お体の具合はよろしいのですか？　このように長くお声をお聞かせいただいて、障りはございませんか」

「平気です。人より弱いことは確かですが、近頃はそれほどでもありませんよ。子供の頃はすぐに熱を出しては生死の境をさまよったようですから、母上にとっては今もその印象が強いのでしょう」

長公主は事もなげに言って白餅の背に掌を滑らせたが、明珠はごくりと唾を呑み下した。天華の口から、皇太后についての言葉が初めて出たからだ。

「ですが、もし私が今夜にでも調子を崩したりすれば、母上に責められた郭慈が貴女について口を滑らせないとも限りませんからね」

天華は白餅の額に口付けた。

「さあ、名残惜しいけど、主人の元にお帰りなさい。良い子にして、あまり紫露姐姐を泣かせてはいけませんよ」

紗の向こうから、脇を抱え上げられ全身が伸びた状態の白餅が差し出された。

明珠は白餅の重い体を受け取りながら、天華の手を見た。

青白く、手首は細い。甲には幾本かの血管が浮き、白餅が粗相をしたらしい蚯蚓腫《みみずば》れがあった。爪紅こそ塗られていないものの、手入れが行き届き、形よく整えられた爪が指先に並んでいる。

これは病人の手だろうか？　医術に通じない明珠には、見当もつかなかった。肌が青白いのはそれらしいが、皇太后や紫露も人より肌が白いので、周家の者は皆そうだというだけかもしれない。

「高才人」

その白い手が、ひらひらと明珠を手招いた。

「なんでしょう、長公主様」

白餅の重たい体を抱え直し、天華のそばに寄る。白餅は数日間の家出で疲れているのか、明珠の腕の中でもおとなしくしていた。

もしよかったら、と長公主は声を落として言った。

「また……ここへ来てはくれないでしょうか。それが無理なら、文でもかまいません。外でどんなことが起こったとか、誰とどんな会話をしただとか、ただ書き記してくれるだけでよいのです。郭慈に託してくれれば——」

外。明珠が出歩けるのも、後宮の中だけだ。後宮はよく絢爛《けんらん》な鳥籠に譬《たと》えられるが、天華にとってはその後宮でさえ「外」なのだ。

いいえ、と天華は自らの言葉を打ち消し、幕の中へと手を引っ込めた。

「そんなことを頼めば、貴女を危険に晒すことになりますね。忘れてください」

「いいえ、長公主様。文などお寂しいことをおっしゃらないでください。私のような者でよろしければ、喜んで邸に伺いますわ」

明珠は内心の喜びを隠して答えたつもりだったが、それでも天華の語尾に言葉が重なってしまった。

「そんな、いけません。貴女に危ない橋を渡らせることになってしまいます」

「お任せください。自慢ではないですが、私、こそこそするのは得意なんです」

「そうなんですか？　あ、もしかして商いをしている変わった才人って、貴女のことでしょうか」

天華の耳にまで入っているということは、やはり皇太后にも知られているだろう。これまで目こぼしされていたのは、紫露に品を売りつけようとしなかったせいかもしれない。皇太后にとっては、周家の人間である紫露が皇子を産み、その子を東宮とするのが最も都合がいい筋書きだろうから。ほかの妃嬪には子がない方が、事はうまく進む。

「長公主様のお耳にまで入っていたとは、お恥ずかしいことです」

「恥ずかしくなんてないでしょう。面白い着眼点だと思いました。貴女が売っているもののこと、紫露姐姐が教えてくれたんです」

「周夫人様が？」

驚きが胸に抱いた白餅にも伝わったのか、白餅は金色の目で明珠の顔を見上げた。

「ええ。自分を差し置いて潘夫人や徐夫人の邸にばかり出入りしているとお怒りでしたよ。姐姐も見てみたかったみたいですね、高才人の商物を」

「ですがその、私の扱う品は、周夫人様にはご不要かと……」

紗幕の向こうで、くすくすと天華が笑った。

「三夫人のほかのお二方がご存じのものを、自分だけ知らないのが我慢ならなかったのでしょう。紫露姐姐のお気持ちもわかります。私も見てみたいと思いましたから」

「本当に、長公主様にお目に掛けるのは恥ずかしい品ばかりなのですが……。お望みでしたら、今度お持ちしますわ」

「ありがとう。よかったら、紫露姐姐にも見せてあげてください。きっと、自分から見たいとは言い出せないでしょうから」

しかしそれで、紫露が何か欲しいと言い出したら？　断り切れずに売ってしまい、それが皇太后の逆鱗に触れたら？　そこから、帝の企てが漏れるようなことがあったら？

「そうですね。お望みのようでしたら、ぜひ紫露様にも」

冷や汗をかきながら、明珠はそう答えた。どうも自分は、品物を売りつけるために誇張した表現を弄するのは得手でも、思ってもいない嘘を吐くのは得意ではないらしい。帝に課せられた任務は、やはりこの身には重すぎるかもしれない。

しかし今さら逃げ出すことはできない。明珠にはもう、無事貴母投法が廃されるのを見届けるその日まで、安眠できる夜はないのだ。

「それでは、長公主様。私はこれでお暇《いとま》いたします。また近い内に、何かご気分が晴れるものを携えて参りますわ」

「気遣いは不要ですよ。本当に、ただお話しできるだけで私は嬉しいのですから」

郭慈には何か下賜して、明珠が来たことは他言しないよう言い含めておくと天華は約束してくれた。郭慈のあの様子ならば、おそらくは大丈夫だろう。物など与えずとも、天華が情に訴えれば、否とは言えない雰囲気があった。

「それではね、白餅。今度来る時は、きちんと姐姐に言付けてからいらっしゃい」

長公主の手が紗幕から伸び、明珠の腕の中の白餅を撫でた。その言葉に応えてか、単に眠かっただけなのか、白餅は口が割れるように大きなあくびを一つした。


紫露の邸にとって返すと、明珠が抱いた白餅の姿を見た途端、侍女たちは皆目に涙を浮かべ、口々に礼を言った。婢に至っては、膝を突いて明珠を拝む者までいた。けれど大げさだと笑う気にはならなかった。白餅が見つからなかったらどんな目に遭わされるかという不安が、数日ぶりに解けたのだ。

「白餅！」

しかし紫露その人の狂乱ぶりは、従僕たちのそれを遥かに超えていた。

明珠が客庁に姿を見せるやいなや、裙の裾が捲れ上がるほどの勢いで駆け寄り、白餅を明珠の腕からもぎ取った。そしてその白い毛並みに顔を埋《うず》めると、辺りを憚らず声を上げて泣き始めた。誰も声をかけることができず、白餅の毛並みが紫露の涙と洟で濡れそぼるばかりだった。白餅は自分のせいで主人が泣いていると知ってか知らずか、濡れた頰をざりざりと舐めた。紫露は愛猫の健気《けなげ》さに胸打たれたのか、ますますもって激しく泣いた。泣き止まない紫露に、侍女たちは「いつもながら困ったこと」と目配せし合った。たしかに醜態である。人前で涙を流すどころか声を上げて泣き喚くなど、十七の娘、さらには三夫人が一人に数えられる妃としては幼すぎる。

だけど、と明珠は紫露の泣き声を聞きながらある可能性に思い至った。

そうなるように育てられたのだとしたら？

紫露の背後には皇太后が存在している。静麗にとっては、この姪が皇子を産んで死を賜り、その血を継ぐ子だけ残して消えてくれるのが理想のはずだ。そのためには、紫露自身が皇子を強く望み、自らの死を恐れないようになってくれるのが望ましい。

死を恐れないのは、豪胆な者だけではない。自暴自棄に陥った者、死がもたらすものについて熟慮したことがない幼い者も、それを恐れはしない。

紫露は明らかに後者だ。

彼女が幼い心のまま体だけを成長させることになったのは、耳を塞がれて育ったからではないのか。皇子を産み、法によって死を賜ることこそ至上と教え込まれた娘が、自らその教えを撥ねのけることはできるだろうか？　紫露はおそらく、別の道に価値を見出そうとするための知識も情緒も、何も与えられはしなかった。

では紫露には、皇子を産んで死ぬか、あるいは男児に恵まれず周家に嘆息され、静麗に見放されるかのいずれかの道しかないのだろうか。後宮の女とはそういうものだといえば、そうかもしれない。かつて老宦官が明珠に諭したように、帝の声が一度もかからず、その身をただ腐らせていく女だって珍しくはない。それに比べれば、なにはともあれ三夫人の地位だけは確約されている紫露は、まだ幸せなのかもしれない。

だが、哀れだった。猫を抱いて泣き続ける少女は、そういうものと目をつぶるにはあまりに痛々しかったし、また目を逸らすには少々泣き声がうるさすぎた。

「周夫人様、そのようにお泣きになっては御目が腫れ上がってしまいます。白餅様も心配されておられますよ」

白餅はまだ、飽きることなく紫露の頬を舐めていた。その舌が届く部分は、白粉が剝げてしまっている。もっとも、白餅が舐めとらなくても大部分は涙で流れてはいたが。

紫露は何か言おうとして口を開きかけたが、しゃくり上げるばかりで言葉にならなかった。

「無理にお話にならなくても大丈夫ですよ。白餅様は、本当にお幸せで罪作りな御猫様ですこと。こんなにも周夫人様に御心を砕いていただいて」

失礼を、と明珠は目尻から溶けて頰に流れた紅を、袖口を破って軽く拭った。無礼だと怒鳴られるかとも思ったが、紫露はそのままおとなしくされるがままになっていた。

「……貴女。本当に、白餅は幸せだと、そう思う？」

切れ切れに紫露は言った。

「ええ、もちろんです。これほどお幸せな御猫様など、濤国中を探してもいらっしゃらないでしょう」

紫露はまだ洟を啜ってはいたが、次第にその音も途切れがちになった。

「……だったら、いいんだけど。白餅が、もとは天華様の猫だったって、聞いた？」

明珠が頷くと、紫露は重ねて尋ねた。

「天華様は、怒ってらっしゃらなかった？　白餅を返せって」

「そのようなことはおっしゃいませんでしたよ。怒ってもおられません。白餅様がいなくなって、周夫人様がどれほどお辛い思いをされているかと、胸を痛めておいででした」

そう、と紫露は顔を歪めた。また泣き出すかと思ったが、紫露は唇を噛みしめて溢れそうになる涙を堪《こら》えた。

「この子、天華様に飼われていた頃にも、お邸を逃げ出したの。天華様のせいじゃないのよ。きちんと見ていなかった郭慈が悪いの。でも、天華様は白餅のことを心配して、こっそりお邸を抜け出して探しに行かれた。それを自分が悪いくせに、郭慈が叔母上に報せたの。叔母上は天華様のことをすごく叱られた。もちろん天華様のことが大事だからなんだけど……もう猫なんか飼わせられないって、取り上げられてしまわれたわ。それからは、ますますお邸の出入りも厳しくなって……」

なるほど、白餅はそういう経緯で紫露の手に渡ったのか。郭慈が天華に同情的なのは、この過去の出来事に罪悪感を覚えているからかもしれない。

「私、天華様がこの子を飼い始められたのがずっと羨《うらや》ましかったの。叔母上は似た猫を探してくれると言ったけど、私は白餅がよかった。だって見て。この子、今でもこんなに可愛いけれど、子猫の頃は本当に片時も目を離せないくらい愛らしかったのよ。だから」

紫露はずっと腕に抱いていた白餅を床に下ろした。白餅は不満そうに鳴き、その足元にまとわりつく。

だから、と紫露は繰り返した。足元では白餅が甘えた声を上げ続けているが、紫露はその頭を撫でようとはしなかった。

「天華様が飼えなくなったのなら、私が貰《もら》い受けると言ったの。ずっと欲しかった子猫が手に入ることになって、とっても嬉しかった。天華様がどんな思いをされてるかなんて、考えもしなかった。おまけに天華様が付けられた名で呼ばず、白餅と改めてしまった。それがどれほど酷いことか、当時の私にはわからなかったのよ。

白餅が天華様の邸から逃げたのは、本当に偶然のはず。でも、今になって、だんだんそれも私のせいだったんじゃないかって気がしてくるの。私が白餅を欲しい欲しいと言うところは、郭慈だって、他の侍女だって見ていた。誰かが気を利かせたつもりでうっかり逃がしたのだとしたら？　あり得ないことじゃないわ。私が天華様から白餅を盗んだんじゃないかって、そんな気が時々するのよ。だからせめて私は、白餅が幸せに暮らせるように、何一つ嫌なことがないようにしてあげないといけないの。それなのに、何日も見失ってしまうなんて……」

一息に話し終えた紫露は咳《せ》き込んだ。明珠はおそるおそる手を伸ばし、その背をさすった。

たぶんこれは、紫露がずっと誰かに打ち明けたかった胸の内なのだろう。幼い悩みといえばそれまでだが、紫露はこの数日生きた心地がしなかったに違いない。あの狂乱ぶりは、何も白餅可愛さのあまりというだけではなかったのだ。

周夫人様、と明珠はゆっくりささやいた。

「一度お目通りしただけですが、長公主様はそのようなことを根に持たれる方には思えません。近い内に、白餅様を連れて天華様を見舞われてみたらいかがでしょうか？　きっと喜ばれますよ」

紫露はしばらく黙っていたが、ややあってしゃがみこみ、ようやく愛猫の要求に応えて背を撫でた。

「……わかってはいるの。天華様は私と違って、いつまでも何年も前のことを怒るような方ではないって。ただ私が、あの時の私を許せないのだわ。人の物を欲しがるなんて、卑しいことよ」

「周夫人様は、お優しいのですね」

乾き始めていた紫露の目に、またしても大粒の涙が盛り上がり、頬を伝った。

胸がつきりと痛む。

紫露の歳に似合わぬ純真さは、市井では美徳とされたかもしれない。けれどこの後宮では、付け入る隙を与えるだけだ。

紫露が自分を責める必要はない。責められるべき者がいるとすれば、それは明珠の方だ。弱った紫露に向かって言って欲しいだろう言葉をささやき、懐柔しようとしているのだから。紫露を哀れと思いながら、この幼さを利用しようとしている。根の部分では、明珠も皇太后と同じだ。

思えば明珠は、翡翠にも似たようなことをした。いつになったら、こんな卑怯《ひきょう》な真似をしなくて済むようになるのだろう。

明珠が人知れず嘆息すると、紫露は握り締めていた明珠の服の切れ端をひらひらと振った。

「……これ、貴女の一張羅でしょう。駄目にしてしまって、よかったの」

「ご存じだったのですか？　お恥ずかしい限りです」

「有名だもの、貴女。紅花の衣裳を着て、妙なものを売る才人って」

「そうでしたか。いいえ、構いませんわ。私の生家には、同じ布がたんとございますから。また仕立て直せばよいのです」

「……そう。良い色ね」

「え？」

明珠は思わず顔を上げた。

「私、紅は好きよ。どの色よりも鮮やかじゃない。叔母上が厭われるから着ないけれど」

明珠はしばし言葉に詰まった。

「嬉しいお言葉ですわ。先の乱から、この色はまるで忌色のような扱いですから」

綺麗な紅なのに、と紫露は息を落とした。

胸が疼《うず》く。

やはり、自分に間諜《かんちょう》の真似事は向いていない。向いていないが、早くこの板挟みの状況を脱するためには、帝の望みを叶えるしかないのだ。そうすれば紫露も、少なくとも皇子を産んで死ぬことはなくなる。だが、それははたして彼女にとって幸福なことだろうか。

幼い頃から人生の目的と言い含められてきたことを、急に失うことになる上、皇太后の失脚はすなわち周家の権勢を削《そ》ぐことに他ならない。

誰かの望みを叶えることは、誰かの安寧を壊すことと同義なのだろうか。そんなはずはないのだけれど、帝の命を遂行した後の紫露や天華のことを思うと身が竦む。

どうしたものかしらね、と明珠は主人に撫でられてご満悦の巨猫を見た。猫はただ目を細めて白い腹を見せるばかりで、何も答えてはくれないのだった。

才人邸に戻ると、房で子建が待っていた。反射的にぎくりとするが、すべてが露見した今となっては、房内に並ぶ品々を隠す必要もないのだ。

「お嬢様、申し訳ございません。言付けを承るとお伝えしたのですが、どうしてもお嬢様を待つと言って聞かれなくて」

困惑顔の莉莉が、明珠にそう耳打ちした。

「陳様、このようにむさ苦しいところでお待たせして申し訳ございません」

子建の立派な体軀が房内にあると、もともと広くはない房がさらに狭く見える。

「いや、いい。いろいろ勝手に見させてもらったから、手持無沙汰にはならなかった」

見れば、文机に明珠の扱う商物やら資料やらが所狭しと並べられていた。中には、房中術の書と思しきものまで見える。まさかあれを読んだのか。男女を産み分ける方法の記述があると聞いたので取り寄せたが、その箇所はごくわずかで、大部分はとても陽のある内に真顔で読める代物ではなかったはずだ。堅物の表情筋はかくも硬いものらしい。

子建は護符を手に取り、ずいと明珠の前に掲げた。

「しかし、これはいただけない。私ならもっとうまく写す」

房の壁には、奉天廟より賜った護符が手本として貼られている。見比べれば、明珠の字のまずさが一目瞭然だ。

「教養のないことで、申し訳ございません」

明珠はそれとなく護符を子建の手元から引き、櫃に押し込んだ。

「そして、陛下より賜った房をむさ苦しいなどと言うのも感心しない。たしかにあまり片付いているとは言えないものの」

子建はまじめくさった顔で房を見回したが、余計なお世話だ。

「それは、失礼をいたしました。して、本日はどのようなご用件でしょう。まさか私に書き取りのご教授にいらしたわけではないでしょう？」

嫌味のつもりだったが、朴念仁《ぼくねんじん》には通じなかったらしく、子建の表情は変わらなかった。

「用件というほどのものではない。大家が気にしておられるので、何か成果はあったか尋ねに来ただけだ。昨日の今日で、進展も何もないとは申し上げたのだが」

「いえ。長公主様への目通りがかないました」

「なに？」

「今後、邸を訪問する許可も頂いております」

喜んでくれてもいいはずなのに、子建は「本当か」と気色《けしき》ばんで立ち上がった。

「貴殿、どのような呪法を用いたというのだ」

子建は呪《まじない》を恐れるように、棚に詰め込まれた薬草やら鹿の蹄《ひづめ》やらを見回した。

「呪法など。ただ運に恵まれたのです」

明珠は白餅を見かけてからの経緯をかいつまんで話した。子建は顔を硬くして耳を傾けていたが、やがて小さく息を吐き出した。

「本当に運の良い。徐夫人様のおっしゃられたことも、あながち見間違いと言えぬかもしれない」

徐夫人の名に明珠が目を上げると、「心配は無用だ。すでに陛下から、徐夫人様のご助力を得られることは伺っている」と子建は言った。

「徐夫人様の協力を受けられるのですか」

「大家が了承された。たとえ拒んでも、あの方は一人で動かれるだろう。ならばこちら側に引き入れた方がまだましというもの」

たしかにそれはそうだ。春蕾が一人で動けば、何かあった時に帝が庇《かば》うこともできない。

「……そうですか。それで徐夫人様は、私のことをなんとおっしゃられていたのです？」

「初めて高殿に出会った時、頭上に星が見えたと」

子建は見えぬ星を見るように、明珠の頭上に目をやった。明珠もつられるように手をやったが、指先に触れるものはない。

「星、とは？」

「さあな。ただ、ひと際強い光を放つ星であったと、それだけ。後は微笑まれるばかりだ。徐夫人様は占卜《せんぼく》に通じた方だから、常人には与り知れぬ話なのだろう」

正直俺にはよくわからない、と子建は一つ咳払いした。「大家が高殿を使うと言われた時にも、俺はお諫めしたのだ。私利のために怪しげな商いに手を染める才人など、信用に値しないと。だが、聞き入れられなかった」子建の一人称が、いつの間にか私から俺に変わっている。明珠も子建の言う「こちら側」と認められた証だろうか。

大家は高殿をいたく気に入られたご様子だ、と子建は忌々しげな顔を隠さずに付け加えた。

「その上、貴殿は徐夫人様にも信を置かれている。俺には理解しかねるが、高殿にはきっと何かあるのだろう。長公主様と繋がりが持てたこと、まことに喜ばしく思う」

返事をする間もなく子建は立ち上がった。帰ろうとする子建の背に、明珠は声をかけた。

「お待ちください。それだけをおっしゃるために、こちらで待たれていたのですか？」

「そうだ。用件を聞くだけなら遣いの者をやればいいだろうが、大家の同志となる以上、俺には貴殿の人品も確かめる義務がある」

明珠はやれやれと内心で息を吐いた。

「それで、いかがでございますか。私の人品は」

子建はじっと明珠の目を見て、ふと頭上にも目をやった。星の見えぬことを確かめるように。

「陛下のご期待に沿う活躍を、期待する」

子建が去っていく足音が聞こえなくなってから、莉莉は大きな溜息を落とした。

「嫌な感じですねえ、陳様って。皆に煙たがられるのもわかります」

「でもあれは一応、及第点をくださったってことじゃないかしら」

「お嬢様は陛下直々に密命を下されてるんですよ。それをどうして、陳様に認めていただかないとならないんです」

戸口に向かって、ふん、と莉莉は鼻を鳴らした。

「陳様は陛下が心配なんでしょう、事が事だから。でもありがとう、莉莉。あなたがそうやって怒ってくれると、気持ちが安らぐわ」

明珠は一つ大きく伸びをした。

「それにしても、ここ数日はいろいろありすぎて疲れたわね……」

「そうでしょうとも。紅花茶を煎じますから、どうぞ楽にしてお待ちください」

莉莉は水を汲《く》みに外へ出て行った。

明珠は一人になった房で、こきりと首の関節を鳴らした。

「星、ねえ……」

子建が残した言葉を反芻《はんすう》し、首をひねる。春蕾からそんな話を聞いたことはない。子建に明珠を信用させるため、そんな方便を持ち出してくれたのだろうか。

「きっとそうね」

占いを得意とする春蕾が言えば、只人《ただびと》が口にするよりそれらしい。春蕾らしい気遣いだったのだろう。明珠の頭上に星が見えるはずがない。それはもっと、輝かしい人物の上に見えてしかるべきものだ。

翌々日、明珠はあらためて紫露の邸に招かれた。紫露は二日経ったというのにまだ目を腫らしてはいたが、腕には白餅をしっかりと抱いていた。白餅はそこが定位置とばかりに、紫露の腕の中で前脚の肉球を舐めていた。あれだけ主人を泣かせておいて、まったく人を食った猫だ。

そしてその首には、赤い布が巻かれていた。もしやと思い紫露をちらと見れば、「何よ。今更こんな布切れ一枚返せと言うの？」と睨まれた。

やはりあの時破った袖口だ。明珠は思わず込み上げる笑みを堪え、「いえ」と答えた。

「あらためて、先日の礼がしたいわ。何か望みの品はある？」

ばつが悪そうに目を逸らしながら、紫露はそう尋ねた。口調は白餅が行方をくらます前の高飛車なものに戻っていたが、きまり悪い思いをしてまで礼をしようというのだから、紫露の気性を思えば驚くべきことだ。明珠に対する感謝の念は本物なのだろう。

「礼などとんでもございません。白餅様を取り逃がしてしまったのは私ですから」

「それじゃあ私の気が済まないわよ。借りを作ったままっていうのは嫌なの。特に、貴女のように怪しげな商売をしてる人にはね」

紫露はちらと明珠の袖口の繕い痕を見た。

「貴女みたいな人を頼るなんて、気が動転していたとはいえどうかしていたわ。だから、なかったことにしたいの。聞けば貴女、ご実家がずいぶん困窮してらっしゃるんですってね。いい機会じゃない。言えばなんでも用意させるわよ」

「そうはおっしゃいましても、周夫人様から何か頂いたりした日には、才人邸は騒ぎになりますわ。もしかすると、良からぬ気を起こす者もいるかもしれませんし。せっかく頂いたもので後宮の秩序を乱すようなことになれば、周夫人様に顔向けできませんわ」

紫露の言う通り、実家のことを思えばなんでも受け取っておきたいところだ。だがそれが翡翠の耳に入れば、間違いなく心証を悪くする。長い目で見れば、ここは遠慮しておいた方が得策のはずだ。

紫露は不満そうだったが、ひとまずは引き下がった。

「だったら買うわ。持ってきて」

「買われる、とは？」

紫露の言葉が何を指しているのか見当はついていたが、明珠はしらばっくれた。

紫露は苛立たしげに続けた。

「貴女が扱ってる妙な品があるでしょ。ただ貰うのが嫌なら、買ってあげる。それなら文句ないでしょ」

「ですが、周夫人様には不要な品でございます。あのような品を持たれているのを見咎められることがあれば、皇太后様にどんな誤解を受けるかわかりません」

紫露は「でも」と唇を尖らせたが、反論が見つからなかったらしく、そのまま黙ってしまった。明珠は「何もいらない」と突っぱね続けるのも可哀想になって、つい余計なことをささやいた。

「周夫人様、実は私、そろそろ商いの鞍替《くらが》えをしようかと考えているのです。ですから品を買い上げてくださるのは、その時にお願いできますでしょうか。買っていただくからには、本当に必要とされているもの、手にした喜びのあるものをお届けしたく思います。この件はまだ周夫人様以外のどなたにもお伝えしておりませんので、どうかご内密に」

紫露は「自分以外誰も知らない」と聞くと機嫌を良くした。わかりやすくて可愛らしいことだが、このような娘が静麗の元にいることにはやはり不安を覚える。

「いったい何を扱おうというの？」

「まだ絞り込めてはおりませんが、後宮の方々に喜んでいただけるものを探っているところです。目新しい西方の衣裳ですとか、装飾品になりますでしょうか」

衣裳と聞くと、紫露は心持ち前のめりになった。趣味の良し悪しはひとまず、紫露が着道楽であることは間違いない。

「それはいいわ。今の妙な品よりずっといい。それじゃあ新しい商いとやらを始めたら、最初に私のところに持ってらっしゃい。周夫人が買って身に着けたとなれば、箔《はく》が付くでしょう。そうすれば、他の妃嬪たちだってこぞって欲しがるに決まっているわ」

明珠は微笑んだ。紫露は、かつての春蕾と同じことをしたいのだろう。

「ええ。その時はぜひお願いいたします」

明珠がこれまでの商物を処分して新たな品を売るようになるには、貴母投法を廃さねばならない。それはつまり、皇太后を失脚させることにほかならない。紫露はその時、どうなっているのだろうか。その日が来ても、明珠の売るものを無邪気に欲しがってくれるだろうか。

明珠は早々に邸を辞そうとしたが、引き留められた。

「まだ話は終わってないわよ。あと二つあるの、用件が」

なんでしょうか、と明珠は上げかけた腰を下ろした。耳を貸して、という紫露に顔を近づけると、紫露の腕から白餅が飛び降りた。黄金色の目が、明珠を恨めしげに見上げる。

「天華様の邸に、時々行ってあげてほしいの。叔母上には内緒で」

明珠は驚いて紫露の顔を見た。

「あの後、天華様に謝りに行ったの。今回のことも……昔のことも。全部許してくださったわ。最初から怒っていないと。名前のことも、この子はとっくに白餅でしょうって」

「それは、ようございましたね」

「新しい猫を飼われてはどうかとも思ったんだけど、また叔母上に取り上げられてしまいそうで……。だから、猫の代わりに人よ。貴女のことは天華様も気に入ったようだったし。幸い、最近の叔母上はお忙しくて天華様の邸へは滅多にいらっしゃらないわ。私が許可を与えたのだといえば、わざわざ叔母上に報せようという者もいないでしょう」

紫露はやはり甘い。そんなことで、皇太后の目を逃れられるはずもない。天華の邸に繰り返し出入りすれば、いずれ静麗の知るところとなるだろう。なにせ後宮は、彼女の権威の大本を生む大切な舞台だ。天華や紫露の邸どころか、後宮中に皇太后の目は網のように張り巡らされているに違いない。

だが明珠に、紫露の頼みを撥ね付けることはできない。それに紫露に頼まれずとも、天華の邸には行かざるを得ないのだ。静麗に繫がる糸は、今のところそこにしか見出せないのだから。

「ええ、喜んで。長公主様も、私の商物を一度見てみたいとおっしゃられましたし」

「天華様がそのようなことを？　……ふうん、物珍しいからかしら」

紫露は、買い上げるわけでもない商物をただ見せて欲しいとは性格的に言い出せないだろう。天華の邸に置いてくれれば、きっと天華は明珠の意図を汲んで紫露に見せてやってくれるはずだ。

そんなことで善行を施したつもりか、と明珠は自嘲した。

「感謝いたします、周夫人様」

明珠が礼を言うと、どうしてか紫露は眉根を寄せた。

「用件の最後の一つは、その『周夫人様』というやつよ。貴女、徐夫人とは名で呼び合う仲だと聞いたけれど？」

「ええ、たしかに徐夫人様と直接お話しする際は、恐れ多くも春蕾様と呼ばせていただいておりますが……」

「だったらどうして私が、『周夫人様』なの？」

明珠は目を瞬き、紫露の顔を見つめた。

「おかしいでしょう。徐夫人が春蕾なら、私は紫露よ」

紫露はそう言うと、足元に纏わりついていた白餅を抱き上げ、その巨体に顔を埋めた。

「よろしいのですか？」

「だから、いいと言っているのよ、私が！」

明珠は微笑み、「では、私のことは明珠とお呼びください」と答えた。

「……わかったわ」

「ええ。紫露様、それでは今度こそお暇いたしますわ」

うん、と紫露はそっけなく答えた。けれど白餅の毛並みで隠しきれなかった耳が赤い。

紫露の邸の広い門をくぐりながら、さて、と明珠はよく晴れた空を見上げた。

困ったことになった。

紫露や天華に近付けたことは喜ばしいが、少々近付きすぎた気がする。これで翡翠の機嫌を損ねたり、静麗に目を付けられることになれば、元も子もない。せめて翡翠の邸には近い内に何か理由をつけて出向き、それとなく取り繕っておくべきかもしれない。

通りを歩き始めた明珠は、甍《いらか》が光を弾くのに目を眇《すが》めた。

成り行きとはいえ、これほど深入りすべきではなかった。天華や紫露の為人など、知るべきではなかったのだ。彼女たちに愛着を覚えれば、これからのことが心苦しくなるばかりだと、わかっているはずなのに。

風が吹き抜け、明珠は髪を押さえた。邸の前院に植えられた連翹《れんぎょう》の花が、春風になす術なく散っていく。桃花の宴からまだ数日しか経っていないのに、陽光は力強さを増し、春の気配が色濃くなっている。亶陽の長い冬が、この後宮から余すところなく押し出されようとしている。

次の春まで、もうそれほど長い時は残されていない。

「にわかには信じがたいほど、うまくいっている……」

ここ数日間の報告を終えると、天莠は長い前髪の隙間から明珠をちらと見た。褒めてくれてもよさそうなものを、その目は何か恐ろしいものでも見るかのようだった。子建といい、主従揃ってなんだというのだ。

「君は魔性だったのか？　天華はともかく、紫露まで手懐《てなず》けるなんて」

「手懐けるなど。長公主様も紫露様も、猫ではありませんよ」

「本物の猫だって手懐けたんだろう？　名前を何と言ったっけ、あの巨猫」

「白餅様です」

「そう、白餅だ。名が体を表し過ぎているよね。紫露の衣裳とか髪型の感覚はどうも理解が及ばないけど、名付けの感性には見どころがあるかも」

「そんな風におっしゃられてはなりません。周夫人様は陛下を慕っておいでですよ。よくご存じのはずでしょう」

「紫露は皇太后に支配されているから、そう思い込んでいるだけだよ。養母上から解放されれば、私への思慕など勘違いだったとすぐに気づくさ」

「ですが少なくとも今は、そのように言われているのをお知りになれば悲しまれます」

天莠は眉間に皺を寄せ、じっと明珠を見た。

「なんだ。紫露を懐柔してきたかと思ったら、餌付けされたのは君の方なの？　魔性の力で、あの二人は魅了しておいてくれないと困るんだけどね」

明珠は肩を竦めてみせた。

「私が真実魔性なら、せせこましい商いなどに手を出さず、はなから陛下を籠絡して権を得ようとしていたでしょうね。いえ、そもそも後宮に入ることもなく、故郷の名士でも捕まえて実家を再興したでしょう」

「試してみればよかったじゃないか。その、籠絡とやらを。案外うまくいったかもしれないよ」

「寝所に呼ばれなければ、その機会もありません。我が家の財力では、肖像を描く絵師に付け届けもかないませんでしたから」

「肖像？　ああ、そんなものもあったね。太監の爺《じい》さん連中がとにかく見ろ、この中から好みの女を選べとうるさく言っていた気もする。あんまりやかましいから、かえって手が伸びなくて今の今まで忘れてしまっていたよ」

「彼らはそれが仕事なのですから。そう煙たがらないでやってください」

「だってあんまりしつこいんだ。連中の言うことをおとなしく聞いてると、自分が種馬にでもなった気分になる」

実際そうなんだけど、と天薺は口元をへの字に歪めた。

「反応に困る冗談はお止めください」

「冗談のつもりじゃないんだけどね。本心だよ」

「余計に困ります」

そんなことより、と明珠は頭を振った。

「皇太后様は、私の動きにお気づきでしょうか」

「おそらくはね。気づかないほど呑気《のんき》なお方なら、はなから朝廷を牛耳ってないし、この国からとっくに貴母投法は消えていたよ」

やはり天莠も明珠と同じ考えだった。今は、泳がされているだけだ。

「天華はどうしてた？」

「寝台の前に紗幕が垂らされていて、お顔を直接見ることはかないませんでした。ご病気が本物かどうかは、私には判断がつきかねます。お声が掠れてらっしゃるようにも思えましたが……」

「侍女以外とは、滅多に話していないだろうからね。病気じゃなくたって、声くらい掠れるだろう」

天莠は、すでに天華は詐病だと決めてかかっているらしい。

病気でないとすれば、邸に押し込める理由は何だろう。実は天華は先帝の種ではなく、容貌が本来の父に似すぎているとか？　しかし五年前までは、頻度は少ないながらも表に出てきていたのだ。ならばこの線はないだろう。いや、でも、成長してから顔立ちが変わることもないわけではない。しかしその仮説が正しいとして、いったいどうやって後宮に住む静麗が、皇帝以外の男と通じるのだという別の疑問が出てくる。

あるいは、顔に火傷《やけど》を負ったり、病によって痘痕《あばた》が残りでもしたのだろうか。それとも、呪詛でも受けて体になんらかの特徴が出てしまっているとか？

しかしどれも根拠はない。全部ただの推測だ。妄想と言い換えてもいい段階でしかない。

頭がこんがらがってきて、明珠はこめかみに手をやった。

「長公主様は、陛下を恋しがっておいでしたよ。兄上はお優しい方だと」

「子供の頃の話だよ。天華は外へ出ないから、昔のことをまるでつい最近みたいに思ってるんだ」

「そのようなおっしゃりようは……」

あんまりです、と続ける前に「君」と天莠に遮られた。

「わかってると思うけど、深入りしすぎてはいけないよ。後が余計に辛くなる」

わかっている。わかってはいるが、明珠は己の心を操れるほど器用ではない。だが天莠は正しく、反論の余地がない。明珠はこれ以上追及されぬよう、話題を変えた。

「陛下の方は、何か進展はございましたか」

「君のように劇的な成果はないね。他にも焼失を免れた書物がないか探しつつ、例の古い史書からまだ読み取れることがないかこね回しているだけだ。一つ進んだと言えるのは、徐夫人から協力の申し出があったことくらいだよ。彼女には、私と同じく古文書を当たってもらっている。私が気付かぬことも、徐家の娘である彼女であれば気付くかもしれない。だがよく考えてみれば春蕾の協力を得られたのも、君の手柄だね」

「私は関係ありませんわ。徐夫人様はご自身の観察眼で陛下のお望みを見抜き、肚を決められたのですから」

「だが徐夫人と君に親交がなく、彼女が君をよく見ていなければ気付かなかったことだろう？」

「さあ、どうでしょうか。ですが本心を申し上げれば、私は徐夫人様にご助力いただくことは賛成いたしかねます」

「それはまた、どうして？」

「危険だからに決まっております。徐夫人様まで、こんなことには巻き込みたくはないものです」

天莠はなぜか面白くなさそうに腕を組んだ。

「いかがなさいましたか？」

「ううん。春蕾も君も、まるで同じことを言うもんだと思ってね。春蕾には、なぜ君をこんなことに付き合わせるのだと詰られた。いや、言葉はもっと柔らかかったけどね、あれは結局そういうことだろう」

「……徐夫人様が、そんなことを」

「やれやれだよ。やっぱり君は魔性なんだろうね」

しつこいな、と明珠は内心で息を吐いた。明珠が魔性の力を持つならば、三度も寝所に呼ばれておきながら、一度も真の意味で同衾していないなどということは起こり得ないだろう。

「陛下、お疲れでしょう。もう眠りましょう」

「疲れているのは君の方じゃない？　私は大したことは、というか何もできていないし」

「政務の後に調べ物をなさっているんですから、あまりお眠りになっていないことくらいわかります。私が調査に乗り出したのはここ数日ですが、陛下はずっとお一人でそうしてらしたんですから」

天莠は背もたれに体を預け、行儀悪く椅子を揺らした。

「一人じゃない、子建もいた。それに……」

「それに？」

かたん、と音を立てて椅子の脚が元の位置に戻る。

「私が濤国のためにできることなどわずかだから。せめて貴母投法くらい、生きている内に廃したいんだよ。それが民のためにもなる」

どういうことでしょう、と明珠は尋ねた。貴母投法は妃を殺す法だ。民からははるか遠いもののはずである。

「皇太后は政に秀でる。それこそ、私が表に出ようとするよりも、養母上に任せておいた方が国のためにはよいのではないかと考えていたほどにね。だけどそれは、責任の放棄に他ならなかった。一面ではうまくいっているように見えることが、他方から見てもそうだとは限らない」

「つまり、どういうことです」

「手短に言うと、皇太后は周家を重用することで、濤国が保ってきた危うい均衡を崩そうとしている。それは朝廷内の官職に留まらなかった。濤国の各州にはそれぞれ州令が朝廷から派遣され、任期中はその土地における責任を負い、州令以下の職位についての任命権を与えられる。裁量が大きいから、州令にはよほど信用に足る者しか任命されない。ここまではいい？」

明珠は頷いた。それくらいは、特に学を授けられたわけでもない明珠でも知っている。

「そうすると、任命できる人員は自《おの》ずと限られてくるよね。自身が為人を認められたか、あるいは高位の人物の推挙を受けた人間かくらいだ。となれば当然、三家ゆかりの者が多くその任に就くことになる」

天蒡が言う通り、明珠の故郷である旗州の州令も長く潘家の人間だった。明珠は翡翠の邸を初めて訪れた時、それを話題にしたことを覚えている。わずかでも共通点を見出せれば人は親近感を持つものらしく、なかなかうまくいった。

「だけど皇太后が力を持ったことで、朝廷の高官には周家が顔を揃えるようになった。潘家や徐家は、すっかり周家の格下となってしまった。本家の人間はなんとか官職を得られたとしても、傍流の者は推挙が得られず地方官にも縁遠くなった。当然、職にあぶれた彼らは、なんとか元のような地位を得ようとする。そうなれば何が蔓延《はびこ》ると思う？」

「賄賂……ですね」

「ご名答だよ。そしてその余分な金は誰の懐から出た？」

帝がこう尋ねるからには、当人の懐から出ているはずがない。考えたくもないが、おそらく答えは一つだ。

「まさか」

「そのまさかだよ。濤法《とうほう》の基準を超える取り立てを行ったとの報告が、すでにいくつも上がっている。いずれも潘家と徐家の者が州令を務めた土地だった。哀れな同族を救うために、民に苦行を強いたというわけだ。もちろん発覚したからには、当地の州令を解任せざるを得ない。そうして一番得をするのは誰だろう？」

「それは、周家の方々です。空いた席には、周家の者を座らせればよいのですから」

天蓁は乾いた声で笑った。

「わかりやすい話だよねえ。ところで、君の実家はかつて富裕な商家であったけれど、今は没落しているらしいね。運の悪いことに、扱っていた品が紅花だったとか」

協力を仰ぐ前に、明珠の身辺を洗ったのだろう。明珠は首肯した。

「君の家の不幸は、紅花の乱から始まった。では、どうして乱は起きたんだろうか？」

胸の奥で、何かが軋む音がした。この人は、なぜ今その話を持ち出すのだろう。

「……存じません。邪宗を奉じる者の蜂起だとしか」

「うん、そうだね。そして彼らが蜂起に至ったのは、信徒たちが重税に苦しむのを見かねたからだと言われている。彼らは邪宗の信奉者ではあったけど、義侠心《ぎきょうしん》は持ち合わせていたというわけだ」

「陛下！　賊にそのような言葉を用いてはなりません」

天莠は声を荒らげた明珠をたしなめるでもなく、ただ目を細めた。

「まあ、おそらくは信徒の暮らしに余剰がなくなって、教団にお金が集まらなくなったからだろうけどね。上納金がなければ、教団自体が立ち行かない。どちらにせよ、紅花の乱の原因は、皇太后が権勢を握ったことに求められるというわけだよ。権力の座についてまだ日の浅かった養母上にしてみれば、紅花の乱は試練だっただろう。けれど乱を鎮圧し、首謀者たちを残忍な方法で処刑してみせることで、人々から反抗の意志を完璧に削ぐことに成功した。そして法外の税を課した潘家や徐家の者たちを糾弾し、周家の潔白さ清廉さを強調してみせた」

理解は追い付いているだろうか、というように天莠は明珠の顔を覗き見た。

わかりたくはない。わかりたくなどないが、これまで点と点でしかなかった事実が繋がり、星座のように絵図を描いていく。

「そんなわけで、巷《ちまた》では紅は敬遠されているけれど、養母上はきっとお嫌いではないよ。苦い思い出と共に、勝利の美酒の味をも思い出す色だから」

桃花の宴で、明珠の紅の衣を目にした時の皇太后の顔を思い出す。あの時、かすかに目を細めたように見えた。口元は紈扇に隠れていたが、あれは——笑っていたのか。

「では、私の家は、父と継母は、弟妹は……」

貴母投法によって貧したというのか？　悪法は妃を殺すに飽き足らず、明珠の家の財貨をも奪っていったのか？　いや——天莠の言う通りなら、明珠の家からだけではない。どれだけの人が貧し、食い詰めていっただろう。

「皮肉な話だよね。外戚排除のために生みだされたはずの貴母投法が、外戚となんら変わらない連中の跋扈を招いてるんだから」

そんな、と明珠は声を漏らした。周家が勢いづいているのは知っていた。だが、それだけのことと思っていた。なんて狭い世界しか見えていなかったのだろう。同じ宮城に住んでいながら、天莠が見ていた世界と明珠のそれは、まったく違うものだった。

「濤の民は不幸だね。私のような不甲斐ない帝を戴いて。歴史を振り返っても、一つの家ばかりが栄えて永らえた王朝の例はないよ」

「そのような……」

天莠の言葉を否定したかった。けれど現状、どれだけ否と繰り返したところで、それは言葉だけのものだ。

「最初に話しておかなくてごめんね。急にいろいろ言われても、混乱するかと思って」

明珠は首を横に振った。言葉が出ず、そうすることしかできなかった。

「養母上が濤を治めた十余年、大きな乱れはなかった。だから天は皇太后の君臨をお認めなのだと、そう考えたこともあったよ」

明珠は泣きたいような気持ちで天莠の顔を見た。そこには、明珠と同じように泣き出しそうな顔があった。

「でもそれはさ、結局怖かっただけなんだ。養母上に歯向かうのが怖い。それに、もし真の意味で玉座を手にすることができても……私に皇太后より良い政ができる確証はない。何せ私は子供の頃から彼女の人形で、『蔵書楼の主』だ。皇太后を退けても、臣下はきっと私の話など聞かない。そうなれば、濤の滅びを早めるだけだって」

逃げてたんだ、とつぶやいた言葉が耳に残る。

天莠は立ち上がり、窓辺に向かった。明珠からは、その背しか見えなくなる。

「とんだ間違いだったね。私が簒奪者《さんだつしゃ》を一度でも許そうとしたから、この国はこんな風になってしまった。天の怒りなんかじゃない、当然の因果だ。玉座にある者が国を諦めて、それで未来があるわけもない。十五で養母上が後見を退いた時に、彼女を朝議から締め出すべきだったんだ。すべて、私の弱さが故《ゆえ》だ」

明珠は進み出て、天莠の隣に立った。帝はこちらを見なかった。

迷ったが、その手を取った。天莠は驚いたように、ようやく明珠に顔を向けた。泣いているのかもしれないと思ったが、その目元は乾いたままだった。

泣いていてくれた方がよかったかもしれない、そんな気がした。

「濤の民は、これまで不幸であったかもしれません。けれど陛下はすでに、世を変えようと立ち上がられた。これより先は、不幸ではなくなる。そうでしょう？」

「でも遅い。遅すぎたんだ。この十年で、救えたはずの者がどれだけいただろう」

「確かに遅いかもしれません。ならば陛下、失った分の倍、さらにその倍、救ってください。陛下がもういいだろうと思えるまで、ずっと救い続けてください」

天莠の眉が歪む。初めて見る、怒りの表情だった。笑う時と同じく、怒りを露わにするとこの人は幼く見える。

「これから何人救ったとして、一度失われたものは取り返せない。君にだってわかるだろう、そんなことくらい。たとえ君の実家が再興したとして、苦しんだ年数は消えない。私も同じだ。母上は生き返りはしない」

ははうえ。それは、皇太后のことではない。目の前で死んでいったという、実の母のことだろう。

「承知の上です。一度この世に刻まれた結果は決して消えない。ならばできることは、先々の世を少しでもましにしようと努めることだけ。そうでしょう、主上」

天菷の目尻が赤くなる。それでも泣かない。歯を食いしばるでも唇を噛むでもなく、ただ拳が握り締められるだけ。この人の目から涙は流れない。

ふと、目の前の人を抱きしめてやりたい衝動に駆られる。

抱きしめてやれたらよかった。実母を始めとして、貴母投法のために死んだ者、苦しめられた者に苛《さいな》まれ続けてきたこの人を。今この時ばかりは、ただ伽《とぎ》のために寝所に呼ばれた女であればよかったと、そう思った。

けれど明珠は動けない。天菷の手を握ることしかできない。ここに明珠が立つのは、天菷の妻としてではない。この人の望みを叶えるための駒として、ここにいるのだ。

「……君が言うずっとって、それって、死ぬまでってこと?」

「陛下がそう思われるのならば、そうです」

明珠は天菷の手を取ったまま膝を突いた。

「お供いたします。私を陛下の道行きの供に選んでくださったこと、感謝します」

「感謝なんて、軽々に口にするものじゃないよ。失敗したら、いずれ君は刑場でその言葉を悔いることになる」

刑場で、という言葉に明珠は唾を呑んだ。これは決して脅しではない。しくじれば、その未来は確実にやって来る。

「そうだとしても、です。事実を知らず、かの法に依《よ》った商いで、一生を終えることがなくてよかった」

「……そう」

天蓁は短く答えると、明珠の手を引いて窓辺を離れた。

横顔に、先ほどの怒りはすでに見えなかった。けれど消えたわけではない。怒りはずっと、この人の中にある。天蓁はずっと怒り続けていたのだ、己の無力に対して。

「眠ろう。話すべきことは話した」

帝はそう言って明珠と共に蒲団にもぐり込み、灯を消した。房に闇が満ちてしばらくすると、くぐもった声が言った。

「もう誰にも、死んでほしくないんだ」

明珠は最良の答えを探したが、闇の中でそれは見つからなかった。

代わりに明珠は、天蓁に向かって手を伸ばした。天蓁の髪が指先に触れる。ゆっくりと、その髪と頭とを撫でた。こんなことしかできない自分に空しさを覚えながら、それでも手を止めることはできなかった。

寝息が聞こえてくるまで、明珠はそうしていた。

隣で眠る人は、遥かに遠かった。その孤独に、明珠は立ち入ることができない。

数日後、明珠は翡翠の邸の前で立ち尽くしていた。

訪問伺いの先触れを出し、「今日来るように」と確かに返事を受け取った。だから明珠は馴染みの品々と、それから神経を宥《なだ》めるのに効くという香を抱え、莉莉を伴って邸の前まで来たのだ。

「誰も出てきませんね……」

だが、翡翠の邸の門は閉ざされていた。莉莉が扉を叩き、門の向こうに声をかけても返事がない。邸はしんと静まり返っている。

「私、ちょっと裏門の方も見て参ります」

明珠は引き止めようとしたが、莉莉は駆けていってしまった。

留守のわけはない。たとえ何かの行き違いがあって翡翠が出かけているとしても、邸内に誰もいないということはあり得ない。天華の邸くらい侍女が少ないならいざ知らず、翡翠の邸には常に何十人もの侍女が控えているのだ。

そもそも、昼間の内からこうして門を閉ざされているところなど、忌事の際以外に見たことがない。もちろん、近頃忌事があったという話も聞いていない。その証拠に、明珠の後から所用でやって来た宦官も、戸惑いを顔に浮かべて閉じられた門を見上げていた。

これは、翡翠から明珠に対しての拒絶と受け取るべきだろう。

もっと考えるべきだった、と明珠は歯噛みした。後宮内でうまく立ち回るには、そこに生きる女たちの機微を感じ取らねばならない。そんなことは百も承知のはずだったのに、予想外の出来事が続いて浮き足立っていた。よりによって三夫人の一人である翡翠の目に近頃の明珠がどう映るかさえ、頭から抜けていたなんて。

拒絶の理由は明らかだった。

明珠はあらためて門を見つめた。

その時、かすかな音がして、門扉が薄く開いた。その向こうに、侍女の目があった。翡翠が故郷から伴ってきたという、この邸で最も年嵩の侍女だ。

お越しいただき申し訳ないのですが、と侍女は眉をひそめた。

「今日限りでもうおいでにならなくてよいと、潘夫人様が」

予想していた言葉ではあった。だが、実際に聞けばやはりこたえる。

「なぜと、お訊きしても？」

侍女は「そんなことも言わねばわからないのか」という顔をした。

「潘夫人様は、はっきりとはおっしゃらないですよ。ですが、わかりきったことじゃありませんか」

明珠だって、とうに見当はついている。だが、九割九分そうだろうと予想できても、予想はあくまで予想にすぎない。事実を確定させなければ、甘い想像に身を委ねてしまいそうだった。

引こうとしない明珠に、侍女は諦めの溜息を吐いた。

「裏切られたようにお感じになったんでしょう。高才人様は、一度も陛下からお声が掛かったことはないお方でした。だからこそ潘夫人様も、これまで親しくできておいでだったのです」

「私は、陛下とは何も……」

言いかけて、明珠は口を噤んだ。日を空けずに三度寝所に呼ばれて、何もしなかったと言って信じる者がどこにいるだろう。たとえ信じてもらえたとして、では何をしにいっていたと問われれば余計に困った事態になる。

黙すしかない。翡翠の誤解を放置し、その拒絶を甘んじて受け入れるしかない。

「もう、十分でしょう。これ以上は、潘夫人様の名誉を傷つけるだけです。お引き取りください」

侍女は明珠の後ろで待っていた宦官だけを中に招き入れると、再び門を閉じた。宦官が通り過ぎざまに向けた好奇の視線が、吐きかけられた唾のように頬に張り付く。

立ち尽くしていると、莉莉が小走りに戻ってきた。

「お嬢様、やっぱり裏門も開かなくて……お嬢様？」

莉莉が気づかわしげに顔を覗き込む。

「なんでもないわ。帰りましょう、莉莉。待っていても無駄なようだから」

「無駄とは……」

「わかるでしょう。私は、潘夫人様のご不興を買ったのよ」

明珠は才人邸へ足を向けながら唇を嚙んだ。

なにより、自分の愚鈍さに腹が立つ。

天莠の元へ通うのだって、もっとやりようがあったはずだ。伽の相手として召されるのではなく、門兵の宦官を買収しておいて昼間の内に出入りするとか。そうすれば明珠は最大の顧客を失うことも、翡翠に恥をかかせることもなかった。翡翠は自尊心が高く、その上傷つきやすい人柄であると最初からわかっていたのに。

明珠が翡翠を「お客様」と呼んだ時に見せた、寂しげな表情が眼裏に蘇る。最後に会った時には、幽鬼を見たと口を滑らしさえした。信用していない相手に、翡翠がそんな隙を見せるわけがない。翡翠はきっと、心から話せる相手を欲していた。このまま後宮で朽ちていくか、あるいは男児を産み死を賜るかの二つに一つしかない己の生を、変えることはできずとも、嘆く相手を求めていた。

明珠とて、気付いていたはずだ。それを、深入りはしたくないと避けた。明珠の方が先に門を閉じたのだ。いや、門扉を開けることとすらしていなかった。

ひたりと閉ざされたあの門は、天莠ではなく明珠が招いた結果だ。

「お嬢様、待ってください。どうされたんですか、そんなに急がれて」

莉莉の声に、知らず早足になっていたことに気付く。けれど明珠は歩調を緩めなかった。緩めてしまえば、立ち止まってしまいそうだった。今や明珠にできることは、帝の望みを叶え、せめて翡翠を死の恐怖から解放することだけだった。


明珠は翡翠に拒まれた埋め合わせをするかのように、天華の邸に通った。天華と紫露に言い含められたのだろう、いつも郭慈が裏門からそっと入れてくれた。

しかし、はかばかしい成果は得られなかった。

焦っているのが自分でもわかった。焦りは、余計に明珠を空回りさせるばかりだった。いつ訪ねても、天華は明珠を歓迎してはくれた。それは上辺《うわべ》だけのものではなく、本心からと明珠の目には映った。けれど話題を皇太后のことに持ち込もうとすると、天華の口は重くなった。

「こんな体で生まれてしまって、母上に申し訳ない」「私が母上のお役にも立てたらよかったのに」と、それればかりを繰り返した。短い言葉には、怯えのようなものさえ感じ取れた。それまで楽しそうに紫露の話や、才人邸で起きた困り事などに耳を傾けていた天華が、皇太后のことを話そうとすると目に見えて沈んでしまうので、明珠も話題にするのが心苦しくなっていった。そのために天華の邸に通っているというのに、皇太后について尋ねるのを先延ばしにしてしまいがちだった。

そんなある日、明珠は長公主に尋ねた。

「そういえば、長公主様は藤花の宴にはいらっしゃるのですか」

紫露が主催となるその宴は、十日の後に迫っていた。天華の邸に初めて来た時は春の霞《かす》んだ空気が辺りを覆っていたが、今や初夏の日差しが中庭の池や甍を輝かせている。

しかし天華は首を横に振った。

「紫露姐姐には申し訳ないのですが。侍医がいいと言わなくて」

侍医が、というかその背後にいる皇太后がだろう。

「そうでしたか。不躾《ぶしつけ》なことをお尋ねしてしまい、申し訳ございません」

「いいんです。高才人は行くのでしょう？　どんな様子だったか、教えてくださいね。紫露姐姐が張り切っているみたいなので」

「かしこまりました。紫露様にお願いして、藤の枝を手折って参りますわ。藤園とも見まごうほど、この邸を藤花でいっぱいにしましょう」

天華はふふっと笑いを漏らした。

「ありがとう。同じ後宮に住んでいるのに、不思議ですね。なんだか外の世界が、ずいぶん遠くなってしまったように感じるんです」

天華は、窓から庭を見たようだった。緑豊かな中庭は、天華の目にはどう映っているのだろう。

「時々……ある朝起きてみたら、私とこの邸だけがあって、外の世界なんか消えてしまってるんじゃないかって、そんな風に思うことがあります。全部、私の見た夢なんです。母上も紫露姐姐も、高才人も、あの人も――」

「長公主様？」

どうも、様子がいつもと違う気がする。

その時、回廊を駆ける足音が聞こえてきたかと思うと、息せききって郭慈が顔を出した。

「どうしたんですか？　そんなに慌てて」

郭慈は慌てながらも潜めた声で答えた。

「皇太后様がお見えです！　高才人様、お隠れを！」

言い終わらない内に、回廊をしずしずと歩く足音が耳に入った。

「客庁でお待ちいただくように申し上げたのですが……！」

青くなった郭慈に、天華は「今身なりを整えていると母上に伝えて。少しでも足止めをお願い」と言った。はい、と郭慈が急いで房を出て行く。

「い、いかがいたしましょう」

落ち着け、といくら自分に言い聞かせても声が裏返った。天華の房は調度の数も少なく、明珠の体が隠せそうな大きさのものは見当たらない。衝立《ついたて》の後ろに隠れても、足が出てしまう。

回廊からは郭慈の声が聞こえてくるが、足音は止まる様子がない。

いっそ窓から中庭に逃げるかと窓枠に手をかけた時、天華が「高才人、こちらへ！」と紗幕をめくり上げた。入っていいのか、と尻込みしたが、迷っている暇はない。

明珠は紗幕の内側へと転がり込み、寝台の下に身を隠した。

寝台の下に潜り込む前、一瞬だけ天華の顔が見えた。その顔には、火傷も痘痕もなかった。並の人間よりはるかに美しい顔貌だけが、そこにあった。

だが今は、天華の顔形についてなど考えてはいられない。床板に頬を付けてじっとしていると、心の臓がうるさく鳴る音に混じって、だんだんと大きくなる足音の振動が直に伝わってきた。

きいと、扉が軋んだ。

「天華。息災にしていたか」

思わず息を呑む。皇太后その人の声だ。

「母上、どうなさったのですか。先触れもなくいらっしゃるなど」

「おや、母の訪問を喜んではくれないのか？　親が子を訪ねるのに、誰の許可も気兼ねも不要なはずだろう」

「もちろん、おっしゃるとおりです。ただ、いつもは前もって知らせてくださるので、何うかあったのではと」

ふふ、と静麗は笑った。

「何もありはしない。お前の顔が見たかっただけだ」

「そう……ですか」

「天華、ここには私とお前の二人だけだ。そのようによそゆきの声を出す必要もないだろう」

どうやら、静麗は明珠の存在に気付いて踏み込んできたわけではないらしい。しかしこの状況ではとても安心できない。何も気付かず、早く帰ってくれることを祈るしかない。

それより、と静麗が身を乗り出す気配があった。

「どうだった、先だっては。うまくいったのだろう？」

天華は答えなかった。明珠が冷や汗で背を存分に濡らすほど長い沈黙の後、「母上」と天華が声を発した。

「天華は、体調が優れません。せっかくおいでくださったのに申し訳ないことですが、お引き取り願えますか」

天華の言葉は、明珠の冷や汗を引かせるどころかさらに噴き出させた。こんな直截な言葉を選んで、静麗が怒り出しはしないだろうか。

しかし明珠の不安をよそに、静麗は高く笑った。

「体調が優れぬか。そうかそうか、慣れぬことをしたものな。よかったのう、天華。これでそなたも一人前だ」

そう睨むな、と皇太后の声が続けた。

「お前が選んだことだろう？　母はお膳立てしただけ。お前がそうと決めたことなのに、なぜそのような目で母を見るのだ」

言葉とは裏腹に、静麗の声は歌うように楽しげなものだった。

母上、と天華はただ低い声で繰り返した。

「わかった、わかった。今日のところはお前の言うとおり退散するとしよう。しばらくは、事が成ったか楽しみに待とう。なに、此度が駄目でも、またいくらでも機会はある」

静麗が立ち上がる衣擦《きぬず》れの音がした。このまま帰ってくれと念じる明珠の心を読んだかのように、「おや」と静麗が口にした。明珠の心臓が跳ねる。

「嗅ぎ慣れない匂いがするな。天華お前、妙な獣でも邸に入れたのではあるまいね」

明珠が扱う薬草の匂いだろうか。気を付けているつもりではあったが、襦裙に匂いが染みついてしまっていたのかもしれない。しかし明珠には、どうか天華がうまくごまかしてくれますようにと祈ることしかできなかった。

「さあ、床下に狸《たぬき》の死骸でもあるのやもしれません。母上がお帰りになったら郭慈に確認させます」

天華は相変わらず硬い声で答えたかと思うと、ふ、と笑うように息を吐いた。

「ここに生きた獣はおりませんよ。母上が、白餅を紫露姐姐にやってしまってからは」

生きた心地がしないとはまさにこのことだ。先ほどから天華の言動には、静麗への苛立ちが透けて見えはしないか。そうでなければ、こんな挑発的な物言いはしないだろう。市井の親子であれば口喧嘩をするのも珍しくはないかもしれないが、相手は皇太后だ。

「そう拗《す》ねるな。もう時も経ったことだし、また猫でも飼うか？　母が見目のいいのを見繕ってきてやろう。好きだろう天華は、血統と見目の良い雌猫が」

静麗は自らの言葉に高く笑った。

「なにやら近頃は、毛並みの良くない猫も出入りしているようだがな」

呼吸が止まりかける。声を上げなかったことを、誰か褒めてほしいくらいだった。

天華は答えなかった。明珠の頭上にある寝台が、ぎしりと嫌な音で軋んだ。

「冗談だ。存分に養生するといい、天華。また見舞いに来よう」

静麗は笑い声を引きながら、今度こそ房を辞した。だんだんと足音が遠ざかっていき、回廊で控えていたらしい郭慈の声が聞こえ、やがてそれも途絶えた。

房はしんと静まり返った。

強張っていた全身の筋から力が抜け、明珠は床にへたりこんだ。

「もう大丈夫ですよ。出てきてください」

差し出された天華の手を畏れ多くも借り、明珠は寝台の下から這い出した。

「ごめんなさい。こんな埃っぽいところに押し込んだりして」

「いいえ、ありがとうございます。郭慈が飛び込んできた時は、生きた心地がしませんでしたわ」

明珠はこの時初めて、正面から天華の顔を見た。白く透けるような肌に、絹糸のごとき黒髪がよく映える。涼やかな切れ長の目に、鼻筋は筆で描いたようにすっと通って唇は薄い。絵師がこぞって肖像を描きたがりそうな、中性的な美人である。男慣れしていない後宮の女たちが見れば、皆一様に溜息を吐くだろう。

文句の付けようがなく美しい。それにどことなく天莠に似ている。切れ長の目も薄い唇も、宗室の者によく現れる特徴だ。鳳家の人間の肖像画には、必ずと言っていいほどその特徴が描かれている。間違いなく、天華は鳳家の血を引いている。

容貌を損なう怪我もなく、宗室そのものの顔貌。

では、天華を隠す理由はどこにあるのか。

病弱というのは偽りではなかったのだろうか。だが、静麗の「存分に養生するといい」という言葉には揶揄が混じってはいなかったか？

おまけに、さっきの会話はなんだ。「うまくいった」とはいったい何のことだ？

「……高才人。私の顔、何か変でしょうか。長く外に出ていないから……」

「も、申し訳ございません」

無意識の内に、天華の顔をじっと見つめてしまっていたらしい。

「あまりにお美しいものですから、つい。お許しください」

「妃嬪たちを見慣れた貴女には、さほどのものではないでしょう。それに、高才人だって綺麗です。私のように陽の光も浴びず青白い顔をした者より、ずっと」

「そんな、私など長公主様と比べるべくもありませんわ。美人というのは、長公主様や潘夫人様のような方のためにある言葉です」

本心からの言葉だったが、天華はどこか苦い笑みを浮かべて首を傾げた。柔らかな髪が、肩をすべる。

「今日はもうお帰りなさい。しばらくは、ここへ来るのも控えた方がいいかもしれませんね。寂しいことですが」

たしかに静麗の口ぶりからして、明珠が邸に出入りしていることに完全に気付いている。日を空けずに訪ねるのはまずいだろう。

皇太后との会話について訊きたいことは山ほどあるが、長公主相手に根掘り葉掘り訊けるはずもない。もとより明珠が聞いてはならないものだったのだ。

ひとまず、聞いたままのことを天莠に伝えよう。明珠には意味がわからなくとも、天莠には心当たりがあるかもしれない。

「お名残惜しいですが、かしこまりました。折を見てまた参ります。あの……匿《かくま》ってくださって、本当にありがとうございました」

明珠はそう言って一礼し、天華の邸を辞した。


予定通り、十日後に藤花の宴は開かれた。初夏のくっきりとした日差しが、早くも夏らしい色合いに身を包んだ女たちを照らしていた。

天華の姿はやはりなかった。桃花の宴と違うのは、紫露と静麗に迫られて渋々やって来たらしい天蕣が、ぼんやりとしだれ藤を見上げる横顔があることだけだった。

後宮中が藤の花を見に集まった今、天華はどうしているだろう。あの物寂しい邸で一人、何を想っているのだろうか。

先日の皇太后との会話が意味することをこの十日間考え続けていたが、答えは出なかった。せめて早く天蕣にこの話を聞かせたかったが、こんな時に限って呼び出しがない。自分から会いに行ける相手ではないことがもどかしかった。

春蕾の邸も一度訪れてみたが、取次の侍女に「徐夫人様は、このところずっと自室におこもりです」と困惑したように告げられた。侍女は春蕾がまた新たな占いにでも没頭しているとでも思っているらしいが、明珠には彼女が必死に書簡を当たっている姿が目に浮かぶようだった。邪魔をしてはならないと顔も見ないまま邸を辞して、それきりである。

静麗は紫露の隣で朗らかに笑っている。そうしていると、ただの美しい一人の女に過ぎないが、先の天華との会話を思い出すと二の腕が粟立《あわだ》った。

あれが、実の子と交わす言葉だろうか。娘への慈愛など、まるで感じられなかった。

皇太后が失脚したら、天華はどうなるのだろう。皇太后静麗の娘とはいえ、父は先帝であり天莠の異母妹なのだから、そう悪い処遇にはならないはずだ。仮に病が偽りであれば、どこかへ降嫁することになるのかもしれない。だが、母の悪事が暴かれれば、肩身の狭い立場に置かれることは間違いないだろう。

それでも進むしかない。

すべてが終わった時、天華は明珠を恨むだろうか。あの美しい顔を歪ませて、明珠を睨むだろうか。天莠に偉そうな啖呵《たんか》を切ったくせに、その時の天華の表情を想像すると身が竦んだ。

「お嬢様ったら。せっかく見事な藤花ですのに、難しい顔をなさって。こういう日ぐらい、気晴らしをなさいませんと」

今日は商売道具も持ち込んではいない。下手な動きをして、静麗に見咎められては元も子もないからだ。

「なんでもないわ、莉莉。私はただゆったりと花を愛でるというのが、どうもできない性分なだけよ」

そう言いながら明珠は、帝や紫露、皇太后から視線をそばに座す翡翠へと移した。翡翠の姿を見るのも、ずいぶん久しぶりだ。

しかしその横顔を目にした刹那、初夏だというのに、ぞくりと背筋が寒くなった。

「お嬢様？」

まるで皇后のように天蕎の隣に座す紫露にさぞ苛立っているだろうと思っていたが、意外にも翡翠は紫露を見てはいなかった。無理に視線を外しているという風でもない。

ただぼうっと、藤花が風に揺れるのを眺めていた。一見して花の美しさに目を奪われているようだが、焦点が合っていない。

まるで、藤花そのものではなく、花の美しさの向こうに別の何かを見るような。

最後の訪問となってしまった時に聞いた、幽鬼の話が耳に蘇った。

——美しい幽鬼よ。

まさか翡翠は、かの幽鬼に魅入られでもしたのだろうか。あれは幻覚ではなく、本物だったとでもいうのか？　よくよく見れば、五月の陽光の下だというのに翡翠の顔色はやけに白い。薄暗い邸の中で見た天華と同じくらい、青ざめて見える。

「潘夫人様、なんだかお痩せになったのではないでしょうか」

遠目に見た明珠や莉莉でさえ気付くのに、翡翠の侍女たちは、主人のあの様子を見て疑問に思わないのだろうか。だが、邸に通っていた頃に見た侍女たちの態度からして、気付いても誰も動こうとしないかもしれない。

明珠が翡翠に拒絶されるようなことがなければ、なんとか言いくるめて医官に診せることもできたかもしれないのに。いや、今からでも医官の詰所へ投げ文でもして、翡翠を診るよう伝えるべきかもしれない。しかし出所不明の投げ文などで、事なかれ主義の医官たちが動くとも思えない。

後悔から逃げるように、天莠と紫露へと目を転じた。

紫露はかいがいしく天莠の世話を焼き、酒やら肴やらを勧めている。静麗の手前邪険にすることもできないのだろう、天莠はそれらをおとなしく口に運んでいた。

微笑ましいはずのその光景に、なぜか苛立ちを覚える。翡翠がこう感じるだろうと想像した心がそのまま、明珠に乗り移ったようだった。明珠は彼らを視界から追い出し、ただ一面の藤花を目に映した。

目の中で、紫の波が揺れる。押し寄せる藤の香が鼻孔を塞ぎ、まだ酒も口にしていないのに酔いが回るようだった。

ふと、春蕾と目が合う。大丈夫？　とその目は語りかけるようだった。平気です、と明珠は無理に微笑んでみせた。

水辺ににじりより、水面に己の顔を映した。ずいぶん酷い顔だった。翡翠のことを笑えない。顔を消すように、水面に指先を浸した。ぬるい。もう、水は冷たくない。季節は進んでいる。水面には、ただ細かく散った藤花があるばかりで、何の紋様もそこには現れていなかった。

「雌猫、ね」

「なにかお心当たりはありますでしょうか？」

天莠にようやく目通りがかない、皇太后と天華の会話の一部始終を伝えたのは、藤花の宴からさらにひと月ほどが経ってからだった。この間見せた表情は失せ、今夜はすっかりいつもの飄々《ひょうひょう》とした天莠に戻っている。

「白餅はたしか雌猫だけど。でもそういうことじゃないね。うん、やはり間違いないだろう。あとは裏を取るだけだ」

何が間違いないのですかと尋ねる前に、天莠は明珠の手をがっと握った。その頬は珍しく紅潮している。

「よくやってくれた。お手柄だよ。着実に手筈《てはず》は整いつつある」

天莠はぶんぶんと握った手を上下に振った。勢いに押されて明珠が「ですから何が」と訊けずにいる間に、「それに」と天莠は続けた。

「別方面でも進展があったんだ。こっちも君の働きのおかげと言えなくもない。春蕾が活路を見出したんだ。その事実確認をやってたせいで、君の報告を聞くのがずいぶん遅くなってしまった」

明珠はぱっと顔を上げた。

「やはり徐家は物が違う。私にはない視点だよ」

春蕾は、現行の史書にある蝕の時期が現実的にあり得ないと突き止めたのだという。潘天女が自害を決断する原因となった、あの蝕の日だ。

書き換えが起こる以前の史書に目を通した春蕾は、内容の違いよりも、蝕が起こったとされる時期が季節ごとずれていることに着目した。現行の史書によれば、蝕は夏の終わりに起こり、潘天女は秋に亡くなった。しかし蔵書楼が燃える以前の史書では、潘天女は晩夏に亡くなり、蝕が起きたのは秋である。蝕と潘天女の死の時期が、そっくり入れ替わっているのだ。

それから春蕾は、果たして蝕は実際にはどちらの季節に起きたのか、それともどちらでもないのかの検証に取り組んだ。

聞けば、濤の技術はすでに蝕のおおよその発生時期を予測するところまで及んでいるらしい。日々星の動きを読み、記録を蓄えてきた徐家の知が、それを可能にした。しかし、蝕は古くから天意とされてきた。天意を先読みしようとするなど不遜だと、正確な日付の予測は暗黙の内に禁じられている。春蕾はその暗黙の了解を破ったのだ。例の渾天儀と故郷から持参した大量の書物、さらには子建が蔵書楼から運びこんだ木簡竹簡と、昼夜なく格闘した。ごっそり蔵書が失せれば司書の目を誤魔化《ごまか》せないので、持ち出した一巻二巻《ひとまきふたまき》をその日の内に書き写し、夜には再び蔵書楼に戻させたのだという。およそ高位の妃がやることとも思えないが、春蕾であればやってのけただろう。

そして導き出した結論をしたため、司天官令である春蕾の叔父の元へ、子建を通じて文を書き送った。司天官令は、変わり者の姪が暇に飽かせて不遜な謎解きに取り組んだのだとでも思ったか――あるいは、姪の真意を察したかもしれない。いずれにせよ返ってきた文には、「徐夫人様のご意見に同意する」とあった。

つまり、濤国の専門機関の長から「現行の史書に描かれた季節――明巍《めいぎ》五年の夏に、亶陽で蝕は起こり得ない」との言質《げんち》を得たのである。

蝕が起きたのは、秋。

春蕾はここに至って、ついに天蒡に告げた。

『蝕は、潘天女が身罷られた後に起こっております』

「それがどうして、私の手柄になるのですか。まるきり徐夫人様の功績でしょう」

「君が私に手を貸していなかったら、春蕾があれほど熱心に蝕の日付を探ることはなかったと思うよ。二割程度は君の手柄と誇っていいんじゃないかな」

「それは、徐夫人様を見くびっておられるというものです。徐夫人様は、陛下と濤国とを真剣に憂えておられますよ」

天莠は肩を竦め、口元を緩めた。

「何を笑ってらっしゃるのです？」

「ううん。君、あれだけ妃嬪たちと関わって人の機微に通じているようでいて、そうでもないんだなと思って」

「私がいったい何をわかっていないと？」

「わかっていないっていうか、鈍いっていうか。いや、ごめんごめん。忘れて。春蕾には気の毒なことだけど、本人がこの場にいないのに議論しても仕方ないよね」

はあ、と明珠が気の入らない返事をすると、「とにかく」と天莠は咳払いをした。

「蝕が天からの思し召しなら、天は潘天女に死を促してなどいなかった。それどころか、まったくの逆だ。潘天女を死なせたことにこそ、お怒りになられた」

「そうなりますね。貴母投法の根拠は捏造《ねつぞう》であったと」

天莠は一つ頷いた。

「であれば濤国は、天意に背くことを代々行い続けてきたことになる」

だとしたら面白い、と天莠はくつくつと喉を鳴らした。

「この国はとっくに、天から見放されているかもしれない。どうしようね？」

「それを陛下が、天意の元にお戻しになるのでしょう。ご自身の手に、朝廷を取り戻すことで」

天莠は答えず、寝台に上った。もう眠るのかと思ったが、窓から身を乗り出すようにして外を見た。何かあるのかと思って、天莠の隣に座しておもてを見たが、そこに見るべきものは何もないように思えた。しんと静まり返った中庭と回廊を、中途半端な膨らみ加減の月が照らしているばかりだった。

「もう一つ、頼まれ事をしてくれる？」

「なんでしょう。乗りかかった船ですから、今さら一つ二つ仕事が増えたところで変わりはないですよ」

二言《にごん》はないね、と天莠は微笑んだ。

「私はひと月後、宮城を出る」

明珠は月から目を逸らし、天莠を見た。その顔は真剣そのもので、冗談を言っているようには見えなかった。

「はい？　何をおっしゃるのです」

「これから私は、全身の筋という筋が痛む病にかかるんだ」

はあ、と明珠は嫌な予感を覚えながら生返事をした。今夜の天莠は、わけのわからないことばかりを言う。

「病というのは、かかる前から当人に知れるものでしたでしょうか」

「私がかかる病は、その類のものだね。詐病と呼ぶ者もいるらしいと聞くよ」

「何のために、そのようなことを?」

「春蕾の調査結果を裏付ける記録を探すために決まってるでしょ。蝕の正確な日付が書かれた信用できる文献、それも建国当時か、せめて二百年以上前の記録を手にしないといけない。春蕾や司天官令がいくら言ったって、皇太后が誤りだと笑い飛ばせばそれまでだ。皇太后すら認めざるを得ない、権威を持った証拠が必要になる」

「そのようなもの、いったいどこにあるというのです」

「宮城内では、これ以上探しても無駄だ。私と子建が探し続けても、今ある以上は見つからなかった。都の亶陽や、周家の者が州令を務める土地では、破棄されている可能性が高い。だから、周家や朝廷の息がかかっていない土地から探すことになる。なにせ濤国は広いんだ。蔵書楼は燃やせても、国中の書物を火にかけることはできなかったはずだよ」

「しかし陛下、おっしゃる通り濤国は途轍《とてつ》もなく広うございます。闇雲に探せば、いったい何百年かかることやら」

天莠は実に楽しげに口元を引き上げた。

「君は、周家の干渉を受けず、かつ膨大な年譜を保管している場所を知っているはずだよ」

「私がですか?」

頭を捻ってみると、年譜、という言葉が引っかかった。史書でも日誌でもなく、年譜。

——奉天廟の歴史は濤国そのものよりも長く、前王朝が滅び群雄の割拠した時代に始まり、この濤国を建国当時から見つめ、その克明な年譜を保有することで名を馳せております。過去の出来事について争議あらば、皆奉天廟に行くべしと——

頭の中に聞こえてきたのは、自分自身の声だった。

初めて物を売る相手への、お決まりの口上だ。

「……奉天廟、ですか」

天蓊は笑って頷いた。

「私は病の療養のため、離宮に一時移ろうと思う。旗州の、仙山宮《せんざんきゅう》にね。あそこからならば、奉天廟のある黄朱山もそう遠くない」

旗州に、黄朱山。懐かしい地名だ。仙山宮は、亶陽に比べ気候も温暖な旗州にあるために、宗室の者たちが主に療養に使う離宮である。行幸《ぎょうこう》の折には、どの家も旗を立てて歓迎の意を示したものだった。

「それじゃ、供を頼んだよ。案内は、土地勘のある人間に任せるに限るからね」

「こんなことを、なさるのなら、陳様を、お連れになれば、よろしかったではありませんか！」

明珠は馬上で息も絶え絶えに叫んだ。

「だって君、奉天廟の方士とは顔見知りなんでしょう？　妃嬪たちにそう吹聴してたって子建から聞いたけど」

「それ、は！　嘘も方便と申しますか！」

明珠は馬の背にしがみつきながら、調子よく口上を述べていた過去の自分を恨んだ。奉天廟の方士に護符を授けてもらったのは事実だが、それだけで顔見知りと言えるかといえば否だろう。

「もう喋《しゃべ》らないで。舌を噛んでも知らないよ」

天菾はますます馬を急がせた。明珠は天菾に抱きかかえられるようにして――というより、天菾と馬とに挟まれて――振り落とされないようにするのがやっとだった。馬に乗ったのは初めてだが、これが最後になるよう祈るばかりだ。

「陛下、せめてもう少し、ゆっくり……」

言い終わらぬ内に、口内の肉を噛んで悶絶した。実に愉快そうに天莠が笑う。

「たまにはいいでしょ。馬を駆るにはもってこいの季節だよ」

天莠の言う通り、六月を迎えた旗州は麦畑が黄金色に輝き、野山の木々は青々として美しい。遠く望む黄朱山に雲がかかる様などは、古来の詩人たちによって幾度も詠まれたほどである。紅花が咲けばもっと素晴らしい景色が拝めるが、近年は需要もないため紅花畑はずいぶん狭くなった。他の作物の畑に転用されればまだ良い方で、放置され荒れ果てたままの畑も少なくない。

懐かしい風景だ。今は売り払われてしまった生家も、その後に移り住んだ家もほど近い。家族は元気にやっているだろうか。こんなに近くに来たのならば一目会いたいものだが、後宮に入った女は、地位ある妃を除いて二度と外には出られないのが普通だ。まして家族になど会えはしない——

だが今の明珠は馬にしがみつくことに必死で、郷愁も家族への思慕も長くは胸に留まらなかった。

「班寧《はんねい》殿。目当ての廟はまだ先かい？」

今の明珠は班寧、天莠は李長《りちょう》である。名を問われた時、明珠はともかく天莠は本当の名を明かすわけにはいかないので、亶陽からの道中に天莠が考えた偽名だ。

まだです、と明珠は叫んだ。

「奉天廟の山門は、黄朱山の麓です！　廟は山の中に点々と散っておりますので……」

また舌を嚙みそうになって、明珠は固く口を閉じた。

「よーし。それじゃあまだ大分かかるね。当分は遠乗りを楽しめそうだ」

天莠の言葉に、明珠は思わず悲鳴を上げた。天莠の笑い声が蒼天に尾を引き、馬は蹄の音高く野路を駆けて行った。


旗州へ発つにあたり、天莠はまず体の具合が悪いとしきりに訴えた。それは静麗の耳に届くところとなり、侍医を通して、旗州の仙山宮にて療養すべしと吹き込ませた。静麗は天莠を亶陽から離すことに難色を示したが、未だ皇子がいないこの状況で天莠の身に何かあれば、皇太后自身の地位も揺らぐ。赤ら顔をした侍医に「御子がなかなかできませぬのも、お体のこともあるかもしれませぬ。いっそこの機会に腰を据えて療養されるのも良いのでは」とささやかれ、結局はその案に頷いた。もちろん侍医には子建から金品が握らされている。雲作城の医官には藪が多くて困るとぼやかれるのが常であったが、この時ばかりは侍医が藪どころか、藪に住む狸であったことに助けられた。

旗州が明珠の故郷であることにかこつけ、同じく旗州の出である妃嬪を何人かと、数十人に及ぶ侍女宦官を伴って帝は宮城を出た。

政は、もとより皇太后がいれば滞りなく行われる。その意味で、天莠は身が軽かった。

「暗愚でいるのも、たまには役に立つもんだね」

仙山宮に着くなり、天莠はそう言った。表情は雲作城にいる時よりもずっと明るく、年相応に見えた。陽光の下で見るからそう感じるのだろうか。思えば、天莠に会う時はいつも夜だ。伽の時しか会えぬのだから当然だが、昼に見る天莠は別人のようにも思える。

しかし詐病を用いてまで宮城を抜け出したのは、羽を伸ばすためではない。

天莠は自室に身代わりを残し、明珠と共に奉天廟に向かった。本来は帝その人が自ら乗り出す仕事ではない。だが、明珠たちは使える駒も限られている。

「だからって、普通皇帝陛下がこんな田舎道を馬で駆けますか？」

「普通のことをしてて勝てる相手じゃないでしょ。いい加減黙らないと、舌を噛み切る羽目になっても知らないよ」

馬の蹄が泥を撥ね上げ、明珠の裙の裾を汚した。いつもの一張羅ではなく、下女が着るような衣に身を包んでいたのが幸いである。一張羅に泥が撥ねたら、また悲鳴を上げるところだった。袖口を繕っておりただでさえみすぼらしいのに、泥で汚れたとあれば、いよいよ手放さねばならない。

「奉天廟は、力を貸してくれるでしょうか」

口を閉じた方がいいというのに、と天莠は笑った。

「どうだろうね。私が帝本人だと証立てたしても、突っぱねられるかも」

奉天廟は濤国よりも長い歴史を持つがゆえに、名目上はともかくとして、実質的には朝廷から独立している。奉天廟が方士たちに課す修行は濤国でも随一の厳しさで知られ、彼らはただいつの日か仙境に至ることのみを目的として日々を過ごしている。処世のために朝廷に都合のいい託宣を繰り返し、「歴代皇帝もまた神に等しい」などと述べてみせる他の廟とは一線を画すのだ。そういう性質の廟であるからこそ、たとえ皇太后から過去の記録を破棄せよと命じられたとしても、従わないだろうと天莠は睨んだ。

しかし年譜が残っていても、奉天廟が明珠たちに門戸を開くかというのはまた別問題である。天莠が皇帝の身分を明かしても従ってくれる保証はないというのに、まして今の天莠はしがない小役人の李長、明珠はその下女である。そんな二人組がのこのこやって来たとて、奉天廟が歓迎してくれるとは思えない。

しかしとにかく、行ってみないことには始まらない。断られたら、また方策を考えればいい。山門の前で座り込みでもなんでもしよう。

「あれだね。見えてきたよ」

声に顔を上げると、いつの間にか山影は間近に迫り、見覚えのある廟門が見えてきた。

今の明珠にとっては、これから待ち受ける難題よりも、ようやく馬から下りられるという安堵の方がまさり、思わず息を吐き出した。

よろめきながら馬を下りて見上げた扁額には、奉天の二文字。五年前に、継母と並んで見たままのそれだった。その字は勇壮で素晴らしいものだったが、今は足元がふらつくせいで歪んで見える。

「しっかりして。ここからが本番だっていうのに」

「ならば今少し、速度を落としてくだされればよかったものを」

「だって早く戻らないと、影武者が可哀想でしょ。いつばれるかもわからないし」

正論を返してくるのが小憎らしい。先に門へと向かった天莠の背を、明珠はよろよろと追った。

山門には、二人の方士が門兵のように立っていた。槍《やり》こそ手にしていないものの、剣呑な雰囲気を纏っている。

「何用か」

方士は天莠と明珠をじろりと睨み、短い言葉を発した。声を聞くに、どうやら女方士らしい。しかし体格の屈強さは、並の男のそれを遥かに超えている。

天莠が前へと進み出た。

「奉天廟には、代々の方士の手による年譜が保管されていると聞く。それを借り受けるため、亶陽から参った次第だ」

方士二人の眉が同時にぴくりと動いた。まるで左右対で作られた神像のごときである。

「へい……李長様。名乗りもしないままでは、失礼に当たりましょう」

明珠がささやくと、天莠はそうだったとばかりに目を丸くし、両袖を合わせた。たぶん天莠の生涯において、父帝や祖霊以外に礼をしたことなどこれが初めてだろう。

「これは失礼を。宮城外の作法には慣れておらぬゆえ、お許し願いたい。某《それがし》、礼部にて末席を拝する李長と申す」

方士は李長の名乗りを聞いても表情を変えなかったが、天莠はお構いなしに続けた。

「陛下は改暦をお考えである。して、改めるからには新暦の名は天意に適うものでなくてはならぬ。王朝が長命となった今こそ、初心に立ち返り、建国当時の意気を継いだ暦名を陛下はお望みだ。しかるに、高祖と潘天女に関する記述のある年譜をご所望である。陛下は民のことをも尊び、朝廷の手による史書のみを頼ることをよしとされなかった。聖意のほど、理解いただけただろうか」

明珠は自分のことを脇において、よくもまあこんな大嘘がぺらぺらと口から流れ出るものだと感心した。さて方士たちはどう出るだろうかと顔色を窺《うかが》ったが、彼らは相変わらず門前に立ち塞がり、道を空けようとはしなかった。唇は真一文字に結ばれ、むっつりと押し黙ったままだ。

「李長様。勅書がなければ、彼らも納得しないでしょう」

「む、そうだな。我らを陛下の御名を騙る不届き者と思われてはかなわん」

天莠は懐から仰々しい箱入りの勅書を取り出し、方士たちの眼前にかざした。正真正銘、鳳家に伝わる御璽《ぎょじ》入りの証文である。天莠自ら書き、自ら捺したのだから間違いない。

しかし方士たちは何の反応も見せなかった。互いに顔を見合わせることもせず、通れと声を発することも、そんな勅書は偽物だろうと侮ることすらしない。

さすがに天莠も弱ったのか、明珠を振り返って「この人たち、聞こえてるんだよね？」と首をひねった。しっ、と明珠は子供にでも言って聞かせるように人差し指を立てる。

「李長様、こちらは突然やって来てお願いする立場なのですから。礼節を弁えませんと」

「私はただ、疑問に思ったことを口に出しただけだよ」

「いいから一度口を閉じてください」

言い合っていたその時、どこからかしゃんと鈴の音がした。

「あれ、どこかで見た顔と思えば」

降った声も、同様に鈴を転がすようなものだった。声の主を探して明珠は辺りを見回したが、天莠と二人の方士以外の姿は山道に見当たらない。

しかし山門を守っていた二人の方士が、申し合わせたように揃って膝を突いた。

「たしか麓の、傾いだ反物屋の娘ではないか。都の宮城に入ると聞いたが、それにしてはずいぶん汚い格好だな。さてはあまりの粗忽ぶりに放逐されたか」

「見て、上だ」

頭上を指した天莠の指の先を見れば、山門の屋根に白い衣を纏った女方士が腰かけ、ぶらぶらと足を揺らしていた。その度に、両足に結わえられたいくつもの鈴がしゃらしゃらと音を立てる。若い娘だと言われればそのようにも見え、四十を超えると言われれば確かにと納得するような、不思議な容貌をそなえた人だった。

そしてその顔には、見覚えがあった。

「方士様ではありませんか！　その節はお世話になりました！」

「おお、妾《わらわ》の顔を覚えておったか。感心な娘だ、一度会《お》うただけだというに」

「直接お会いしたのは一度ですが、方士様のお顔を街で知らぬ者はおりません」

方士が里に下りることは稀《まれ》だが、この方士に限っては時おりふらふらと街を歩く姿を見かけた。思えば明珠が子供の頃から、この年齢の見定められぬ容姿のままだった気がする。

知り合いなの、と天莠が問う。

「ええ。故郷を発つ前に奉天廟に参った際、守りの護符を授けてくださったのです」

明珠は山門の女方士を振り仰いで声を張った。

「方士様！　私、今はわけあってこのような身なりをしておりますが、決して放逐されたわけではございません！　どうか、ご開門願えませんでしょうか！」

「なぜ開門を請う。ああ、改暦うんぬんの方便は聞いておったから繰り返さんでいいぞ。

妾が聞きたいのは、真の理由のみだ」

　女方士は明珠に語り掛けていたが、その目は隣に立つ天菶に向けられていた。まるでその正体を知っているかのように。

「勅命というのは、偽りではございません！」

　明珠は天菶の顔をちらと見た。天菶は「許す」というようにかすかに頷いた。

「英明なる我が主は、濤国が代々継いできた法が、偽りに立脚した悪法であるとお気付きになられました！　今朝廷は、悪法によって本来権を持つべきではない者に牛耳られております。それを正すため、奉天廟に残る年譜が必要なのです！」

　女方士は山門の上で立ち上がった。足には鈴が結わえ付けられているというのに、音はまったくしなかった。

「ふむ。だいたいのところはわかった。して明珠、なぜそなたが来た？」

「私が来たのは……私が、陛下と望みを同じくするからです」

　天菶が驚いたように明珠を見る気配があった。何をそんなに驚く。この人はまだ、明珠が脅されて仕方なく協力しているとでも思っていたのだろうか。ずいぶん見くびられたものだ。

「私は後宮の女です。立場を同じくする女たちが悪法によって死んでいく様を見たくはありません。かの法を廃すことが、潘天女様とそれに続いた女たちへの一番の供養となりましょう。おまけに悪法の禍はすでに宮城の外へと広がり、濤国を覆っております」

女方士は腕を組み、じっと明珠を見下ろした。

「明珠、そなた知っておったのか？」

「何をでしょうか？」

明珠が問うと、女方士はからからと笑い声を上げた。

「知らずに潘天女の名を挙げたか。そなた、よほどの強運の持ち主であるな。よいか、奉天廟は朝廷を嫌う。そのわけがわかるか」

「見当もつきませぬ。不明なるこの小役人に、理由をお聞かせ願えませんか」

天莠が口を挟むと、女方士は顔を顰《しか》めた。

「少しは考えてから物を言わんか、小童《こわつぱ》。だがまあよい、この年寄りと違って若人《わこうど》は道を急ぐのだろう」

もう少しもったいぶりたいところだったが、と女方士は腕を組んだ。

「奉天廟の何代目かの道長《どうちよう》は、潘天女の義姉妹《ぎきようだい》であった。幼い頃に、姉妹の契りを結んだな。だから潘天女を殺し、その罪を隠した朝廷と皇帝を、当時の道長は憎んだ。おまけに連中はただ殺すに留まらず、貴母投法などという馬鹿げた法まで作り上げ、潘天女の死を利用し汚《けが》し尽くした。その憎しみを、我らは引き継いでおる。本来ならば帝は仇敵の子孫で、憎悪の的だ。だが、潘天女が国を憂いたために自死したというくだらぬ定説を覆してくれるとあれば」

女方士は言葉を切ると、声を上げる間もなく山門から飛んだ。

「力を貸すこと、やぶさかではない」

女方士は、にっと明珠と天莠に向かって笑った。やはり鈴は、鳴らなかった。

「妾の名は胴抻、奉天廟を預かる者。よくぞ奉天廟に参った。かつての道長も、さぞや喜んでおられることだろう。そなたらを歓迎し、入山を許す」


無事に山門をくぐった明珠と天莠は、門を守っていた方士の片割れに案内され、山の中腹にある蔵書楼に向かった。

明珠がかつて参った廟は民が参詣しやすいようにと山門近くに建てられていたが、奉天廟の宝といえる年譜を保管する蔵書楼が、そんな配慮のなされた場所にあろうはずもなかった。明珠たちは、人が歩ける道があっただけ感謝せねばならないと思うような深山に踏み込んだ。行けども行けども木立ばかりが続く山道をひたすらに歩き続け、案内人を幾度も見失いかけ、ようやくそれは姿を現した。

濤国と、それ以前に勃興しては沈んでいった国々の歴史の長さをそのまま表すような、堂々たる威容の楼閣だった。

辿り着いただけでも達成感に座り込んでしまいそうだったが、ここへ来た目的はまだ何も果たされていない。明珠と天莠は重い体を引きずり、蔵書楼に足を踏み入れた。

楼内に整列した棚という棚を、木簡がびっしりと埋めている。明珠は眩暈《めまい》を覚えた。これを、一つ一つ紐解いて求める記述を探し出すというのか？

明珠の気持ちを汲んだのか、それまで無言を貫いていた案内の方士が口を開いた。

「心配ありません。木簡は年代ごとに並んでおりますゆえ。見た目よりは、遥かに見つけやすいでしょう」

「見た目よりは……」

明珠は助けを求めるように天莠を振り返った。天莠は諦めたように一つ頷いた。

「探そう。必ずあるはずなんだ」


もう何刻になるだろうか。明珠と天莠はひたすらに木簡を広げ、目を通し、また巻き上げを繰り返していた。疲労はすでに限界に近かったが、手を止めるわけにはいかなかった。

方士の言った通り木簡は時代ごとに整理されてはいるのだが、それでも蔵書楼を天井まで埋め尽くすかという量の書を前にしては、目当てのものはなかなか見つからなかった。

胴抻に命じられた何人かの方士も手伝ってくれてはいるのだが、なにせ量が膨大すぎる上、古い文書のため解読にも時間がかかる。だが開いた書簡どれにも年と日付、天候が刻まれ、その日に奉天廟や亶陽、時に地方で起こったことまでもが仔細に記されていた。これならば、「その日」の書簡を見つけさえすれば、必ず潘天女の死と、蝕についても書かれているはずだ。

「やっぱり君って、相当運がいいよね。普通、ちょっと護符をもらいにきて、道長なんか引き当てる？」

いいかげん集中が切れたのだろうか、天莠は木簡に目を落としたまま言った。

胴抻は護符を授けてくれた時には道長だなどと名乗らなかったし、街の者も誰も彼女をそんな風には呼んでいなかった。あの時、胴抻はただ祠堂《しどう》にふらっと現れて、「後宮に嫁入りとな。なんとまあ不憫《ふびん》なことよ、妾が護符を授けてやろう」と、明珠や継母が何も説明しない内から筆を走らせたのだった。それが例の「開花不結果」である。「不結果（実を結ばず）」とはずいぶん不吉な文言だと当時は思ったものだが、入宮してからその意味を理解することとなった。

明珠の頭上に星が見える、と春蕾が言った話をふと思い出す。星とは、もしや運の星だったのだろうか。

「私の強運と縁に感謝してください。それより李長様、口を動かす暇があるのなら、手と目を動かしてほしいものです」

「動かしてるよ、ずっと」

二人はまた無言に戻り、耳に届くのは木簡を開く音と巻き上げる音ばかりとなった。

目に霞みを覚えて顔を上げると、窓から差し込む陽は、中天からすでにかなり傾いていた。仙山宮まで戻る時間を考えれば、一度切り上げるしかないだろうか。

明珠が強く目を擦った時、「これだ」と天莠が声を上げた。

「李長様、ありましたか！」

明珠と方士たちが駆け寄り、すかさず天莠の手元を覗き込む。

「あった。この日に潘天女は殺されている」

日付は八月の晦《みそか》。

潘天女の死を知った当時の道長が、亡骸《なきがら》の一部なりとも迎えたいと亶陽まで赴いた。しかし妃は陵墓に葬るゆえ持ち出すことはかなわないと断られ、それでも粘ると捕らえられそうになったと記述されていた。

潘天女が亡くなったのがこの日ならば、蝕もそう遠くない日に起こっているはずだ。付近の木簡をひたすら解いていくと、明珠はついに探し求めた記述を木目の上に見た。

「……ありました」

『十月十日。亶陽にて蝕あり。天の怒りと皆これを恐れる』

続く『鳳天巍が己が過ちを認め、悔い改めることを求む』という一文は、これまでひたすらに事実のみが書き連ねてあった年譜の中で、唯一これをしたためた人の心情が表れていた。もしや潘天女と義姉妹であったという道長自らの手蹟なのだろうか。文字はところどころ水滴が落ちたように滲んでさえいる。これは彼女が、死した潘天女を想って流した涙だろうか。明珠はその染みを指先で撫でた。終わりにしましょう、と遠い過去を生きたその人に向かって胸中でつぶやく。

「方士殿。この木簡、借り受けることはできるだろうか」

「もちろんです。胴押様より、貴殿らには協力を惜しむなと言いつかっております」

「道長自らのご厚意に感謝する。この恩には必ず報いよう」

しかし、方士は首を横に振った。

「不要です。本来、方士にとって俗世の恩も義も遠いもの。長く続いた偽りを正してくださるのであれば、それ以上に奉天廟と我らが道長が求めることは何もございません」

方士たちはそう言って頭を下げた。

「それでは、感謝のみを捧《ささ》げます。方士様方も、ご尽力いただきありがとうございました。必ずや事を成し、年譜をお返しに参ります」

方士たちに拱手《きょうしゅ》で送られ、明珠と天莠は蔵書楼を出た。ここからまた来た道を辿って麓の山門まで下り、馬を駆って離宮に戻らねばならない。

明珠と天莠は先を急いだが、麓がまだ見えてこない内に、山の木々から覗く空にはどす黒い色をした雲が広がり出した。今にも一雨来そうだ。

雨の匂いが鼻をついたかとおもうと、ぽつ、と後ろ頭を雨粒が叩いた。

「こんな時に」

天莠は珍しく苛立ったように舌を打った。明珠も同じ気持ちだったが、足を止めるわけにもいかない。せめて小雨か通り雨であればという願いは通じず、すぐに土砂降りになった。足元がぬかるみ、歩調が鈍る。

白くけぶる視界の向こうに、庵《いおり》が見えた。

「陛下、雨脚が弱まるまであちらで待ちましょう。さすがにこの雨の中、山中を進むのは危険です」

明珠は山道の片側をちらと見やった。そちらは藪に包まれ、深さも知れぬ谷である。

「仕方ないね。早々に弱まってくれることを祈るしかないか」

そうと決まれば、天莠より先に行って多少なりとも庵の中を整えねば。

明珠が小走りに駆けようと足を踏み出した途端、沓先が滑った。

体が傾ぐ。傾いだ先は、谷だ。

ひゅっと全身から血の気が引いた瞬間、強い力で山道に引き戻された。

明珠の腕を引いた天莠の胸に、抱え込まれる形になる。背を雨が叩いた。肌に、痛いほど指が食い込んでいる。

「……心臓が止まるかと思った！　君は、皇帝を殺す気なの」

「も、申し訳ありません。御手を煩わせました」

「謝ってほしいのはそこじゃないよ、もう」

明珠は天莠の腕の中から抜け出し、その手を引いた。

「ここで言い合っていても仕方ありません。陛下、とにかく、屋根の下へ」

庵の中は、簡素ではあるが清潔だった。方士たちが修行の合間に体を休めるためにでも使っているのだろう。

薄い屋根を、大粒の雨がやかましく鳴らす。

しばらく待ってみたが、雨脚は弱まるどころか、桶《おけ》を引っくり返したような降り方に変わっていた。稲妻までもが時折光り、低く不穏な音を腹の底に響かせる。

残されていた手巾を拝借して天莠の顔や髪を拭いたが、すぐに濡れそぼってしまい気休めにもならなかった。雨漏りもひどく、明珠は庵中の器をかき集め、雨だれの落ちる場所に置いて回った。

「いつになったら止むかな」

懐に仕舞っていた木簡を取り出し、濡れていないか確かめながら、天莠が言った。

「どうでしょう。止まなければ、ここで夜を明かすほかないでしょうが」

しかしそれも明珠一人ならばよいが、天莠は仮にも皇帝だ。このような場所で夜を明かさせたと知れた日には、子建に縊《くび》り殺されるかもしれない。

辺りは雨雲のせいですでに夜のように暗いが、まだ日没まで時間はあるはずだ。

「陛下はこちらでお待ちください。ひとっ走り、次の廟まで下りて参ります。傘や沓を借りられれば、多少はましでしょう」

明珠はそう言って雨の中出ていこうとしたが、天莠に手首を摑まれた。

「さっき滑り落ちそうになったの、もう忘れたの？　永久に降り続く雨なんかないんだ。今はここで待とう」

「しかし、このような場所に陛下を長居させるわけには……」

「別に構わないよ。一人で置いていかれて、また君が谷に落ちそうになってないか気を揉んでる方がずっと嫌だね」

ですが、と明珠は言いかけたが、足を滑らせたのは事実なので、おとなしく床に腰を下ろした。

「……早く止むといいですね」

そうは言ったものの、雨は弱まる気配もなく降り続いた。雨漏りの下に置いた器がすぐにいっぱいになるので、明珠は数か所に置かれたその器の水を捨てては元の場所に戻し、を繰り返す羽目になった。

「いいよ、もう。これじゃ君が休まらない」

「放っておいては、庵の中が水浸しになります。ここには陛下とお借りした木簡、濡らしてはならないものが二つもあるのですから。ぼんやりしているわけにはまいりません」

「私はものなの？」

「言葉の綾です。失礼をいたしました」

何度目になるのか、溜まった雨水をびしゃりと外へ捨てた。変わらず渦巻く暗雲を、憎らしく見上げる。明珠がなかなか戻らないので、仙山宮に置いてきた莉莉はさぞ心配していることだろう。天莠の身代わり役など、すっかり怯えてしまっているかもしれない。

「どう？　雨、少しは弱まったかな」

いいえまったく、と首を振りながら明珠は庵に戻った。

ふと天莠を見やると、ぶるりと肩を震わせていた。

「……寒いね」

つい零してしまったというように、天莠が言った。見れば、その唇が白い。

失礼を、と額に手を当てると、かすかに熱いような気がした。掌に触れた熱さに反して、肝が冷える。

「陛下、いつからですか。すぐに気付かず申し訳ございません」

「いやあ、大したことはないよ。久しぶりの遠駆けではしゃぎすぎたかな。蔵書楼に着いた頃から、あれっとは思ってたんだけど……」

明珠は庵に置かれた方士たちの羽織を差し出した。これも湿ってはいるが、天莠の衣よりはまだ濡れていない。着替えを手伝おうとしたが、天莠に「自分でできるよ。向こうを見てて」と拒まれてしまった。

「心配しないで、少し疲れが出ただけだから。雨が止むまでにはきっとよくなる」

「そんなわけがありますか！」

「よくあるんだ。書物に夢中になったりすると、熱が出たり。でも、たいてい翌朝にはすっかりよくなってる。だからさ、大丈夫だよ。そんな、今にも死にそうな人を見るような目をしないで。仮病なんて使ったから、罰が当たったかな」

明珠は着替え終わった天蕎をすぐさま筵《むしろ》に寝かせ、上からも被せた。濡れそぼった手巾を額の上に載せてしまうと、これ以上できることは何もなくなった。

明珠は戸口から、降りしきる雨を眺めた。

母が死んだのも、ちょうどこんな大雨の日だった。もう母の顔も覚えてはいないのに、あの日も大粒の雨が屋根を叩いていたこと、しがみついた母の亡骸から、湿った髪の匂いがしたことばかりが思い出された。

「陛下、たかが熱でも人は死にます。私の母は病で亡くなりました」

そうだったの、と静かな返事が、雨だれに混じって聞こえた。

「最初はただ少し眩暈がする、熱があるようだと、それだけだったのです。すぐに治ると、お医者様も言われました。けれど母はそれから床に就き、とうとう起き上がることのないまま呆気《あっけ》なく逝ってしまったのです。私が五つの時でした」

ですから、と明珠は半ば強引に天莠の頭を膝にのせた。

「いいよ……重いでしょ」

「実家にいた頃は、水汲みだってなんだって自分でやったのです。陛下の頭くらい、重いわけがございません」

天莠からも、湿った髪の匂いがした。けれどそれは、母とは異なる匂いだった。

「その言い方だと、私の頭の中身がないみたいだ」

薄く笑って、天莠は目を閉じた。

明珠は半ば無意識に天莠の頭を撫でた。振り払われはしなかった。天莠はおとなしく明珠に身を委ねていた。

「私の母も、五歳の時に死んだんだ」

天莠は目をつむったままそう言った。

「母は、目の前で喉を突いた。母が何のために死ぬのか、よく覚えておくようにと言って」

雨はまだ、しつこく屋根を打ち据え続けている。

「子供の頃は、皇帝に嫁ぎ、皇子を産んだ者としての模範を示すのだという決意の言葉だと思ってた。だけど違う。あれは……母は、私を呪って死んだんだ。私を産んだがために死ぬ己の姿を忘れるなと、そう言いたかったんだろう」

長い沈黙があった。それを埋めるものは、雨音しかなかった。

天莠は目を開け、庵の天井を目に映した。

「私は怖い。何もできないまま冥府に赴き、母上に軽蔑の視線を向けられることが怖いんだ。どんな風に言い換えたところで、結局私は」

天莠の手が両目を覆い隠したかと思うと、その爪が肌に食い込むのが見えた。

「陛下、私がおります。お供すると申しましたでしょう」

明珠は天莠の手をやんわりと掴み、顔から引き離した。

「たとえこの目論見《もくろみ》が失敗に終わり、何も成せぬまま冥府に赴くことになろうとも、お供いたします。母君がお怒りでしたら、陛下がどれだけの危険を冒し、力を尽くされたのかを私がお話しして取り成します。陛下は正しいと信じた道を行こうとされている。それを、お母君がわかってくださらないはずがありません」

ひどいなあ、と天莠は呻《うめ》くように言った。

「こういう時は、嘘でも『絶対うまくいきますから』と言ってくれてもいいのに」

「根拠もないのに、『絶対』なんて口には出せません。そんなのは、三流商人のやり口でしょう」

代わりに、と明珠は天莠の熱い額に手を置いた。

「力を尽くします。私に言えるのはそれだけです、陛下」

天莠はしばし、薄赤くなった目で雨だれが器に落ちるのを眺めていた。

「……十分だよ。十分すぎるくらいだ、私には」

ちょうど器に飛び込んだ雨粒が跳ねて、床を濡らした。器が雨水でいっぱいになったのだろう。立ち上がって、水を捨てねばならない。

けれどすぐに膝の上の温もりをどけてしまうのは、惜しい気がした。


結局雨が止んだのは陽も傾いてからで、麓に戻るころには太陽は稜線に沈みかけていた。天莠はもう自力で歩けたが、安心はできない。早くどこかで休ませた方がいいだろう。ちょうど、思い当たる宿もある。

「今から離宮に戻るのは、ちょっと無理だねえ」

「陛下のお体も心配ですし、ここらで宿をとりましょう」

影武者の方になんとか粘っていただいて、と言うと天莠は笑った。

「体の方は、もう大丈夫なんだけどね。でも無理に戻ろうとして、木簡を失くすようなことがあったら元も子もない」

天莠は庵での様子が嘘のように、いつもの調子を取り戻していた。雨が止んだら具合も良くなるというのは、あながち嘘でもなかったらしい。庵での様子が幻だったようにも思えるが、明珠の膝は、まだその頭の重みを覚えていた。

麓に戻ると、いつの間に蔵書楼から戻ったのか、来た時と同じ女方士が山門を守っていた。屋根を見上げても、胴抻の姿はそこにない。

「ここらでお暇いたします。胴抻様に、我らが深く感謝していたとお伝えください」

「なんじゃ。礼なら本人に直接伝えるがよかろう」

驚いて振り向くと、明珠たちが今辿って来たばかりの山道に、胴抻が立っていた。

「いつからそちらに」

「いつでもよかろう。目当てのものは見つかったのだな？」

ここに、と天莠が方士服の懐から木簡の先を覗かせた。

「すみません胴抻様、道中雨に降られまして。庵にありました服を勝手に拝借いたしました。木簡をお返しする際、こちらも必ず」

「構わん。どうせ妾のものではないしな」

胴抻はにやっと歯を見せて笑った。

「それに、よう似合うておる。宮城での生活に嫌気が差したら、奉天廟に来るがよい。しごき倒してやろうぞ」

そういえば、明珠は天莠に初めて会った時、まるで仙のようだと思ったのだった。けれど今は、不思議とそう感じない。

「いやあ、遠慮申し上げる。私はひ弱な性質ゆえ、すぐに音を上げるでしょう」

「そうだろうな。木簡を返納しに来ることができるのならば……そなたにはまだ、亶陽でやらねばならぬことが山積みであろうから」

胴抻はそう言うと、天莠に護符を、明珠に玉付きの組紐を投げて寄越した。

「やる。如何様《いかよう》にも使え」

礼を告げる間もなく、胴抻は目を細めて続けた。

「道長が最も憎んだ男の血を引く者よ。どうか真実を白日の下に晒し、潘天女の無念を晴らせ。それが叶うなら……妾はようやく俗世への未練を断ち切り、真に仙境に至れよう」


「ばれてたねえ、正体。せっかく偽名まで考えていったのに、無駄になってしまった」

かつかつと蹄が石畳を叩く。

明珠が手綱を引く馬の上で、天莠がぼやいた。天莠は一緒に乗るように言ったが、行きのような目に遭うのは御免なので固辞した。

「胴抻様は仮にも現道長ですから。陛下の小役人演技が下手だったわけではなくて、あの方だから気付かれただけでしょう」

「それはそうなんだけど。胴抻様って、君が子供の頃からいるんでしょ？　結局おいくつくらいなんだろう」

「さあ……。もう一度蔵書楼の木簡を当たれば、いつ頃から奉天廟におられるのかはわかるかもしれませんが」

「あの量の木簡をまた引っくり返すって？　御免だよ」

天莠はすっかり元の調子である。ほっとしたような、残念なような気分でいると、見覚えのある民家が見えてきた。

家の前に置いた椅子に腰かけ、両手でくるくると器用に糸を巻き取っていた少女がふと顔を上げる。明珠の姿をみとめると、はっと目を見開いて立ち上がった。

「姉様！　姉様ですよね！」

明珠は五年ぶりに会う異母妹に向かって相好を崩した。明珠が旗州を発った時にはまだ十の子供でしかなかったのに、十五になった瑞玉はすっかり娘然としていた。けれど紅をのせずとも赤い頬は昔のままだ。

ここって、と天莠が声をひそめて尋ねた。

「ええ、私の生家です。もっとも元の家は手放してしまったので、ここで生まれたわけではありませんが。陛下、お考えになられた偽名は無駄にはなりませんよ。まだ李長様でいらしてください。帝だなどと名乗れば、私の家族が泡を吹いて倒れてしまいますから」

異母妹は転がるように戸口に駆け戻り、「お母様！　姉様が！」と中に向かって叫んだ。

ややあって、継母が走り出てきた。父の姿がないところを見ると、またしても酔いつぶれているか、どこぞを飲み歩いているのかもしれない。

「まあ、明珠！　いったいどうしたっていうの。後宮は一度入れば、滅多なことでは外へは出られないと聞いていたのに」

継母は背後に天莠の姿をみとめると、まさか、と青くなって声をひそめた。

「まさか貴女、こちらの方と駆け落ちを……」

「違います、お母様。駆け落ちでも、放逐されたわけでもありません。陛下が内々にお調べになりたいことがあるとかで、奉天廟への案内役を仰せつかったのです。近くまで来たから、折角なら皆の顔を見ていこうかと」

それで皇帝の妻が後宮の外へ遣いに出されるなどあり得ない話だが、宮城の事情に明るくない母娘は納得したようだった。

「申し訳ございません。勘違いで、とんだ失礼をいたしました」

継母が頭を下げると、「いやいや」と天莠は微笑んだ。

「こちらは陛下から奉天廟の年譜を調べるように仰せつかった、礼部の李長さんよ」

「夜分にすみません。いい宿があると聞いて、のこのこ付いてきてしまいました」

まあ、と継母が破顔する。

あまり天莠にしゃべらせるとぼろが出るかもしれない。明珠は割って入るように「今まで奉天廟にいたのだけど、予定より遅くなってしまって。今夜、一晩だけ泊めてもらえないかしら」と言った。

「もちろんよ。ここは貴女の家ですもの、許可を得る必要なんかないでしょう？　思いがけず顔が見られて、今日はなんて良い日かしら。李長さんも、むさ苦しいところですが、歓迎いたします」

継母は優雅な礼をした。本来ならば、彼女がこんなあばら家に住むような家柄の娘ではなかったことを思い起こさせる所作だった。継母が嫁いできた時にはまだ実家の商いはそれなりの規模を誇っていたが、その後紅花の乱が起き、何もかもが変わってしまったのだ。思えば瑞玉だって、糸巻きのやり方なんて覚えずに育つはずだった。その手に触れるのは糸ではなく、反物に織り上げられ、衣裳に仕立てられたものだけでよいはずだった。

「お父様は？」

明珠が声を低めて尋ねると、継母は首を横に振った。やはり今夜も家を空けているらしい。明珠が送った金のどれだけが父の酒代に消えたかと思うと腹立たしいが、天莠を連れている今日はかえって不在でよかったかもしれない。顔を見たくないわけではないが、会えばどうせ喧嘩になるのは目に見えていた。

「滄波もいないの？」

「あの子は小学に行ってるわ。寄り道ばっかりして、いつも帰りが遅いの。じきに戻って来るわよ」

瑞玉は「姉様の顔を見たら驚くわ」と笑った。

「小学に？　それは良いことだけれど、それじゃああなたの持参金は……」

「いいのよ、姉様。いざとなれば私も後宮に行くわ。姉様がいるなら心強いし。御妻にはなれないかもしれないけど、下働きだったらきっと入れてくれるわよね」

「やめて、瑞玉。貴女は後宮なんか入らずに、きちんとした人に嫁ぐのよ。お父様みたいに家を駄目にする殿方ではなくて、生涯貴女を守り通してくださる誠実な方の元に」

そんな方っているのかしら、と瑞玉は明珠の腕に纏わりついた。

「家を離れて五年、ずっと仕送りしてくださるお姉様以上に誠実な方っている？」

「いるわよ。……きっと、どこかには。だからそういう人がいつ見つかってもいいように、きちんとお金を貯めて」

瑞玉は肩を竦めた。

「お父様がしゃんとしてくださったら、もう少し貯められるのだけど」

これ、と継母がたしなめた。

「お客様の前でする話ではありませんよ。ささ、どうぞこちらへ」

家に招き入れて茶を勧められ、母と妹が厨《くりや》に引っ込んでから、天莠は明珠にささやいた。

「本当にいいの？　お邪魔して」

「帰郷に利用したようで申し訳ございません。ここなら、あれこれと身上を探られることもないだろうと思いまして」

「君がいいなら、私は大歓迎だよ」

天菁は出された茶に嬉しげに口をつけた。香りからして、紅花茶だ。好みは分かれる味だが、大丈夫だろうか。案の定、天菁は首を傾げた。

「不思議な味がする」

「紅花の茶です。すみません、お口に合わなければ別のものに」

「いや、おいしいよ。そうか、これが君が売ってた例のお茶なんだね」

天菁は茶器にも目を留めた。もちろん高級品ではなく、例の父が騙された、釉薬に紅花の染料を混ぜ込んだものだ。言われねば気付かぬほど、ほんのりと紅《あか》い。本当は目に入れたくもない代物だが、売れぬのならばせめて自分たちで使うしかない。

「これも見ない色だね」

「我が家が没落する一因となった失敗作です。あまり見ないでやってください、家の恥です」

「そうなの？　綺麗だと思うんだけど。商いって難しいんだね」

天菁はよく見ようと、茶器をくるくる回したり、持ち上げて底を覗き込んだりした末に言った。

「そうか。紅花は、君を形作ったものだったんだね。あの赤い服もよく似合っていたし。やっぱり君は、紅を着ていた方がいい」

どうしてか、鼻の奥がかすかに痛んだ。それをごまかすように、明珠も紅花茶を口に含んだ。後宮でも莉莉が淹《い》れてくれるのに、不思議と懐かしい味がした。

「嫌がる人もいるかもしれないけれど、花や色に罪はないからね」

明珠は思わず口の端を持ち上げた。

「どうかした？」

「いえ。昔、徐夫人様にも同じお言葉をいただいたことを思い出しまして」

天莠はなんだかむっとしたような顔をし、「春蕾はなんでも私の先回りをする」とぶつぶつ言った。なんだかよくわからないが、紅花を厭わないでくれるのならば嬉しい。天莠の言う通り、明珠にとって紅花はただの花ではなく、家の大事な商物であり、己を形作ったものだった。ある日突然紅花がどこにも引き取ってもらえなくなった時は、まるで自分に価値がなくなったような気分だった。だからこそ後宮でも、嫌われ者とわかっている紅花染めの襦裙を着続けたのかもしれない。もちろん、ほかの反物を用立てる費用を出し渋ったせいでもあるわけだが。

「お褒めにあずかり光栄です。乱が起こる前でしたら、陛下にも紅花染めの反物を献上できたでしょうに。今はこの旗州でさえ、紅花畑がずいぶん減りました」

明珠は、以前とは比べようもなく狭くなった家内をぐるりと見回した。かつてのように家の棚という棚を紅が埋め尽くしているということはないが、今でもそこかしこに死蔵の反物が見える。

「奉天廟の年譜を得て、私たちはまた一歩志に近付いたはずだよ。成し遂げられた時には、君の生家もきっとまた盛り返すさ」

「そうだとよいのですが。没落の主因は紅花の乱かもしれませんが、父の商才のなさもまた本物ですので」

「そうなの？　それはきっと君が、お父君が得るはずだった才を全部吸い取って生まれてきてしまったせいだよ」

天莠が笑うと、瑞玉が厨から顔を出した。両腕を駆使し、湯気を上げる皿を器用にいくつも運んでくる。

「はい、どうぞお待たせしました。旗州の味が、都の方のお口に合うといいんですけど」

「これはすごいご馳走《ちそう》だ。お気遣いに感謝する」

天莠はそう言ったが、雲作城の食事に比べたら、当たり前だが庶民的にすぎるものばかりだ。しかしたしかに、高家の懐具合を思えば大盤振る舞いである。

香菜の炒め物に雷魚の蒸し物、胡麻を振った焼餅や蓴菜《じゅんさい》の羹《あつもの》まである。狭い卓は皿を並べるだけでいっぱいになってしまった。大蒜《にんにく》や香菜が強く香り、雨に濡れて疲れた体の食欲を刺激した。肉こそないものの、亶陽の役人を連れた明珠に恥をかかさないようにと、継母がなけなしの食材相手に腕を振るったのはあきらかだった。これでは向こう数日、家族は何を食べるのだろう。しかし継母の気遣いを無にはできないと、明珠は箸を手に取った。

懐かしい味だった。後宮で供される食事よりずっと濃い味が、舌に染みる。亶陽の人からすれば下品な味付けに思えるかもしれないが、明珠にとっては故郷の味だった。雷魚など、後宮に入ってからは一度も口にしていない。ほくほくした身が口の中でほどけると、淡白な白身に酸味のある葱のたれがよく絡み、得も言われぬ調和を為して喉を通り抜けていく。香菜は新鮮なので歯ごたえがよい。後宮の食事も美味は美味だが、何度も検《あらた》められた野菜を用いるので、こうまで瑞々《みずみず》しいものにはありつけない。焼餅に歯を立てれば、表面は胡麻と相まってぱりっと香ばしく、中はもっちりとして噛み応えがあり、噛みしめる度に小麦の香りが鼻から抜ける。熱々の羹は、雨に打たれて冷えた体を内側から温めてくれた。

明珠は一人旗州の味を堪能したが、ふと天莠の反応が気になって目を上げた。天莠はまごうことなき亶陽の人である。素朴な味付けや素材に閉口してはいないかと不安になったが、思いのほか箸が進んでいた。

「おいしいねえ。雲作城の食事とはおいしさの種類が違うっていうか。たまにはこういうのも出してほしいって頼んでみようかな」

「おやめになった方がよろしいかと。庖人《ほうじん》たちは濤国でも指折りの技量を買われて宮城に上がったというのに、もっと大味なものが食べたいなどと言われた日には包丁を折りかねません」

「うーん、それもそうか。じゃあ今味わっておくしかないね」

思えば不思議な光景である。明珠の実家に、時の皇帝である天莠が座り、うまいうまいと食事を平らげているのだ。生家から逃げるようにこの小さな家に移ってきた時には、まさかこんなことが起こり得るとは思ってもみなかった。

「お口に合ったようで、安心いたしました」

「なんていうか、生命力を感じる味だよね。こういうものを食べて育てば、君みたいな人間ができ上がるのも頷ける」

「それは、褒められているのでしょうか」

「もちろん褒めてるんだよ。丈夫でいてくれないと困るからね」

粗方《あらかた》食べ終えた天莠は、瑞玉が新しいものに替えていった茶をすすった。

「さてお腹《なか》も満ちたことだし、今後の話だ。私は明日から温泉に日がな一日浸《つ》かるばかりの生活をして、十日の後にはすっかり快癒して亶陽に戻る。それで、天華に会えるよう皇太后に取り計らいを求める」

「長公主様に会われるのですか？　お許しが出るでしょうか」

「許されるように話すさ。胴押殿から護符をいただいただろう。亶陽に戻ったら、子建に手蹟を真似て文を書かせる。此度の私の病は、雲作城に長年巣食う穢《けが》れによるもので、天華の体が弱いのもそのせいだとね。護符は私と天華のために胴押殿が自ら作られたもので、余人が触れれば効力を失うとでも言おう。天華が病がちなことにしておきたいなら、養母上も断るわけにはいかないだろうよ」

「そんなことで、うまくいくでしょうか」

「もちろん。子建の腕は確かだからね。私が死んで宮城を追われても、代書屋で十分生きていけるくらいだ」

「縁起でもないことをおっしゃらないでください」

天莠が腕を組んで笑ったその時、おもてで何か喚く男の声がした。

「見てまいります」

嫌な予感がして、明珠はさっと席を立った。

戸口に近付いただけで、酒の匂いがつんと鼻を刺した。予感は的中し、そこにいたのは父と、それを支える異母弟の滄波だった。

「姉様！　どうしてここに」

「離宮に陛下がいらしていることは聞いているでしょう。そのお遣いで奉天廟まで来たものだから立ち寄ったのよ」

「一人で歩ける、はなせえ……」

父は滄波に体を支えられているくせに、声を荒らげて身をよじった。

「もう、お父様！」

明珠の声に父は顔を上げ、怪訝そうに赤ら顔をしかめた。

「なんだあ。ここにあるはずない顔が見える。あれしきじゃあ、ちっとも酔えんのに……」

十分酔ってるよ、と呆《あき》れた声で滄波が言う。

「お父様。私が亶陽へ向かう前に約束したではありませんか。もう酒は飲まない、うまい儲け話にも乗らない、心を入れ替えて地道に働くと。御祖父様《おじいさま》の墓前にもそう誓ったことをお忘れですか」

元より約束が守られるとは明珠も思っていなかった。だがこの有様を見れば、文句の一つも言いたくなる。

「すごいな、我が娘は。幻になっても小言を言う。後宮へやって間違いなかったなあ。その辺の家へ嫁にやれば、煙たがられてすぐに離縁だ。危うく持参金を無駄にするところだった。主上は後宮の女をお一人でお相手せねばならんから、このやかましさも薄れよう」

その辺の家へ嫁にやる持参金さえ用意できなかったのはどこの誰だとどやしたくなるが、明珠はぐっと呑み込んだ。

「家主殿、お邪魔しております」

割って入ろうとした継母を押し留め、天蕎が顔を覗かせた。

「おや、風体を見るにお役人かな。生憎《あいにく》だが、我が家にはもう取り立てるものは何もありませんよ。一目見たらおわかりでしょう。お恥ずかしい限りのぼろ家で……ああ、紅花染めでよろしければまだたんとごぜえますが……」

ははは、と父の笑い声が狭い家内に響いた。笑い終えると父の体が傾ぎ、滄波ごと倒れそうになる。天蕎はその体を支え、椅子に座らせた。

「取り立てに来たのではございません。ご安心を」

「そうだろうともなあ。家にあったものは全部、盗人《ぬすっと》共が持っていってしまった。取り立てるなら連中の方からで……わしのような才も金も、なあんにもない男からなど……何も……」

言いながら、父はまだ皿も片付けられていない卓に突っ伏した。父の頭の分、皿が押し出されて落ちそうになったのを、すんでのところで天蕎が受け止めた。すごい、と滄波が手を叩く。お見苦しいところをお見せして、と継母は何度も頭を下げた。

「やはり宿を探すべきでした」

明珠は榻《ながいす》に座った天蕎の隣に腰かけた。天蕎は床になかなか入らず、おもてに出て空を眺めていた。夕方の驟雨《しゅうう》が嘘のように、今は満天の星が広がっている。

「そんなことないよ。おいしい食事もいただいたし、君も家族に会えてよかったでしょ？」

「ですが、身内の醜態を見せることになりました。……父も、昔はあんな風ではなかったのです。少し押しに弱いところがあるだけの、優しい人でした」

押しに弱く、優しい。しかし思えば、それほど商いに向かない性格もないだろう。

うーん、と天蒼は手を口元に当てた。

「父親っていうのはたぶん、子供の前でいい格好をしたいもんなんじゃないかな」

「先ほどの父は、いい格好とは程遠いものでしたが」

「そうじゃなくてね。君の父君はたぶん、自分を恥じておられるんだろう。先祖の面子《メンツ》を潰し、家族には苦労をかけて、娘を二度と会えぬ場に送るしかなかった。そういう自分を忘れたいんじゃないかな。酒を飲んで我を忘れて……それでようやく、正気が保てる」

「陛下のように高貴な方が、どうしてそのようなことをおわかりになるのです」

言葉に滲んだ苛立ちを、自覚しないわけではなかった。しかし天蒼は意に介さず答えた。

「私の父も同じだったからね。父は愛妃であった母を失ってから、少しずつおかしくなっていった」

明珠はさっきの刺々《とげとげ》しい言葉を途端に恥じた。けれど一度発した言葉から、棘を抜き去ることはできない。

「父上も、貴母投法を廃そうと試みたことがあったらしい」

明珠は思わず天莠の顔を見た。うん、と天莠が一つ頷く。

「だけど結果は、君も知っての通りだ。かの法はまだ濤国に存在する。父上は母上を守れず、ただ慣例通り死を賜ることしかできなかった」

それは、と言ったきり明珠は言葉を呑み込んだ。

「それでも父上は、私の前では皇帝たろうとしていたよ。正気を失っている時は母上の名をぶつぶつと呼び続けているのに、我に返った時は厳《いか》めしい顔をして玉座から言うんだ。皇子たるもの、こうあらねばならない、ああしなければならないと。子供だった私は、そんな父上が恐ろしかった。養母上に訴えると、『恐ろしいのなら、無理にお会いになることはありませんよ』と言われた。私は安堵して、父上から足が遠のいた」

子供とはいえ馬鹿だよねえ、と天莠は星空を仰いだ。

「養母上の思うつぼだよ。父上が生きている内に、もっとお会いするべきだったんだ。お可哀想な方だったんだと、今は思う」

明珠は押し黙った。いったいこの人に、何が言えるだろう。明珠の父はあんな風にはなってしまっても、まだ生きているのだ。

「必ず……我らの志を成し遂げましょう」

明珠に言えることは、それだけだった。それだけで、それこそが明珠と天莠を結ぶ縁だった。

「うん、ありがとう。法を廃すことが『私の志』ではなく『我らの志』となってくれたのなら、何よりだ」

「今さらですよ。とっくにそれは、私の望みでもあります」

そして春蕾や子建の、あるいは後宮に住む多くの女たちの、顔の見えない多くの民の願いでもあるだろう。

そうか、と噛み締めるようにつぶやき、天莠は大きく伸びをした。

「君も旗州にいる間くらいは羽を伸ばすといいよ。雲作城に戻ればまた、神経を張り詰めた暮らしに戻らないといけないから」

陛下も、と応じると「今は李長だよ」と笑い含みの声が返ってきた。

ねえ、と天莠は空を見上げたまま言った。

「私が本当に李長で、駆け落ちじゃなくてちゃんと結婚を申し込みにきた男だったら、お父君やご家族は喜んでくれたかな」

「知りませんよ。それに、私はとうに陛下……いえ、李長様の妻でしょう」

「そうなんだけど、そうじゃなくてさ」

天莠の顔を見ていられなくなって、明珠は空を見上げた。満天の星に、種々の星座が絵図を描いている。春蕾ならばこの星々から未来を読み取れるのかもしれないが、明珠の目にはただの美しい夜空としか映らなかった。

「綺麗だね」

ええ、と明珠は答えた。

天莠の指先が、明珠の髪に軽く触れた。嫌というほど雨を吸ったはずの髪は、もうすっかり乾いていて、天莠の指先からすぐに落ちてしまった。


離宮に戻ると、莉莉にひどく叱られた。そして実家に立ち寄ったことを知ると、「なぜ私をお連れくださらなかったのですか」とへそを曲げてしまった。継母が莉莉にもと持たせてくれた餡《あん》入りの焼餅を食べさせて、ようやく機嫌を直してくれた。

天莠が亶陽に戻ると言い出すまでの十日間、明珠は何もしない日々を過ごした。こんなに何もしないのは、もしかしたら生まれて初めてかもしれなかった。暇すぎて落ち着かないくらいだ。莉莉はここぞとばかりに明珠の髪に櫛を入れ、毎日違った形に結い上げてみせた。

「お嬢様、普段は同じ髪型ばかりなんですもの。私の腕も錆《さ》び付いてしまいますわ」

莉莉は楽しそうだったが、明珠は気ばかり急いた。

本来の妃嬪の生活というのは、こんなにも時間を持て余すものなのだろうか。雲作城にいれば人付き合いもあるからここよりはましだろうが、それにしてもすることがない。こんな環境に何年も身を置き、ただ帝の訪れを待つだけとなれば、幻を見る女が出るのも頷ける。

翡翠は、どうしているだろうか。考えても詮無いことだが、藤花の宴で見た陶然とした横顔が、目に焼き付いて離れなかった。

「お嬢様、小鳥がおりましたよ。たまにはこういう美しいものを愛でられてはいかがですか」

あまりに暇だ暇だと言いすぎたのか、離宮で飼われている色鮮やかな小鳥を莉莉が連れてきた。繊細な木籠の中でさえずる鳥たちは、たしかに愛らしい。

「手にも乗せられるらしいですよ。ほら」

莉莉はためらいなく籠の蓋を開けると、中の一羽を出して明珠の掌に乗せた。美しい瑠《る》璃《り》色《いろ》の尾羽が肌にこそばゆく、きょろきょろと動く黒目が可愛らしい。

「飛んでいってしまわないの？」

「逃げないように、風切羽《かざきりばね》を切ってあるそうです」

「へえ、そうなのね」

明珠は哀れみの目を小鳥に向けたが、鳥たちはこてんと首を傾けるばかりだった。

明珠は後宮を思った。一度離れてみれば、あの場所は鳥籠のようにひどく狭く思える。

そこに住む女たちは、さながら身を寄せ合う小鳥だ。そして明珠も、その内の一羽に過ぎない。

けれど鳥だって、卵を産み、そこから生まれた雛《ひな》が雄だったからといって殺されることはないだろう。

「可愛いけれど、なんだか怖いわ。小さすぎて潰してしまいそう。白餅様くらい大きければ、潰す心配もなくて安心なのだけれど」

明珠がそう言って小鳥を籠に戻すと、莉莉が吹き出した。

「あれほど膨らんでしまうと、飼い主の周夫人様の方が潰れてしまわないか心配なくらいですわ」

莉莉はくすくす笑いながら、鳥籠を梁《はり》から吊るした。

「それでは鳥たちの姿と、さえずる声だけでもお楽しみください」

一度その姿を後宮の女たちに重ねてしまうと、色鮮やかな羽も、妃嬪たちの纏う被帛のように見えてくるのだった。さえずる高い声も、彼女たちのそれに聞こえないでもない。

早く帰りたいと、そう思った。もちろん実家にではなく、亶陽へだ。

「やはり私は、あの中が性に合っているわ」

はい？　と莉莉は首を傾げたが、明珠は説明することなくただ笑った。

# 五章

　奉天廟を訪れてからきっかり十日後に、天莠は病が快癒したと言い出した。せっかく来たのだしもう少し様子を見られたらと諌める周囲に、湯治はもう飽きた、田舎はつまらん、早く都に帰ると暗君らしく言い募った。そこから慌ただしく支度を整え、長い車列が都に向かったのは二日後、亶陽に着いたのはさらにその三日後であった。

　雲作城に戻った明珠たちを迎えたのは、蒼天に揺れる紫に金の鳳《おおとり》が縫い取られた旗だった。鳳家に慶事のあった時に掲げられる旗、紫鳳旗である。

　同じ車に乗る莉莉と、明珠は目を見交わした。

「何か聞いている？」

　莉莉は首を横に振った。

「いいえ。だって陛下は旗州にいらして、雲作城を空けられていたんですよ。慶事といっても……。あ、もしかしてご帰還を祝して、ということでしょうか」

「離宮から戻っただけで、わざわざ紫鳳旗なんて持ち出してくるかしら」

「ご快癒のお祝いということかもしれませんよ」

明珠が納得いく答えを見つけられないまま、車は後宮の門をくぐり、止まった。これでまた外へ出られるのはいつになるかわからなくなったが、構わない。明珠には、ここでやるべきことがある。鳥のように、籠に押し込められるのではない。自らこの籠に帰ってきたのだ、と明珠は顔を上げた。

久方ぶりに後宮の土を踏むと、見知った顔が待ち構えていた。

「あら、姜殿ではないですか。まさか、わざわざ出迎えに来てくれたのですか？」

明珠の隣房の住人、姜才人だった。姜才人は根っからの出不精で、明珠が商いに繰り出していくのを見る度に「よくやるわねえ」と呆れ半分、感心半分に口にする。彼女を見かけるのはいつも才人邸の中で、おもてで顔を合わせるのは行事の時くらいのものだった。

「ええ、一刻も早く話したくって。他の才人の方々じゃあ、面白くなくって駄目だわ。ああ、それにしても外はほこりっぽくて陽がまぶしいこと」

姜才人は日差しを遮るように袖をかざした。

「房でお待ちいただければ、いくらもしない内に戻りましたのに」

「待ちきれなかったのよ。紫鳳旗、見たでしょう？」

姜才人は門の向こうを見上げ、はためく鳳を目に映した。

「ええ。何か慶事があったのですか？　帝は旗州におられましたのに」

慶事、と口にしながら、明珠はいいようのない不安に駆られていた。帝不在での慶事、らしくなく待ちかまえていた姜才人。これが「慶事」を指し示しているようには思えない。

「ご懐妊よ」

は？　と明珠は思わず訊き返した。

「懐妊？　つまり、帝に御子ができたのですか？」

「ほかの誰の子で、紫鳳旗なんか掲げるっていうのよ。それで、どなたが身籠ったと思う？」

「さあ、想像もつきません。誰が御子を授かるかは、天のみが知ることですから」

心臓が早鐘を打ち始める。姜才人は答えを勿体《もったい》ぶるように、指で毛先をいじった。

「貴女の商いって、正直胡散臭いと思ってたのよね。妙な薬草だの蛙《かえる》の骨だの、気味の悪いものが原料だし。でも、今回のことでちゃんとしたものだってわかった。見直したわ」

なぜ今、明珠の商いの話が出て来るのか。

「そんなこと、今はいいでしょう。それよりどなたが……」

わからない？　と姜才人は明珠が急くのを面白がるように笑った。

「潘夫人様よ」

「……え？」

明珠は声が震えそうになるのを何とか抑え込んだ。

「貴女、最近あの方の邸に呼ばれてなかったでしょう。誇り高いのも、度が過ぎると考えものだわね。変な見栄を張らずにいれば、死籤を引かされることもなかったのに」

「まだ、死籤と決まったわけでは……」

「徐夫人様の占いじゃ、年内って話でしょう？　もうご懐妊されてなきゃ、産み月が間に合わないじゃない。潘夫人様で間違いないわよ」

姜才人の顔には、どこか安堵が浮かんでいた。

――ここに集われた方の内、お一方は次の桃花を見ることかないません。

あの予言が成就するのだとしたら、身籠った妃は死ぬ。春蕾はあれは本当に見えたことではないと言ったが、完全に否定もしなかった。どちらにせよ、二つに一つの確率だ。

「潘夫人様が身籠られたというのは、確かなのですか？」

「もちろんよ。ご自分では言い出さなかったみたいだけどね。何度も吐き戻すのに、侍医は呼ぶなって侍女に言い含めてたみたい。でもご病気だったらまずいから、嫌がるのを無理に診たそうよ」

腹の子が皇子であれば、もう時間がない。天莠の生母が死を賜ったのは、天莠が五歳の時と聞いている。けれど貴母投法には、子が何歳の時に死を賜るべしという文言があるわけではない。皇太后の心一つで、皇子を産んですぐに翡翠は殺されてしまうかもしれないのだ。彼女が「死ね」と一言口にすれば、それはたやすく叶えられる。

「莉莉。私、潘夫人様の邸へ行ってくるわ。先に姜殿と才人邸に戻っていてちょうだい」

「今からですか？　長旅を終えたばかりですし、日を改めてもよろしいのでは。それに、先触れも出さずにお訪ねしては……」

「先触れを出せば、それこそ門を閉ざされてしまうでしょう」

潘夫人の邸へ足を向けようとした明珠の腕を、姜才人が摑んだ。

「莉莉の言う通りよ、やめときなさいって。今さら行ったってどうにもならないじゃない。責任なんか感じることないわよ。潘夫人様ご自身が貴女を拒んだんでしょ」

「ありがとう。でも、行ってみないことには私の気が済まないの」

姜才人の手をすり抜けると、明珠は通りを駆け出した。お嬢様、と呼ぶ声が聞こえたけれど、足音は追ってこなかった。

通りを走る明珠に、慌てて道を空けた婢や宦官が怪訝そうな視線を向ける。女官や婢ならいざ知らず、不調法に後宮を走り回る御妻などいないからだ。

けれど明珠は足を止めることができなかった。姜才人の言う通り、明珠が行ってもどうにもならないだろう。懐妊はすでに雲作城中に知れ渡っているのだから、仮に翡翠が望んだとしても堕胎はできない。そんなことをすれば、翡翠も明珠も無事では済まされない。

天蒡もも う翡翠の懐妊を知った頃だろうか。どうして閨でもっとうまくやらなかったのだと責めたくもなるが、問い詰めたところで今さらだ。とにかく、今後のことを考えなくては。蝕の日が正史と異なることは、証拠も押さえた。後はただ一つ、何か皇太后の弱み、彼女に付け入る隙を見つけるだけなのだ。

翡翠の邸を出たら、その足で天華の元へ向かおう。もはや多少の危険など顧みてはいられない。ああでもそれならば、旗州の土産の一つも携えていった方がよいだろうか。天華に似合うほど上等な品など元より持ち帰ってはいないが、きっと彼女は品物そのものよりも、明珠が自分のために何か用意したという事実を喜ぶはず――

あれこれと考えながら走る内に、翡翠邸の前に着いていた。門は閉じられてこそいないものの、庭にいた婢がぎょっとしたような目で明珠を見ていた。以前に干し杏をやった、あの娘だ。

弾む息を整え、婢の肩を両手で摑んだ。

「潘夫人様に、お取り次ぎを」

婢は困ったように視線をさまよわせた。

「申し訳ございません。お通しすることはできないのです」

「いいから、高明珠が来たと伝えて。折り入ってのお話があると」

明珠は食い下がったが、婢は泣きそうな顔をして首を横に振った。

「お許しを。どなたも邸に入れるなとのお達しなのです」

「潘夫人様ご自身がそう言われたの？　それとも侍女頭が？」

「わかりません。ただ私は、誰も邸に入れるなと命じられました。潘夫人様は気が昂っておられ、とてもお客人とお会いになれる状態ではないと」

お願いです、と婢は両手を握り合わせた。

「お通しすれば、どのような罰を受けるかわかりません。どうか、お引き取りを」

婢の手は震えていた。明珠は逡巡《しゅんじゅん》したが、邸内に踏み込むことはとうとうできなかった。

「……わかったわ。せめて潘夫人様に、高明珠が来たと伝えて」

婢は承知したということか、それとも邸に立ち入ることを諦めたことへの謝意なのか、深く頭を下げた。

明珠が去ろうとすると、「あの」と声に引き留められた。婢はぎゅっと服の裾を握り、「お耳を」と神妙な顔で言った。明珠が屈み込むと、「どうかご内密に。潘夫人様は、妙なことを口走っておいでなのです」と耳元でささやいた。

「妙なことって？」

「……腹の子の父親は、陛下ではないと」

明珠ははっとして婢を見た。叱られるとでも思ったのか、婢は両腕を顔の前で交差させて「お許しを」と叫んだ。明珠はその手首を柔らかく摑み、腕を下ろさせた。

「怒っているのではないわ。続けてちょうだい。潘夫人様は、いったい誰の子だとおっしゃるの？」

「それが、人の子ではないと。陛下が旗州に向かわれる前のある晩に、房で眠っていると、幽鬼が寝所に入ってきたのだと……」

幽鬼？　だってあれは、幻ではなかったのか。それともまさか、幻でも本物の幽鬼でもなく、実体を伴った人間だったというのか。それも、男の。後宮に出る幽鬼なのだから、女のそれとばかり思い込んでいた。けれどたしかに、翡翠は「美しい幽鬼だ」とは口にしたが、女とは言わなかった。

「このこと、誰か他の方には話した？」

婢は強く首を横に振った。

「いいえ。こんな恐ろしいこと、どなたにもお話しできません。決して邸の外に漏らしてはならないと、侍女の方々からきつく言われております」

「でも、幽鬼の子を宿すなどあり得ないわ。そのお話が本当なら、潘夫人様を襲った男が後宮に紛れ込んでいるということでしょう」

婢は顔を青くして震えあがった。

これは事実だろうか？　それとも、死を恐れるあまりに翡翠が吐いた嘘か？　普通に考えれば後者だが、あの誇り高い翡翠が、こんな不名誉な嘘を自分から吐くとも思えない。

それとも、今の翡翠はそれほど錯乱しているのだろうか。

この話が本当なら、帝以外の男がどこかに潜んでいることになる。しかし後宮内に男が入り込もうと思ったら、それこそ女か宦官のふりをして忍び込むしかない。各門の出入りには証文もいるが、偽造するか、門番を買収でもしたのだろうか？　だがいったい誰が、何のためにそんなことをする？

皇太后の顔がすぐに浮かんだが、翡翠を襲わせて何の益になる。潘家はすでに落ち目で、周家の栄光には比ぶべくもない。それとも翡翠に罪を着せることで潘家を徹底的に叩き潰し、朝廷から追い出しを図ろうとでもいうのだろうか。だが翡翠が黙してさえいれば、ほかの男の種だなどとわかりようがない。男児が生まれれば、その子は皇子として育てられてしまう。皇太后が真に欲しいのは紫露の、周家の娘が産む皇子のはずだ。

「潘夫人様以外には、誰も見ていないの？　その幽鬼のことを」

「はい。近頃の潘夫人様は周囲に人がいると眠れないとおっしゃられて、侍女の方々さえ遠ざけておいででした」

まさか男が紛れ込んでいるなどとは夢にも思わず、と続けた婢の手は震えていた。明珠はなだめるようにその手を握った。

「教えてくれてありがとう。恩に着るわ。これを、潘夫人様に」

明珠は懐に持っていた、奉天廟で胴伸から預かった組紐を婢に渡した。

「私からだといえば、受け取ってくださらないかもしれない。何も言わずに房に置くだけでもいいわ」

婢は頷くと、もう一度深く頭を下げた。

明珠は踵《きびす》を返し、そのまま天華の邸に足を向けた。

誰にも言わないという約束を破ることにはなるが、天莠に報せなくてはならない。何かが後宮で起こっている。それはただの翡翠の嘘かもしれないし、皇太后には結びつかないかもしれない。けれど妙な不安が、後ろ髪に絡みついてほどけなかった。本当は今すぐにでも伝えに行きたいが、早くとも会えるのは夜だ。

それまでに、やはり天華に会っておこう。久しぶりに対面すれば、気分の高揚に任せて、以前は口を閉ざしていたことについても話してくれるかもしれない。甘い考えだとはわかっている。けれど今は、何かしていなくては落ち着かなかった。落ち着かないどころか、どうにかなってしまいそうだった。

いつか誰かが懐妊することは、最初からわかり切っていた。それなのに、現実となってようやく焦り始めた自分に、明珠は舌打ちした。

あまりに遅い。だからせめて、手遅れにはしたくない。

明珠は足早に通りの角を曲がろうとした。角を曲がれば、もう天華の邸が見えてくる。

しかし曲がり切らない内に、明珠は何かにぶつかって跳ね飛ばされた。

咄嗟《とっさ》に地面についた手に、痛みが走る。

明珠は尻もちをついたまま顔を上げた。たぶん向こうの通りから走って来た宦官にでもぶつかったのだろう。

見上げた顔は、たしかに宦官のものに違いなかった。しかし相手は一人ではなく、三人が前に立ち――振り返れば、明珠を囲むように背後にも三人の宦官が立っていた。

「高明珠だな?」

居丈高な声に、身が竦む。居並んだ顔のいずれにも、見覚えがない。普段から後宮に出入りしている面々ではない。

「……そうですが。これはいったい、何事です?」

声が震えそうになるのを抑えながら尋ねると、中の一人が吹き出した。

「何事、とは。とっくにご存じのはずですよ、高殿」

いま一人が、何かの書状を広げてみせた。明珠に向けてだけではなく、何の騒ぎかと集まってきた人々にも見えるように高く掲げる。すべてを読むことはできなかった。だが、文面の最後に捺された赤々とした印影と、添えられた藤花の紋で誰の手によるものなのかは察しがついた。

――皇太后、周静麗。

明珠は立ち上がろうとしたが、宦官の一人に突き倒された。

今の今まで黙認しておきながら、なぜ今になって皇太后は動いた？

翡翠が懐妊した今、もはや時間がないというのに。

手の傷がじんじんと痛み出す。

「この者の罪状を読み上げる。一つ、後宮で怪しげな商いを行い、妃嬪たちを惑わせた。二つ、口に出すのも憚られるような下品なものを売り捌き、帝が子を生さないよう画策した」

宦官の一人が得意満面で掲げたのは、たしかに明珠の売った護符だった。

「お前は帝の側に侍る身分でありながら、宗室の血を途絶えさせるべく呪詛を行ったのだ！」

申し開きはあるか、と宦官は唇の片側だけを上げて笑った。

「呪詛など、とんでもございません！　それはたしかに私が妃嬪の方々にお分けした品ですが、ただのお守りです。字だって、私の拙《つたな》い手蹟ですわ。そんな札でどうして、呪詛など行えましょう」

無駄だとはわかっていた。静麗の命でこの男たちが動いている以上、才人一人の訴えなど聞き届けられるはずもない。

これで終わりなのか。

終わりという言葉が思い浮かんだ瞬間、ぞわりと怖気《おぞけ》が太腿を這い上った。

「言い訳は後だ。来い」

強く腕を引かれ、無理に立たされる。周囲には人垣ができ始めていたが、宦官たちが歩き出すと道が空いた。

気の毒そうに明珠を見る者、「いつかはこうなると思っていた」「自業自得だ」とささやき交わす者の中に、天華の侍女である郭慈の顔があった。目が合うと、青い顔をして、天華の邸へ足早に戻っていった。

おそらくもう天華には会えまい。できればあの優しい人を、薄暗い邸から出して差し上げたかった。だがもう、天華について祈ることもできない。

天華だけでなく、莉莉や春蕾、天莠の顔も、おそらくは二度と見られないのだから。


連れていかれたのは冷宮でも、外廷にある牢でもなかった。宦官たちが明珠を引きずり込んだのは、皇太后の御所である藤瀞宮《とうせい》だった。天莠が寝起きする尚懐宮と並べても、どちらが皇帝の住まいなのか一目ではわからないほどの威容を誇っている。かろうじてどちらが尚懐宮か知れるのは、藤瀞宮には鳳家の証である鳳凰像が屋根の上にないからだ。

「なぜこのような場所へ。宮官か刑部の手に委ねられるのではないのですか」

明珠は身じろいだが、宦官たちの腕はびくともしなかった。

「お前は畏れ多くも主上を呪ったのだ。我が子を害そうとした女の顔を直接見たいと、皇太后様が仰せだ」

「そんなことがまかり通るわけがない。後宮の女は陛下のものでしょう。それを司直にかけることなく、皇太后様が処断されるというの」

当たり前だろう、と男たちは笑った。

「後宮に住みながら、今この国を治めておられるのがどなたか知らないのか？」

明珠は奥歯を軋ませた。この者たちにとっての主人は、天帝ではなく皇太后なのだ。

明珠はなす術なく、邸内の房に放り込まれた。

「逃げ出そうなどと考えるなよ。余計に罪が重くなる」

「逃げはしません。ただ、一つだけ願いたいことがございます。私には侍女が一人おりますが、あの子は何も知りません。私に命じられて手伝わされていただけです。どうか寛大なご処置を」

宦官は肩を竦めた。

「その侍女とやらも気の毒なことだな、お前のような主人を持って。諦めろ、すべては皇太后様がお決めになることだ」

これ以上は聞かないとばかりに、宦官たちは足早に出て行った。錠と閂《かんぬき》とをかける音が、冷たく耳に響いた。

床にへたりこみたい気分だったが、そんなことをしている場合ではない。ここで大人しく時を待てば、どうせ殺される。状況は最悪といえるが、まだ諦めたくはなかった。動かなければ、心がどんどん絶望へ傾いていってしまう。

明珠は素早く房内を見回した。窓はあるにはあるが、とても手が届かない位置に小さく空いているだけだ。正方形の房には調度もなく、せめてもの慈悲とばかりに薄い臥床があるばかりだ。これでは、調度を重ねて窓まで上ることもできない。扉を押してみたが、分厚く重いそれは押しても引いても体当たりしても、びくともしない。反対に明珠の体が跳ね飛ばされただけだった。

明珠はむくりと起き上がり、今度は窓から差す光を観察した。陽の入り方からして、房の位置は藤瀞宮の東側。藤瀞宮の東には、何代前かの帝が寵妃のために造らせた人口池が広がっている。これでは声を上げても、せいぜい池に住まう鯉《こい》くらいにしか聞こえないだろう。しかしたとえ運良く通りかかる人があったとしても、皇太后の邸に捕らわれた女を救い出そうとする酔狂な輩などあるわけがない。

房を点検し始めていくらも経っていないのに、手詰まりになってしまった。もしやと思って壁や床も隅々まで叩いて検めてみたが、どこにも薄くなっている箇所は見つからなかった。

まだやれることはないかと探し回り、被帛を扉の把手《とって》に結わえ付けて引いてみたが、被帛が音を立てて裂けただけだった。

裂けた布を拾おうと屈み込むと、かくんと膝が折れた。

あれ、と思ったが、体に力が入らない。

膝を突いた石の床は冷たかった。磨き上げられたそれには、明珠の呆然とした顔がおぼろげに映り込んでいた。

これ以上の打つ手は思いつかなかった。宦官たちが被帛を取り上げなかったのは、扉の把手で首を吊れるようにとの温情だったのかもしれない。謀反人として処刑されるなら、刑罰も苛烈なものになる。腰斬《ようざん》か、牛裂きか。それも皇太后の匙《さじ》加減一つである。

明珠は震え始めた体を、両腕で抱えてうずくまった。

おとなしく負けを認め、死んでおけばよかったのか。自ら死ねる可能性すら捨てた今となっては、皇太后の手にかかるしかないのだろうか。

どれくらいそうしていたのだろう。時間はひどくのろのろと過ぎた。できることなど一つもなく、恐怖ばかりが頭の中で膨らんでいく。房の中はいつの間にか暗くなっていたが、もちろん灯などない。窓から細く差し込む月光だけが頼りだった。闇の中で、明珠はぎゅっと膝を抱え直した。そうしていないと、自分の輪郭が失われ、房の闇へと溶け出していってしまいそうな気がした。

その時、こつこつと扉を叩く音がした。はっとして耳を澄ませる。願望が幻聴となって現れたのかと思ったが、どうやら現実のものらしかった。

「誰です？」

ささやいたつもりだったが、明珠の声は存外に大きく独房に響いた。

「……明珠。私です」

声には聞き覚えがあった。だが、ここにいるはずがない人の声だった。

しかし、声はそのいるわけがない人の名を告げた。

「天華です。母上が、申し訳ないことをしました」

か細い声は、たしかに長公主のものだった。長く姿を見ずに、声のみと対話を続けてきたのだから間違えようもない。

「なぜ、このようなところにいらっしゃったのです。早く邸にお戻りください！」

しかし天華の気配は扉の前から動かなかった。

「長公主様、後生です。私は大丈夫ですから、どうかお引き取りを」

返事はなく、代わりに呻くような声を天華は漏らした。泣いているのだろうか。

「何をお泣きになります。平気です、きっと皇太后様もお話しすればわかってくださいます。私は罪に問われるようなことは……多少はしたかもしれませんが、断じて呪詛など行ってはおりませんから」

こうして皇太后の邸に囚われた以上、何事もなく釈放されるはずはない。けれど声も上げずにただ泣き続ける天華を前にして、ほかに何が言えるだろう。

「……違うんです」

「何が違うとおっしゃるのですか」

「すべて、私のせいなんです」

どういうことですか、と明珠が問うても、天華の声は聞こえてこなかった。

「長公主様、ここにいらっしゃるのが露見すれば皇太后様にお叱りを受けます。とにかく一刻も早く、邸にお戻りを――」

明珠は言い終わらない内に言葉を切った。足音が聞こえたからだ。男や宦官のそれではなかった。足音は優雅に、ひたりひたりと回廊を辿ってこちらに向かっていた。

明珠は以前にも、この足音を聞いた。

「天華」

凛《りん》とした声が闇に響いた。扉がわずかに揺れたのは、外にいる天華が体を震わせたからだろうか。

「悪い子だこと、お前は。何度言い聞かせても、母を謀る」

「母上、約束が違います。なぜ高才人を捕らえたのですか」

「そこな女は数多の妃嬪に対して呪詛を行ったのだよ。いくら可愛いお前の頼みとはいえ、それを知った以上無罪放免とはいくまい」

「彼女は呪詛など……」

「天莠に子ができぬまじないを込めた品を売り捌くことが呪詛でなくて、いったいなにが呪詛足り得ようか。さあ天華、早く邸に戻るがいい。母はお前を罰したくはないのだよ」

愛しい私の娘、とささやくのが聞こえると、明珠の肌は総毛立った。こんな声音で、娘を呼ばわる母があるだろうか。

高才人、ごめんなさい、と絞り出すような声を最後に、天華の気配が扉から離れた。

「罪人にそのような言葉をかけるとは。お前はまったく、いつまで経っても己の立場を理解しない。これだから私が側についていないと心配で……」

まるで十かそこらの娘にでも話すような口調だった。

「そうだ、お前の耳にも入っただろうか？　潘家の娘は、腹の子が天莠の種ではないと喚いているようだよ。馬鹿なことを。それで死を免れるつもりかねえ？　密通のあげくに天莠以外の子を宿した女など、それこそ死罪に決まっていように」

天華の、言葉にならない悲痛な声が聞こえてくる。

耳を塞ぎたい気分だった。翡翠の言葉を、すでに静麗が知ってしまった。

真実にせよ偽りにせよ、翡翠は死ぬ。たとえ偽りであっても、そんなことを言い出した女は冷宮行きとなるだろう。冷宮に行けば、殺されることはなくともその不衛生な環境から、ほとんどの者は数年の内に病を得て死んでいく。生まれた子がどういう扱いを受けるかは、火を見るより明らかだ。

だが明珠に、翡翠の心配をしている余裕はない。

明珠とて、翡翠と同じ道を辿るだろう。行き着く先は、同じ死だ。

明珠は扉に爪を立てた。表面がわずかに削れただけで、扉はびくともしない。

拳で叩く。堅牢な扉は揺れもしない。

叫ぶ。誰も応えない。

無駄だとわかっているのに、明珠はまた扉を引っかいた。あっけなく中指の爪が割れて、血が滲んだ。こんな些細《ささい》な傷でさえ、手を止めるには十分なほど痛かった。

近い内に、目を背けたくなるような方法で殺されるかもしれないというのに、ただの爪一枚で涙が出る。

泣いてもどうしようもないとわかっているのに、ぼろぼろと涙は零れた。

明珠は弱い。人より肝が太いと言われたって、こんなにも弱い。御伽話の烈女のようには、強くなれない。捕らえられても自分は無実だと、決然と顔を上げていることなんかできない。

死ぬのが怖い。

今になって、「死にたくない」と言った天莠の心がわかる。

恥ずかしくて、惨めだ。

ただ生きることを望むだけで、どうしてこんなに惨めにならなくてはいけない？　間違ったことを願っているように思わなくてはならない？

やっと、あの人の望みがわかった。理不尽な死のない世が、彼の願いだ。

「私にも、ようやくわかりました」と天莠に言いたかった。

でももう、それを伝える術もない。


日が昇り、また沈んだ。それでも動きはなかった。外で何が起こっているのかもわからず、ただ沙汰を待つ間に、恐怖が全身を侵していった。それは肌から染み入り、肋骨の間をすり抜け、やがて臓腑や骨にまで達するようだった。

天莠はどうしているだろう。考えれば胸が痛むばかりなのに、考えずにはいられなかった。まだ皇子が確保できていない今、すぐに静麗に排除されるということはあるまい。ならばせめて、子建や春蕾、莉莉を守り、志を貫いてほしい。

おそらく明珠は拷問の末に殺されるだろう。誰の差し金で呪詛を行ったのかと問われ、答えようが答えまいがどちらにせよ殺される。明珠が口を開くか否かは、苦痛を早く終わらせるか長引かせるかの違いでしかない。

中指の傷が、疼くように痛んだ。

耐えられるだろうか。何一つ話さず、苦痛の中で一人死んでいくことができるだろうか。

こんなにも強くない自分が。

莉莉も春蕾も、側にはいない。

もちろん天莠もいない。二度と会えはしないのだ。故郷で星を見上げた夜が、共に過ごした最後の時間だった。明珠の髪をさらった、天莠の手つきを思い出す。

どうせ死ぬなら、と明珠は思う。

どうせ死ぬなら、我慢する必要などなかったのに。

頰を、昨夜で枯れたとばかり思った涙が伝った。故郷を発った時でさえ、こんな風には泣かなかったくせに、自分を哀れむためには止めどなく涙が湧いてくる。

自嘲の笑みが頰を窪ませると、扉が叩かれた。

いよいよ、その時が来たのか。

明珠は急いで顔を拭い、「はい」と応えた。刑吏が来たのなら、せめて惨めに泣いているところを見られたくはなかった。

しかし返事をしながら、刑吏ならば礼儀正しく扉を叩くことなどするだろうかという疑問が頭を過ぎった。

「明珠、そこにいるの？」

聞こえたのは、意外な声だった。

「……紫露様？」

閂が外され、鍵の開く音がしたかと思うと、華奢な影が房に踏み込んできた。月光に照らされた顔は確かに周紫露その人であり、後からおそるおそるやって来たのは天華であった。

「お二方とも、なぜこのようなところに」

紫露は明珠の言葉を無視し、銀色に輝く鍵を月光にかざしてみせた。

「さっさと行くわよ。金で黙らせた連中だって、長くは目をつぶってくれないでしょう」

そう言って明珠の手を引こうとする。

「行くと言われましても、どこへ。私はすでに罪人です」

「あのねえ、私が何の覚悟もなしにこんなところに来ると思う？　明珠が何の罪を犯したっていうのよ。私の邸に匿うわ、いいから来て」

手を取りたいのは山々だが、明珠を連れ出せばこの二人まで巻き込むことになる。

明珠が渋ると、天華がすっと前に進み出た。

「罪人は貴女ではありません。私と母上こそが、そう呼ばれるべき者なのです。どうか高才人、兄上と共に、私と母上の罪を世に明かしてください」

どういう意味ですかと問う間もなく、天華は明珠を抱き上げた。

「な……」

華奢な体からは想像もつかない力強さだった。

「ごめんなさい。でも今は、先を急ぐので」

「いったい、何が起きているのですか」

紫露の邸の離れで、息を整えながら明珠は尋ねた。

藤瀞宮を出ると、裏門で待っていた輿に押し込まれ、そのままここに連れてこられた。

「潘夫人が腹の子は陛下の種でないと言っているって話は、もう聞いている？」

明珠が頷くと、紫露は溜息を吐いた。

「そんなものただの譫言《うわごと》だと思っていたけれど、叔母上は後宮内に男が忍び込んでいないかくまなく調べさせたの。それで、一人の宦官が姦通の罪で捕らえられた」

「宦官？　宦官では女と通じることはできても、身籠らせることなど……」

「叔母上が言うには、その宦官は『なりそこない』だというの。施術の時に藪医にかかって、陽物の一部が残ってしまう宦官がいるというのよ」

馬鹿な、と明珠はつぶやいた。

「だからといって、その者に子が生せるというのですか？　第一、そのような者が後宮に入れるわけがありません。宦官が内廷に入るには、医官の検分を受けなくてはならないはず。それをどうすり抜けるというのですか。たとえ賄賂でその場だけ切り抜けたとしても、位が低い内は皆大部屋で共に暮らすでしょう。ずっと隠し果《おお》せるはずがない」

「明珠の言う通りよ。そんなことがあるわけない。けれど叔母上がそうといったら、ここではそう、なのよ。誰もお言葉を否定できない」

それで宦官一人が生贄に差し出されるというのか。生殖能力を残すほどなら、外見だって宦官らしくなく男のようなものになる。そんな者がいれば、元より目立ってしょうがないだろうに——

そこまで考えて、明珠の脳裏を一人の宦官の姿が過ぎった。

「紫露様。まさか、その宦官の名は」

「たぶん明珠の想像通りよ。捕らえられたのは陳子建。陛下の側近よ」

やはり、と明珠はぐっと拳を握りしめた。静麗は、翡翠の騒ぎに乗じて子建を排除するつもりだ。

「紫露様、徐夫人様はご無事でしょうか」

「徐夫人？　彼女に何かあったという話は聞かないけれど」

ひとまずほっと息を吐いた。しかし安心などとてもできない。静麗はすでに動き出した。明珠と子建という天莠の手足をもいだなら、いずれ春蕾にも手が伸びるはずだ。

ごめんなさい、とそれまで黙っていた天華がつぶやいた。

「私のせいなんです。全部私が弱いから」

天華は恥じ入るように俯き、結われることなく垂らされた長い髪が、その表情を覆い隠した。まるで、天華の房に下がっていた紗幕のように。

「あまりご自分をお責めにならないでください。天華様のせいではありませんわ」

紫露はすでに事情を知っているようで、天華にそう声をかけた。

「二度もお話しになるのはお辛いでしょう。よろしければ、明珠には私から……」

しかし天華は首を横に振った。

「私が話します。これは、私の罪ですから」

そう言うと天華は顔を上げ、身に着けた衣服の前をはだけた。

「何を……」

明珠は目を逸らそうとしたが、その前に天華の肌が目に入った。月光で薄青く染まったその肌は、高貴な者らしくすべらかで美しい。

けれど――露わになった胸元に、あるべきものがなかった。

乳房がなかった。そこにはただ、平坦な胸板があるだけだった。

目を見開いた明珠に、天華は言った。

「見ての通り、私は男です。母上は、公主を産んだと偽って死を逃れました」

天華が生まれた当時、静麗はすでに皇后の地位にあった。天莠の実母が死を賜った後は、その養母となることを先帝に約束させてもいた。先帝は愛妃を惜しみ貴母投法の廃止を望んだが、周囲の――周家の反対を押し切れるほどの才気は彼になかった。先帝は愚かではなかったが、英明でもなかった。長く続く王朝の帝としてはうってつけの、平凡な男だったのだ。彼はただ一人の女を愛し、その死を悼み、そして心を病んだ。

「順風満帆に思えた母上にとって、私を身籠ったことはただ一つの誤算でした」

生まれてくるのが公主であれば問題ない。だが皇子であれば、静麗もまた死なねばならなくなる。せっかく天莠の養母となっても、それでは何の意味もない。静麗は密《ひそ》かに堕胎することも考えたが、妊娠が発覚した時すでに腹の子は育ちすぎていた。無理に堕ろせば静麗自身の命が危ういと、侍医に告げられた。ならばと卜者を何人も呼び、生まれて来る子が男か女か占わせた。男と言った者は殺し、女と告げた者には褒美を山と与えて帰した。

そうして生まれてきたのは、皇子であった。

静麗は立ち会った産婆や侍女を、侍医一人除いて残らず殺させた。修羅場と化した邸で、へたりこんだ侍医に生まれたばかりの赤子を突き出し、「これは男か、女か」と問うた。

「なんともお可愛らしい、公主様でいらっしゃいます」

それが答えだった。

先帝にも、生まれたのは公主であると報せられた。父帝は死ぬまで、天華が皇子であると知らぬままだった。

幼い頃は、ただの病弱な公主として育った。幸いにして、容姿は中性的に生まれついていた。けれど外へ出られたのは、体が成長し、男としての特徴が現れるまでのことだった。

喉仏が浮き上がり、声が低く変化してからは、邸を出ることを禁じられた。突然姿を見せなくなった長公主について疑問に思ったとしても、「病が重くなった」と一言告げられれば、それ以上を尋ねられる者などいなかった。

天華を生まれてすぐに殺して死産とすることも、あるいは陽物を切り落としてしまうこともできた。

「そうしなかったのは母の愛だと、母上は繰り返されました」

母はお前を愛している。愛しているから危険を冒してまで産み、殺すことも男でなくすることもなく、今日まで育てた。

「だからお前は母に報いなくてはならないと、何度もそうおっしゃいました」

「報いる、とは……？」

天華は明珠とも紫露とも目を合わせず、虚空を見ながら続けた。

「母上も、何をすればよいかは教えてくださらなかった。邸に閉じこもっている私がどうすれば母上に報いることができるというのか、見当もつきませんでした」

天華は口元だけで笑んだ。けれどそれは天華の唇の癖のようなもので、意味のない笑みだと明珠にもわかっていた。

「私は邸で一人、答えの出ないことを考え続けました。そうしている間にも、体はどんどん男のものになっていく。こんなに男になってしまっては、もう一生ここから出られない。

どうせ飼い殺しておくしかないのならなぜ生まれた時に放逐してくださらなかったのか、いっそ殺してくれた方がよほどましだったと、そう考えるほどでした」

日々、天華の懊悩《おうのう》は深まるばかりだった。唯一天華が男と知る侍女の郭慈に、誰にも言えない嘆きをぶつけることしかできなかった。

「そんな私を哀れと思ってくれたのでしょう。郭慈は宦官たちの見回りに出会わない時を見計らって、私を邸の外へ連れ出してくれました。彼女に手を引かれ、夜の園林や、池のほとりを幾度も歩きました。闇の中に浮かび上がる桃や藤の花、飛び交う蛍は本当に美しかった。最初の頃は、何を見ても懐かしさに涙が出ました」

その目に今も美しい光景を映すかのように、天華は恍惚《こうこつ》の表情を浮かべた。しかしそれはほどけるように儚《はかな》く消え、天華は深くうなだれた。

「そうやって、庭園の美しさにだけ目を奪われていればよかったんです。それなのに、私は――」

明珠は小刻みに震える天華の背に触れようとしたが、紫露に制止された。天華は自らを腕で抱くようにし、再び話し始めた。

「私は、郭慈の計らいで外に出られたというのに、彼女をまいて一人で歩くことを思いついたんです。誰もいない、真っ暗な後宮の道を駆け抜けて、生まれて初めて自由になった気がしました」

私に自由などあるわけもなかったのに、と天華は小さくつぶやいた。

「そこで、あの人を見つけてしまった。白梅の香りの向こうに見たその人は、美しかった。私がこれまでに見た誰よりも。眠れないのか、彼女は窓辺に頬杖をついていました。夜の後宮をうろつく者などいないと思っていたのでしょう、無防備で、悩ましげな表情でした。よせばいいのに、私はその人に話しかけたんです。『眠れないのですか?』と。彼女は驚いた顔をして――けれど言葉を返してくれました」

天華はそれから、幾度もその人に会いに行った。郭慈は時おりそっと後をつけて来るだけで、止めはしなかった。

その人はいつも、天華が来る時刻には窓辺にいた。自分を待っていてくれるようで、たまらなく嬉しかった。彼女と話したのは、他愛もないことばかりだった。好きな花はなにか、好きな香りは、好きな色は。けれどそんな話をしている時間があまりにも幸せで、もう帰らなくてはならなくなる度に、死んでしまいたいような心地がした。その人は天華を幻か花の精かのように扱い、夢見るような口調で語りかけた。「きっと貴方が人ではないから、お話しするとこんなにも心が安らぐの」と。

「それは、つまり……」

「ええ、そうです。私は、兄上の妃に恋をしたのです」

明珠は藤花の宴で見た翡翠の横顔を思い出す。陶然とした、この世ならぬものを見る目。

今になって思い至る。あれは、幽鬼に魅入られた女のそれではなかった。

恋をした女の、顔だった。

「そんなある夜、母上がやって来て『今日こそ母に報いる日だ』とおっしゃいました。母上は私に目隠しをし、輿に乗せました。何も見えなかったけれど、それほど遠くに連れていかれたようには思えませんでした。

輿を降りて目隠しが外されると、私はどこかの邸内におりました。その広さからして、高貴な人の邸だろうとすぐにわかりました。けれど辺りには誰もおりません。私の他には、母上と、手燭を掲げた郭慈がいるだけでした。かちかちと、何か硬いものがぶつかり合う音がしていました。その度に手燭が揺れるので、郭慈が震えて、その歯と歯がぶつかる音と気付いたんです。

何かよくないことが起ころうとしているのだと、その時にはもうわかっていました。母上は『あの房に入るように』と一つの扉を示しました。『そこで何をしたらよろしいのですか』と尋ねると、『お前がしたいことをすればよいのだよ』と、そう答えられました。

郭慈に何か尋ねようにも、彼女は泣いて謝るばかりで話ができませんでした。

もう仕方ないと肚を決めて扉を開くと、母上は満足げに頷いて帰って行かれました。その房は誰かの寝所でした。置かれた花壺に、花もない梅の枝が生けられていました。嫌な予感に頭を重くしながら歩を進めると、奥の寝台に誰かが横たわっているのが見えました。死ぬ思いで、私は眠る人の顔を覗き込みました」

その先は言わないで欲しかった。続きは、あまりにも容易に予想できた。

けれど天華はまるで自身に傷を刻むかのように、罰を与えるかのように話し続けた。

「そこで眠っていたのは、あの人でした。焦がれ続けた人が、夜着一枚で眠っていた。私は……それで……母上が何をさせようとしているのか理解しました。『報いる』とは何なのか、ようやく悟ったのです。

ただ引き返せばよかったんです、何もせず。母上はすでにその場にいなかったのだから、そうできたはずでした。だけど私は、夢でも見ているような心地で、その人から目を逸らすことができなかった。遠く見上げるだけだったその顔を近くで見られるだけで、胸が絞られるようで、私は眠るあの人の顔に手を近付け……頰に触れました。

そうしたら、あの人がふっと目を開けたんです。

終わりだと思いました。

だけどこれでよかったのだとも、同時に感じていました。やっと終われるのだ、と。これで母上と私の罪は暴かれる。他ならぬこの人が私を終わらせてくれるのなら、なによりの幸福ではないかと。

けれどあの人は、頰に触れた私の掌を両手で包んだのです。寝ぼけ眼《まなこ》を開いて、『とうとう、邸の中まで会いに来てくださったの』と、そう言いました。『ずっと、ずっとお待ちしていました』と。わかっています、あれは、あの人が私を幻と信じていたからこその言葉です。わかっていたのに、それなのに私は――」

天華は顔を覆った。

今、わかった。静麗が、危険を冒してでも天華をずっと生かしておいた理由が。

それに思い至った時、天華はどんな心地だっただろう。どんな気持ちで、愛しい人に触れただろう？

「天華様、もうよいのです。お話は、よくわかりましたから」

紫露がうずくまった天華の肩を抱く。ぱたぱたと、天華の涙が床に落ちた。

「……ねえ、明珠。私、本当はこんなこと思いたくはないの。でも、一度思ってしまったら、それが頭から離れないの」

紫露は苦薬でも口にしたかのように顔を歪め、言った。

「どうして、こんなことができるの？」

泣き続ける天華につられるように、紫露の目に大粒の涙が浮かんだ。

「叔母上にとって、私たちってなんなの？　私、叔母上には愛されていると思っていたわ。だって言えば何でも望みを叶えてくださったし、誰も褒めてくれなかった衣裳だって、叔母上はよく似合っているといつも言ってくださった。ねえ、でも、それは」

紫露の細い喉が、唾を呑み込んで浮き沈みした。

「ただ私の腹から、皇子を産ませるためだったの？　そしてその子を、ご自分のものとしたいから？　何かあった時の予備として」

明珠は答えず目を伏せたが、紫露にはそれで十分なようだった。

「……そう。わかったわ」

静麗が今日まで天華を生かしてきたのは、母の愛などではない。

天華の子が欲しかったのだ。天華の子を妃嬪の誰かに産ませ、それを天莠の子として育てる。そうすれば、いずれ静麗の孫が帝位に就く。その事実を知るものが静麗以外に誰もいなくとも、彼女の心は大いに満たされる。

今回は翡翠が錯乱して騒いだために、翡翠と子建をまとめて処分する方へ舵《かじ》を切った。そして頃合いを見て、静麗はまた天華をほかの妃嬪の元へ連れて行くだろう。子を得るために。己の血を引く男児を、玉座へと導くために。

「紫露様、このことを何としても陛下にお伝えせねばなりません。皇太后様、いえ……周静麗の行いは、謀反です。明らかに天道に背いております」

謀反、と耳にした紫露が身を震わせたのと同時に、扉の外で猫の声がした。

「白餅だわ」

紫露が立ち上がり、扉の閂に手をかける。しかし扉の向こうにある気配は、猫のように小さなものではない。

「紫露様、開けてはなりません！」

しかし声を上げた時には、もう扉は開いていた。

ぽっかりと開いた戸口には、月を背にし、肥えた白猫を抱いた周静麗その人が立っていた。松明《たいまつ》を掲げた多くの宦官たちが、その背後に続く。

「やはりここにいたのだね」

悪い子たちだ、と静麗は目を細めた。声に責めるような響きはなく、口元には微笑みさえ浮かんでいる。その腕の中から白餅が飛び降り、へたりこんだ紫露にすり寄った。

「罪人と同じ空気を吸っては、お前たちの肺腑が汚れよう。すぐに連れていけ」

明珠の腕を、両脇から宦官二人が押さえた。

「笑わせないでください。罪人は、どちらです」

歯の根が鳴らぬよう、明珠は必死に奥歯を噛みしめた。

「ほう。才人風情が、私にそのような口をきくなど、いたずらに罪を増すだけだともわからんか」

宦官たちに、強く腕を引かれる。

その時、うずくまっていた天華が立ち上がった。

「皆、聞け！　私は公主として育てられた。だが違う！　私は男だ」

天華は明珠にしてみせたのと同じように、衣服の前をはだけた。

一瞬、空気が固まった。しかし宦官たちはすぐに天華から目を逸らし、明珠を戸口へと引いていく。

「待て、なぜだ！　お前たち、私の姿が見えないのか！」

静麗が高く笑う。

「お前は本当に愚かだこと。お前たち、あそこにいる我が子は男か、女か？」

宦官の一人が目を伏せて答えた。

「まごうことなき女君、長公主様にございます」

天華と紫露の目に、絶望が走る。静麗だけが高く笑った。

「これでわかったろう。此度のことは不問に付す。お前たちは私の可愛い吾子なのだから、余計なことを考えず、良い子にしているがいい」

明珠は離れから押し出され、扉は固く閉じられた。宦官たちがその前に立ち、内側から打ち鳴らされる扉を押さえた。

「さて。高才人とやら、お前の罪が定まった」

静麗は実に楽しげな声音で告げた。

「陛下の後嗣を絶とうとしたこと、お前は死をもって贖うことになる」

叫んでも暴れても、無駄なことだった。明珠にできることは、俯かずに顔を上げて静麗を睨むことだけだった。静麗は怒りもせず、紈扇に口元を隠して言った。

「惜しいのう。その気骨、殺すに惜しい」

静麗は月をのぞむように天を見上げた。

「人を殺すに惜しいと思うたのは、ずいぶん久しぶりだ。最後にそう思うたのは、天莠の母が死んだ時だったか。あれに『そなたの死後は私が天莠を貰い受けるゆえ、安心して死ぬがよい』と言うた時、今のそなたと同じ目をして私を見ていた。惜しいと思う女ばかり殺さねばならんのは、何の因果かの」

静麗はそう言って、静かに息を吐いた。

「人の道に背いてまで、何をなさりたいのですか？　それで貴女の望みが叶うとでもいうのですか」

一笑に付されると思っていた。しかし静麗は、予想に反して答えを寄越した。

「さあな。私にも、最初はこうありたいという望みがあった気がする。だがもう昔のことすぎて、忘れてしまった。今はただ、昇れる場所まで昇るだけだ」

宦官の掲げた松明の灯が風に揺れ、照らし出された静麗の顔も赤く揺らいだ。

明珠は再び、藤瀞宮の一室に戻された。今度は扉の前に見張りが立ち、小さな窓さえ塞がれるという徹底ぶりだった。明珠は扉の向こうに立つ見張りに「紫露と天華はどうしているか」「自分はいつ処刑されるのか」「翡翠と子建は、莉莉は」としつこく尋ねたが、返事どころか咳払い一つ返ってこなかった。

　死ぬのだ、という実感が冷えた床からじわじわと這い上る。以前のように、扉を掻く気力も湧いてこなかった。

　明珠にはもう、祈ることしかできなかった。己の死を免れるよう祈るのではない。処刑を避けようがないことはわかっていた。ただ故郷の家族や莉莉に累が及ばないよう、天莠や天華、皆が無事であるようにと祈るだけだった。祈り続けていなければ、死にたくないと、ただその一色に心が染まってしまいそうだった。

　房に入れられて七日が経った朝、扉が軋んだ。出ろ、と見張りの兵に顎で示される。扉の前には、刑吏が二人待っていた。縄を打たれ、彼らに引きずられるようにして房を後にする。何も告げられなかったが、行き先が刑場であることは明らかだった。見せしめのために亶陽の街の辻で処断されるだろうと思っていたが、向かっているのは後宮内に据えられた刑場らしかった。民の目に晒さずに処してくれるとは、皇太后様もお優しいことだと笑おうとしたが、頬が引きつってうまく動かなかった。実際はそんな温情をかけられたわけではないだろう。刑場の目と鼻の先に、後宮から遺体を運び出すための西門がある。処刑が終わればすぐに運び出し、捨て去ることができる利便さが優先されたに違いない。罪人の死には、弔いも墓標もない。捨てられた山だか川だかで、その身を朽ちさせるのみだ。

刑場に着くと、中央に天莠と静麗の顔があった。思わず天莠から目を逸らす。

明珠は罪人で、天莠はその処刑を見届ける帝。刑場での二人はそうでなければならないが、顔を見れば演じきる自信がなかった。

二人に従う女官や宦官たちに加え、妃嬪や侍女たちが刑場を取り囲んでいる。刑場に花はなく、彼女たちが纏った衣も地味なものだが、顔ぶれだけ見ればさながら桃花や藤花の宴のようだった。民には見せずとも、後宮の女たちの見世物にはするということか。

ふと、人垣の中に泣き腫らした顔の少女を見つけた。

莉莉だった。

よかった、と口元が緩んだ。今ここにいるということは、莉莉が捕らえられることはなかったのだ。今後は誰か他の主人を見つけて仕えればいい。春蕾か姜才人が、きっと引き受けてくれるはずだ。

莉莉の口が「お嬢様」とわななくのが見えた。

「泣かないで」と明珠は声に出さず唇だけを動かした。それなのに莉莉は、ますます大粒の涙を零すのだった。

大丈夫だから、莉莉、元気で、と叫びたかった。

しかし明珠は縄を引かれ、刑場の中央に引き出された。莉莉の泣き顔が、視界から消える。

刑吏に背を蹴られ、明珠は地面に膝を突いた。人垣から笑いが起きる。砂利が両膝に食い込み、皮膚の下にめり込む感触があった。

「しかし、七日も待たされるとはな」

「申し訳ございません、養母上。卜者に言わせれば、今日が最良とのことなのですよ」

耳に飛び込んできたのは、静麗と天莠の声だった。

「たかだか才人一人の処刑に日取りを選ぶとは、仰々しいものよ。鶏一羽絞めるのと何が違う？」

「人の血は特に穢れておりますから。後宮で処する以上、他の者たちに累が及ばぬようにしなくてはならないでしょう」

耳を塞ぎたかった。けれど縄打たれた明珠にはそれもできない。

官吏が罪状を読み上げ始めたが、耳に入らなかった。

見上げた空が青い。せめてよく晴れた日でよかった。雨が降っていたら、きっともっと暗い気持ちで死なねばならなかっただろう。見たところ、刑場には牛もおらず腰斬の台もない。ただ大鉈《おおなた》を持った刑吏がいるだけだ。あれならきっと、首を落とされて一瞬だ。明珠の襦裙は赤いから、血に濡れても汚れたようには見えないだろう。

「刻限だ。高才人、言い遺《のこ》すことはあるか？」

刹那、天莠と目が合った。

天莠は表情を変えなかった。

それでいいと思った。多くの妃嬪に呪詛をまき散らした罪人に、哀れみの目を向ける帝などいない。

それなのに、わかっているのに、胸は引き絞られるように痛んだ。その律義さ正直さに、笑ってしまうくらいだった。

明珠は天莠の母の最期を思った。母の死を忘れるなと言った、その人のことを思った。

天莠はそれが呪いの言葉だと言った。

だけど違う、と明珠は背後に刑吏の気配を感じながら思った。

きっと、愛していたからだ。愛していたから、忘れてほしくなかった。だから呪詛じみた言葉を息子に遺した。

だって、今の明珠にはわかってしまう。

それを呪いと呼ぶのなら、確かに彼女は吾子を呪ったのだ。

喉がつかえた。声は掠れて、震えていた。

「どうか。どうか、いつの日か我が宿願が、叶う日が訪れますよう」

美しい今際《いまわ》の言葉とは呼べない。潔い最期でもない。

それが証拠に、あちこちから失笑が漏れ聞こえた。

「終わりか。愚にもつかぬが、長々と述べぬだけましというもの」

前触れもなしに頭を押さえつけられ、額を垂れる格好になった。腕は後ろに伸ばされ、首元の衣がずらされる。

首筋を風が吹き抜け、身震いした。風は温いのに、ここに刃が振り下ろされるのだという予感が体を震わせた。

刑場をぐるりと囲みさざめく女たちの声が、まるで無念の内に死んでいった女たちのもののように聞こえてくる。後宮にその血を染ませた女たちが、寂しい、悔しい、早くこちらへ、と期待に満ちた眼差しを明珠のつむじに向ける気配がある。

「よい。首を刎《は》ねよ」

皇太后がそう告げるのが聞こえた。

刑吏の手に、ぐっと力がこもる。

明珠はゆっくりと目を閉じた。目を開いていても、もはや見えるものは刑場の石くれのみだ。最期に目にするにしては、あまりにつまらないものだった。

しかし明珠は意識を飛ばす前に、再びまぶたを開くことになった。

「お待ちを、養母上」

目には、やはり石くればかりが映った。けれどそれは、目を閉じる前のようなつまらない石には見えなかった。

「なんだ天莠。手短に終わらせてやらねば、罪人の女も哀れだろう」

すぐに済みますよ、と答えた天莠の声は笑んでいた。

「皆、天を見よ」

人々から向けられていた痛いほどの視線がほどけ、人垣からあっと声が上がった。

明珠の頭を押さえた刑吏の力が緩む。

思わず、顔を上げた。

人々は皆天を仰ぎ、中天を指差していた。

雲一つない晴天であった。

しかし、陽が――まるで虫喰われたように、欠けている。

「蝕だ」

誰かがつぶやくと、甲高い悲鳴が上がった。

「その通り。いずれ日輪は、陰に喰われて姿を隠すだろう」

天莠が言うと、人々の顔に恐怖の色が伝播《でんぱ》していった。

「なぜ今、このような。なんと不吉な」

「天はもしや、我らにお怒りなのか」

人々は口々にささやき交わし、青くなって中央に座す天莠と静麗を見た。

「どうした。はよう、その女の首を刎ねよ」

静麗は縋《すが》るような視線を意に介さずそう言った。

しかし刑吏は動かなかった。

「養母上、無理をおっしゃいますな。天意に背くことが恐ろしくない者など、どこを探してもおりますまい」

天莠は立ち上がり、すたすたと人の輪の中へ進み出た。

「ご覧ください、こうしている間にも陽はますます欠けていく。この分ではきっと、世は闇に包まれます。あたかも、潘天女が自害する前に起こったという蝕の再現ですね」

「ならば猶のこと、そこな女をはよう殺さねば」

「高才人を殺したとて、天の怒りは鎮まりません。むしろ逆でしょう。刑の寸前に蝕が起きたということは、天はこの処刑にお怒りなのだと解するべきです」

そして、と天莠は言葉を続ける。

「孝巍帝が潘天女を殺めた時も、天は怒っておられた」

人々にざわめきが走る。しかし静麗の表情に動揺はなく、我が子の不明を哀れむように眉をひそめた。

「高祖が潘天女を手にかけた？　天莠、お前は仮にもこの濤国の皇帝だろう。幼き頃よりこの国の歴史について学んでいるはず。孝巍帝の生涯については、初めに教えられるだろうに。城下の童子でも誤りとわかるようなこと、なぜ口にする。潘天女は濤国のため、自ら命を絶ったのだ。それを殺されたなどと、祖霊に対しあまりに不敬な」

人々も静麗の言葉を肯定するように、不審の目を天蒡に向けた。

「いいえ、養母上。ご存じかと思いますが、潘天女は間違いなく夫である孝巍帝その人に殺されたのです。そして蝕が起きたのは、彼女が死んだ後のこと」

天蒡は懐から二巻の木簡を取り出した。天蒡の持つ建国当時の史書と、奉天廟から借り受けた年譜である。

「たしかに養母上のおっしゃる通りのことが濤国の史書には書かれております。しかし我が雲作城の蔵書楼は、二度燃えていますね。一度目の火事で、保存されていた竹簡木簡のほとんどが失われました。史書もその内の一つです。そして新たに書き記された」

天蒡はぐるりと刑場を見渡した。

「私が日々蔵書楼にこもっていたのは、皆も知るところでしょう。そして偶然二度の大火を免れた建国当時に記された史書が、人目を忍ぶように保管されているのを発見したのです。古い史書に書かれた孝巍帝と潘天女の物語の結末は、私が教えられてきたものとはかけ離れておりました。先ほど述べましたように、潘天女は国を想った末に自害したのではなく、夫の手で殺されているのです」

「天蒡、もうよい。お前の想像の話であれば、この処刑の後にゆっくり聞いてやろう」

皇太后はそう言って、「やれ」とばかりに刑吏に合図した。しかし刑吏は動かず、天と帝とを見比べるばかりだった。太陽の欠けは、ますます広がっているように思われた。

「養母上、話の腰を折らないでいただきたい。つまり、今濤国にある史書は後世に書き換えられたということです。無論、時を経るにつれて変化していったとも考えられます。けれどそれならば、以前の結末を示す書物が一つもないのは何故《なぜ》でしょう？　経年による変化ならば、高祖が夫人を殺したと記す書も、多少は生き残っていてもいいはずです」

天莠は臣下の一人一人に視線をくれたが、答える者はなかった。

「簡単なことです。誰かが故意に書き換えたから、以前の記述を残すものは一つもなくなった。誰かの意図によって闇に葬り去られた。潘天女には自害してくれていなければ困る者、つまり貴母投法を維持せねばならない者の手によって。では、その者とは誰か？」

天莠は刑場の中心——つまり明珠をまっすぐに見た。

明珠は叫んだ。

「かの法なくば、権をその手に収めることが叶わなかった者です！」

天莠は笑って頷くと、視線をそのまま静麗へと向けた。

しかし静麗の顔に未だ動揺はなかった。むしろ優しげに微笑み、稚児に言い聞かせるような口調で言った。

「天莠、知らぬ間にずいぶん作り話がうまくなったものだな。蔵書楼にこもっていた甲斐があったようだ。物語など書いてみてはどうだ？　後宮の女共や、民草を喜ばせるやもしれぬ」

扇の向こうで、静麗の目が三日月形に細まる。この期に及んでまだ、天莠を蔵書楼の主呼ばわりするつもりらしい。

「そして、そこな罪人。誰の許しを得て顔を上げた」

静麗の視線が明珠を射抜く。思わず目を逸らしそうになったが、明珠は顔を伏せなかった。

「誰が許すのかといえば、私が許します。高才人に罪はありません」

天莠は明珠の前までゆっくりと歩み寄ると、縄を解くよう刑吏に促した。刑吏は迷うように静麗を見たが、結局は縄に手をやった。

自由になった明珠に、天莠は手を差し伸べた。明珠はその手を取り、立ち上がって静麗と対峙した。

「養母上、これが作り話であったらどんなにかよかったでしょう。しかし私はすでに旗州は奉天廟にて、彼らの年譜を借り受けております。そこに記された、亶陽にて起こった蝕の日付は明巍五年の十月十日。しかし現在の史書に記されたそれは夏。潘家の象徴たる蓮花が咲き誇った頃と表現されており、盛夏であることは明らかです」

「天莠、たかが廟の記録ではないか。方士とて、人には違いない。間違いを犯すこともあろう」

「いいえ、皇太后様。奉天廟の年譜に誤りはございませんわ」

砂利を踏む音に、皆一様に振り返った。

刑場に着いた一団の先頭にあったのは、春蕾の顔だった。その背後に、数多の学士を引き連れている。おそらくは徐家の者と、それに従う司天官たちだ。春蕾に一番近いところに立つ白い髭をたくわえた老爺は、冠からして司天官令を務めるという叔父だろう。

春蕾は人垣で止まらず、刑場の中央、明珠のそばまで学士たちと進み出た。

「陛下に、蝕の日付の齟齬《そご》について進言したのは私です。私と、ここに揃った司天官の首を賭けて申し上げます。史書には改竄《かいざん》前、改竄後のどちらにも、『陽はすっかり消えてしまった』とあります。つまり考えられるのは皆既蝕もしくは金環蝕のみ。亶陽で観測できるいずれかの蝕は、明巍五年の十月十日に起こった金環蝕に間違いございません。少なくとも、蓮花の咲く季節ではあり得ないのです」

静麗の目が平らになり、そこに蔑《さげす》むような色が現れる。

「徐夫人、お前のように高貴な娘が、刑場などに足を踏み入れるものではない」

「私などよりはるかに貴い身でいらっしゃる皇太后様がこちらにおられるというのに、私ごときが何をためらうことがありましょうか」

春蕾はいつものように微笑みを浮かべてはいたが、その頬は強張っているように思えた。

静麗が鼻を鳴らす。

「濤の司天官はいつから斯様《かよう》に質が落ちたのか。嘆かわしいことよ。この場に集った者を罷免しては、ほとんど全員を挿《す》げ替えることになろうな。しばらくはまともに機能しないやもしれん」

春蕾がもう一度何か言おうとしたが、それまで唇を結んでいた司天官令が姪を庇うように前に出た。

「畏れ多くも申し上げます。免官の沙汰を頂く必要はございません」

「そうか。自らその地位を退くと申すか」

「いいえ。先ほど徐夫人様が首を賭けるとおっしゃられましたように、我らは割り出した金環蝕の日取りに絶対の自信を持っております。数日の前後は可能性として残りますが、季節までずれ込むことはあり得ません」

「その、絶対の自信とやらの根拠はあるのか？　まさか徐家の邸に積み上げられた古臭い書物がそれというわけではあるまいな」

「もちろんです。我らは本日のこの蝕を、あらかじめ予測しておりました」

静麗の喉が、奇妙な音で鳴るのを聞いた。

「陛下に高才人の処刑の日取りを本日この刻にと進言した卜者は、徐夫人様でございます。潘天女様が身罷られた日を再現するにはもってこいであろうと。蝕は天意を表すと申しますが、すでに我らはその日取りを読むことができるのです。いかがでしょうか、皇太后陛下。これが我らの自負の根拠となりますでしょうか」

静麗の眉間に皺が現れた。刑場にて初めて、いや、明珠が知る限り静麗の顔に初めて滲んだ陰りだった。

「養母上、もうおわかりでしょう。退くのは彼ら司天官ではない。貴女です」

しかし天莠の言葉に、静麗はまだ笑ってみせた。

「天莠。史書にある蝕の日付が違っていたところで、なんだというのだ？　私に何の咎があろうか」

静麗は言葉を継ごうとしたが、新たな客人の訪問によって遮られた。

彼らはゆっくりと、しかし確実な足取りで、人の輪をかき分けて御前へとやって来た。

現れたのは、紫露と彼女に寄り添われた天華、そして白餅を抱き俯く郭慈だった。その後ろには子建と、部下である宦官たちの顔も見える。

さすがに静麗の顔色が変わった。

「陛下、遅くなりまして申し訳ありません」

子建が拱手すると、部下たちもそれに倣った。

「うん。でも間に合ったから、まあいいよ」

天莠と子建の会話など聞こえないかのように、郭慈の姿をみとめた静麗は眉を吊り上げた。

「郭慈お前、ここでいったい何をしている」

肩を震わせた彼女を庇うように、天華が一歩前に出た。

「養母上、誤解です。私に天華のことを報せたのは郭慈ではありません」

「私が問うておるのは、そんなことではない。なぜ我が娘を、このような血で穢れた場所へ連れてきたのかということだ。天華の病が重くなったらどうする。あのように苦しげにして、なんと哀れな」

「ここへ来たのは、天華の意志です。それに哀れというのなら、子を長らくひとところに閉じ込める方が余程哀れではありませんか」

何が言いたいと問うような視線に、天莠は薄く笑って答えた。

「養母上。猫は人と違い、閉じ込めたとてどこかから邸を抜け出すもの。そしてこの白餅は聡《さと》い猫です。他の誰でもなく、あの夜後宮を訪れた私の足元にすり寄ったのですから。誰の元へ行けば主人を助けることができるか、獣ながらきちんと判じていたのでしょう」

まるで天莠の言葉がわかるかのように白餅は郭慈の腕から飛び降り、静麗の前を素通りしたかと思うと、天莠の前で腹を出して寝転んでみせた。良い子だと、天莠は屈み込んでその毛並みを撫でた。

「この猫がすべて教えてくれました。首に巻いた布に、紫露が真実と、居場所をしたためてくれましたから」

天莠の手で揺れたのは、たしかに明珠が袖を破った紅の布だった。そこに、紫露の流麗な文字が見える。

「それで子建の部下たちを、紫露の邸と子建のいる牢へ向かわせました。私が今の今まで彼らを使わなかったのは、何のためだと思われますか？　貴女に悟られないためですよ、彼らが私の側にあると」

天莠の話を黙殺し、「紫露」と静麗は猫なで声で姪の名を呼んだ。紫露はぎゅっと裙を握りはしたが、顔を上げなかった。

「紫露、お前、いったい何を仕出かしたんだい？　正直に話してくれさえすれば、今ならまだ怒らないよ」

「無駄ですよ。紫露が貴女に背くというのが、どれほどの覚悟あってのことかおわかりになりませんか」

天華、と天莠は呼びかけた。天華は、よろめきながらも前に出た。

「話せるね？　すべて」

「……はい。兄上」

周囲にざわめきが広がる。天華の声は、はっきり男のそれと聞こえるほど低いものだった。普段は無理に喉を締め、高い声を出していたのかもしれない。

「天華。このようなところ、お前のいるべき場所ではない。はよう邸に戻りなさい」

静麗が叫んで天華の元へ歩み寄ろうとしたが、子建の部下たちに阻まれ、その場を動くことができなかった。

　天華は一つ息を吐くと、顔を上げて目の前を指差した。その先にいるのは、母である皇太后であった。

「陛下にご奏上奉ります。そこな女と私めは、世を謀った大罪人にございます」

　天華はそう言うと、上衣を剝ぎ取った。衆人たちが息を呑む。天莠も目を見張ったように思えた。伝え聞いてはいたが、実際に目にするのは初めてなのだろう。

「ご覧になられた通りです。我が肉体こそが罪の証、ここに集った者すべてが、我らの罪の証人となるでしょう」

　天華はその場に両膝を突き、首を垂れた。

「私は生まれてから今日まで陛下と世人、そして天を欺いて参りました。それだけに飽き足らず……後宮に身を置いたのをいいことに、陛下の妃に懸想いたしました。あの方に罪はございません。ただ、この化物の目に留まってしまったお可哀想な方です。私の身には、毛ほどの温情も請いません。ですがどうかあの方には……どうか。どうか寛大なるお心をお見せくださいますよう、平に願い申し上げます」

　天華は地面に額《ぬか》づき、告げた。

「私とそこな女の罪は明らかです。これ以上、世にあっても害を為すのみ。肉親だとて、聖眼を曇らせることがございませんよう。どうか濤国のため、英明なるご処断を」

静麗が、絞められた鳥のような甲高い声を上げた。悲鳴と呼ぶのが相応しい声だったかもしれない。

中天の陽はすでに半分ほどが欠けており、辺りは夕暮れのように薄暗かった。

「捕らえよ」

天莠の声に、宦官たちはしばし躊躇《ちゅうちょ》した。けれど子建が真っ先に走り出すと、それに続くように皆動き出し、静麗と天華の身柄を確保した。

天華は身じろぎ一つすることなく縄についた。

静麗は怒りの声を上げはしたが、女一人の力で宦官たちを振り払えるはずもなく、剣を首元に当てられるとおとなしくなった。十数年間、女帝として君臨した女にしては呆気なさすぎるほど呆気なく、その身は地に伏せられた。

明珠はまるで夢の出来事のように事の成り行きを見守っていたが、ふらふらと進み出た。

顔を上げた静麗は、「私を笑いに来たか。忌色の才人が」と明珠を睨んだ。

「いいえ。一つだけ、お訊きしたいことがございます。なぜ貴女は、権を欲したのですか。皇后や皇太后の位は、濤国で最も貴い女人に与えられるものです。なぜそれに飽き足らなかったのですか」

静麗は目を合わさずに言った。

「言っただろう。あまりに遠い、昔のことだ。そのようなこと、とうに忘れた」

いつの間にかそばに来ていた天莠が明珠の体を支え、口を挟んだ。

「もはや貴女が罪から逃れる術はありません。心残りがないよう、すべて話されておいた方がよろしいでしょう」

「天莠、今日のお前はずいぶんとよく喋る。幼い頃からずっと、私に従順な可愛いお人形だったというのに。いったいどうしたのだ？　後宮の女たちの前で、今さら良い格好がしたくなったか？」

「安い挑発など、養母上らしくもありません。そのように見苦しい姿で、皆の記憶や史書に残りたいのですか」

静麗はしばしの沈黙の後、つぶやいた。

「……そうか。私も死ぬのか」

天莠は否定しなかった。

そうか、と静麗は繰り返した。状況に似つかわしくない穏やかな顔が、明珠と天莠の方を向いた。

「では、教えてやろう。最初は怒りだった」

「……怒り？」

「そうだ。入宮したばかりの若い私が感じていたのは、確かに怒りだった。なぜ帝に嫁いだばかりに、死に怯え続けねばならぬのかと。死籤など、誰も引きたくはない」

「何を言うのです。貴女は、かの法の存続を望んだはずでしょう」

明らかに矛盾している。貴母投法を存続するために手を尽くしていた皇太后が、その法を憎んでいたとでもいうのか？

「なんだ、意外か？　私とて、最初は皇后でもなんでもない、後宮の女の一人にすぎなかった。だから怯え、怒った。喜ぶべきはずの懐妊をなぜ恐れねばならない、なぜ貴母投法など罷り通ると、若い私は憤っていた」

今のお前と同じように、と静麗は言った。口の端は持ち上げられていたが、明珠を侮るような笑い方ではなかった。何かを諦め、諦めた己を嗤うような顔だった。

明珠は静麗の言葉を振り払うように、強く頭を振った。

「私と貴女が同じはずなどない。それが真実だとしたら、なぜ、貴女は」

「最後まで聞け。だからいずれ私が権力の座に就けば、あのように馬鹿げた法を取り除けると、そう思った。思っていた。けれど長く続く法を廃すほどの権を得るためには、貴母投法が必要だった。帝をなだめすかして皇后の座に就くだけでは足りなかった。誰かほかの妃の皇子を掠め取り、後見に立たねばならなかった。だから私は、いずれ必ずかの法を滅ぼすと誓いながら、天莠の母を見殺しにした」

私はね、と静麗は天莠に顔を向けた。

「お前の母のこと、それなりに気に入っていた。気が強くて美しく、三家の出でもないくせに、愛されて当然という顔をいつもしていた。身分もわきまえず、私にもよく嚙みついた。殺してしまうのは惜しかったな。孕んだのが別の女ならばよかったのにと、そう思うくらいには」

天莠がかすかに身じろぐ。

惜しい、と静麗は明珠を捕らえた時にもそう言った。あの時は、挑発と嘲りの言葉としか思えなかった。しかし今は、この女は本心からそう思っていたのではないかという気がした。

「けれど、あの乱が起きた」

静麗の両目が、明珠の襦裙を映して赤く染まる。

「多く死んだな。乱の鎮圧は迅速とは言えなかった。それというのも、幼帝であった天莠と後見の私を侮る者が多くいたからだ。私が権の座に就いて数年、当時の朝廷はまだ万全ではなかった。いたずらに私の言葉に反し、議論を長引かせるだけの者、あまつさえ乱の当地からの報告を私に上げぬ者さえいた。何を決めるにも長い時を要した。やっと下した命は亶陽にさえ行き届かず、地方など言うに及ばずという有様であった。そして乱がようやく下火となったとみるや、官吏は後始末を放り出して己の権を拡大することにのみ汲々とし、州令は乱で荒れた土地から税が取り立てられぬことを嘆くばかり。朝廷の愚昧でどれだけ国が荒れたかなど、想像することさえない。

つくづく嫌気が差した。最初から我が命を忠実に聞く周家の者だけが要職に就いておれば、あれほど悲惨な乱とはならなかったはずだった。だから私は、更なる権を欲した。貴母投法を用いて玉座に近付いた私がそこに居続けるためには、結局は貴母投法が必要だった。法を排除すれば、私が権の座に就いている根拠も失う。私は初心を忘れた。忘れることにした。己の為すことに、疑念や罪の意識を捨てた。あの乱が私に教えたことは、朝廷が迷えば迷うだけ人は多く死ぬということだ。あれほどの人死にに比べれば、妃の一人や二人など物の数に入らん」

「それは、因果が違います。あの乱が起こったのは、貴女が周家の者を多く要職に就け、賄賂がはびこったことに端を発したはずです」

静麗は溜息を吐いた。呆れが滲んだものではなく、「若輩者はこれだから導いてやらねば」と嘆息するようだった。

「確かに私は皇后の座に就くために、方々に媚びを売った。無事にその座に就くことのできた暁にはと、官職を約したこともあった。だが、能力を見込んだ者にしか声をかけなかった。官位に似合わぬ凡夫など、最初から用はない。私が使えると判じた者を集めた結果、周家の者が集っただけだ。それを愚か者共が金で、よりにもよって民の懐で購おうとした。その愚行にさえ、私は責を負わねばならんのか？」

明珠は言葉に詰まったが、天蕎は静かに頷いた。

「もちろんそうです。貴女は嘘は言っていないのでしょう。けれどそれは、真実でもない。貴女にとっての『使える者』が周家に偏ることなど、自明の理ではありませんか。権を争う他の二家より、同じ血を分け合う係累の方が、ずっと話が通りやすいに決まっている。皆、貴女の話に頷きさえすれば栄達を約束されると信じているのですから。けれどそうやって周家ばかりを重用すれば、不満が出るのも当然のこと。貴女ほどの方が、それを予想できなかったはずもない。もし本当に気付かなかったというならば、貴女は己で己に思い込ませていたのでしょう。『私はこの座に居続けねばならない、だから多少の事は仕方ないと』」

天華はすっと屈み込み、静麗と視線を合わせた。

「養母上——いえ、周静麗。どれだけ取り繕おうと、貴女は権に溺れたのです。お可哀想な方だ。真の望みさえ忘れて、ただ力に魅入られた」

静麗はしばし、虚を突かれたようにぽかんと天華の顔を見ていた。

そしてややあって、笑い出した。喉を震わせて笑う声は、目を閉じれば、まるで泣いているように聞こえたかもしれない。

「天華、お前は正しい。お前は私を殺すのだろう？　だが私が死ねば、朝廷は荒れる。周家をこれよりどう扱う？　許せばほかの二家が反発し、処断すれば要職のほとんどが空席となり、政は立ち行かぬ。その苦境に身を置いて、お前はこの母のようにならぬと誓えるか？」

　天莠はしばし考えた後、首を横に振った。

「先々のことはわかりません。私は仙でも、神でもない。私にできることは、ただ今この時に信ずる義に従って行動することのみです。貴女のようにならぬと……」

　誓うことはできない、と言葉は続くはずだった。

「誓えます！」

　けれど天莠が言いきる前に、明珠は叫んだ。

「貴女が変わってしまったのは、乱のせいではないわ。誰も信じず一人で立ち、一人で戦うことを選んだからよ。陛下は違います」

　明珠は春蕾を、子建を、紫露と天華を、そして天莠を見た。

「陛下は誰も信用できない中にあっても、それでも己の望みを打ち明けてくださいました。陛下は貴母投法を廃すことを、『私の望み』ではなく『我らの望み』とおっしゃった。もし陛下が道を踏み外すことあれば、私がお諫めします。私が側にいなければ、他の誰かがその役目を果たすでしょう。だから陛下は、貴女と同じ轍《てつ》は踏まれません！」

　天莠と静麗は、揃って明珠の顔を見た。血の繋がりなどないというのに、その表情は不思議と似通っていた。天莠の口元が静かに引き上げられ、そこから笑いが漏れた。

「やはり商家の娘だな。よく舌が回る」

静麗もまた、笑っていた。

「そして綺麗事だ。良い面しか語らぬ。物売りの口上と同じだ。だが」

静麗は天を見上げた。欠けた陽を目を眇めて眺める。目尻に皺が寄り、静麗の美しい顔を、歳以上に老け込んでみせた。

「口のうまい商人だ。私もあの女を死なせるのではなく、共に抗ってみればよかったのかもしれないと、一時《いっとき》そう思わせられる。きっと法を覆すことはできなかっただろう。けれどそうしていれば、たとえ死ぬことになったとしても、今の私のように一人ではなく——少なくとも、二人で死ねただろう」

静麗が首を横に振ると、髪に挿された歩揺が音を立てた。

「だがそれは幻だ。私には、今日まで生きてきた道だけがある」

言い終えたかと思うと、静麗は己を捕らえた宦官が手にした剣を握った。

制止する間もなく、彼女は刀身に首元を預けた。

ただの一瞬だった。

白い喉元から血が噴き出すのを、その場の皆が見ていた。

宦官の手から、剣が落ちる音がした。

陽はとうとう周縁に金環だけを残し、完全に欠けた。

辺りは闇に包まれた。長く、誰も声を上げず、動きもしなかった。

明珠も身動きがとれず、ただ天莠を見た。

ははうえ、とその唇が動いた気がした。

死した実母に、悲願が叶うことを報せたのだろうか。あるいは、今まさに死んでいった養母に呼びかけたのだろうか。

明珠には知りようもなく、また知るべきではないことだった。

子建たち宦官が松明を灯すと、天莠が落ちた剣を拾い上げ、それを地に刺して言った。

「皆聞け。勅命である。貴母投法は、今日をもって廃す」

声すら上がらず、ほう、と溜息だけが人々の口から漏れた。

永久にすら感じられる時が経った頃、再び太陽が顔を覗かせた。薄明かりに照らし出された地上には、伏した女の亡骸だけがあった。

明珠はそっと赤い上衣を脱ぎ、女の遺骸にかけた。

# 終章

「春蕾様には、見えていらしたのですか？　去年の桃花の宴で占ったあの時、すでにこうなることが」

春蕾が一人の女の死を予言した桃花の宴から季節は一巡りし、庭園は再び桃の花の盛りを迎えていた。

昨年、女たちの中心に座していた皇太后の姿はない。

彼女は罪人として死んだ。雲作城の者たちが喪に服すこともない。宮廷行事の数々は暦どおりに催され、季節は進んでゆく。

桃花の宴も、今年は春蕾の主催で滞りなく執り行われていた。

明珠の席は、今は才人たちのそこにはない。三夫人たる春蕾の隣に、その席は設けられている。位は今や才人ではなく、九嬪に数えられる淑媛である。皇太后の罪を暴くことへの功労への褒美として、望外の昇格を遂げたのだ。邸を与えられ侍女の数も増え、明珠の暮らしは急激に変わった。

　しかしそれでも、身に着けるのはかつてと変わらず紅花染めの真っ赤な襦裙である。

　春蕾は「そうねえ」と言葉を濁し、はらはらと舞い落ちる花弁を目で追った。

　たしかな返事はもらえないのだろう。半ば諦めて明珠が茶菓に手を伸ばすと、莉莉がすかさず茶を新しいものに替えてくれた。ありがとう、と微笑んだところで、予想に反して春蕾は口を開いた。

「占いの結果はね、常に変わるものなのよ」

「そうなのですか？」

「ええ。私にできるのは、その時に見えたものを写し取ることだけ。その後に枝分かれしていく未来をすべて見通すことなんて、どれだけ優れた卜者にもできないわ」

　それは天だけがご存じのこと、と春蕾は空へと顔を向けた。そこには薄ぼけたような青色が、一面に広がっている。

「つまり、あの時点では死の予兆が出ていたのは皇太后ではなく、別の方だったということですか？」

　春蕾は空から視線を明珠に戻し、にっこりと微笑んだ。

「私は運命を変えたかったの。そうでなければ、占卜を習得した意味もないと思った」

　春蕾の柔らかな指先が、明珠の頬に触れる。

「冥府のお役人も、存外にお優しいものね。鎖に繋ぐ人数が変わらなければ、連れていくのは誰でもよかったのかしら」

「それは……」

どういう意味でしょう、と言いかけた明珠の唇に、春蕾は人差し指を押し当てた。

「あなたが生きていてよかったわ。私からは、それだけよ」

その時、背後に誰かが立つ気配があった。

「陛下もそう思われますでしょう？」

春蕾の言葉に振り返ると、そこには子建と——天莠が立っていた。

「なんだ、気付いてたの？　驚かせようと思ったのに」

舞い散る桃花が、天莠の輪郭を仄かに赤く染めていた。

束の間、呼吸を忘れる。

天莠には、長く会っていなかった。静麗が死んだとはいえ、周家の人間や、彼女が任官した官吏たちは多く朝廷に残っている。罪に関わった者とそうでないものを見極め、罷免する者が出れば後釜を探して登用する必要があった。すべての者を一斉に処断すれば政務の滞りが避けられぬため、混乱への対処は長引いている。膿《うみ》を出し、その傷口がふさがればまた別の場所から膿を出し、その繰り返しだった。

そんなわけで近頃の天莠は、ずっと政務に追われていた。

直にその顔を見るのは、実に例の刑場以来のことだった。

「おいでにならないとおっしゃられたのに」

春蕾はくすくす笑いながら立ち上がった。

「私はお邪魔でしょうから、席を外しますわ。どうぞごゆっくり、久方ぶりの逢瀬をお楽しみください」

ほら陳殿も、と春蕾が子建を手招く。

「春蕾様、そのようなお気遣いは不要です」

しかし春蕾は明珠の言葉を意に介さず、ひらひらと蝶のように手を振るばかりだった。子建は迷うように天菁と春蕾を見比べていたが、やがて一礼して春蕾の元へ歩み寄った。

「明珠、また邸に招くわ。積もる話はその時にしましょう。それでは陳殿、参りましょうか。さぞお疲れでしょうから、今日くらいは羽を伸ばしてくださいね。美酒もたんと用意してございますよ」

「いえ、陛下のご苦労に比べれば私など――」

二人の話し声が遠ざかっていくと、春蕾がいた場所を埋めるように、天菁が腰を下ろした。

久しぶりで緊張しているのか、体が強張る。話したいことも訊きたいことも山ほどあったはずなのに、言葉が出てこない。

天菁も何も言わないので、鳥たちのさえずる声ばかりをしばし聴いていた。

「あの二人は、今朝旅立ったよ」

やっと口を開いた天莠はそう言った。明珠は思わず天莠の顔を見た。

「そんなに悲しそうな顔をするものじゃないよ。二人にとっては、新たな門出だ」

「わかっています。……喜ばしいことですわ」

明珠は三夫人の席に目をやった。「三」夫人というものの、今はそこに潘翡翠の席はない。彼女は死んだ。産褥《さんじょく》によって、生まれた子ともども息を引き取った。鳳天華もまた、実母の謀略による心労と長年の病がたたり、軟禁された自邸にて身罷った。

そう、公には記されている。

「心配しなくていい。二人のことは、胴押殿が責任をもって面倒見ると請け負ってくださった」

「私も、せめて見送りに行きたかったです」

史書は常に真実を語るわけではない。

明珠はすでにそれを知っている。

潘翡翠と鳳天華は、天莠の計らいによって旗州に旅立った。彼らの子も死んではいない。赤子と、侍女の郭慈も共に野に下った。彼らは胴押の庇護《ひご》の下、奉天廟の有する土地で暮らすことになる。

「きっとまた会えるよ。奉天廟には、年譜を返しに行かないといけないし」

「ですが、天華様はともかく……潘夫人様は、私に会ってくださるでしょうか」

翡翠とは結局、苦い別れ方をしたままだ。おそらく翡翠が一番苦しんだだろう時に、明珠は側にいることができなかった。その苦しみの一端を示してくれた時にも、ただの心労による幻覚だと決めつけた。翡翠の見た幽鬼は「本物」だったというのに。

「心配ないよ。二人が子供に付けた名前、なんだと思う？」

「名前ですか？　なんの手がかりもなくては見当もつきませんわ」

貸してごらん、と天蓁は明珠の手を取り、掌をなぞって文字を書いた。

なぞられた文字は、「天」、そして「珠」。

「鳳家の血筋を示す『天』と、それから『珠』。言うまでもないけど、君の字だ。これで君は、いつでも二人と共にある」

つんと、鼻奥が痛んだ。明珠を呼ぶ天華や翡翠の声が、耳に遠く蘇る。

「わあ、泣かないで。大丈夫だよ、寂しいことなんかないんだ」

「そうよ、寂しいわけがないわ」

いつの間に忍び寄っていたのか、紫露が天蓁の隣からひょこりと顔を覗かせた。

「紫露様……」

いつぞやの意趣返しのつもりなのか、紫露は明珠にさっと赤い手巾を差し出した。有難く拝借し、涙を拭う。

叔母である静麗が謀反の罪で死に、連座によって紫露の立場も危ういものだった。しかし天莠は紫露も己と同じように静麗の傀儡であったとし、罪に問わず三夫人の座に留め置いた。

「潘夫人には、白餅の子を特別に一匹あげたのだもの。いくら天華様もご一緒だとはいえ、大切な白餅の子をよ。やっぱりどうかしていたかしら」

「白餅様、ついに御子をお産みになったのですか」

「ええ。子猫は今が可愛い盛りだから、明珠も見に来るといいわ。白餅は育児にかかりきりで、ちっとも私と遊んでくれないし」

紫露は上目遣いに天莠を見た。

「徐夫人は遠慮したようだけど、私はいたしませんわと申し上げたいところだけれど。感謝なさい、明珠。私が自ら身を引くことなど、これが最初で最後よ」

紫露は憤然とそう言うなり立ち上がり、「徐夫人、私を占ってちょうだい。去年のような不吉なものはなしよ。どんな結果が出ても、最高の運勢だと言いなさい」と春蕾たちの方へ歩み寄って行った。その後を、侍女たちが裙の裾を揺らして追っていく。

明珠は思わず微笑んだ。去年の春には、あり得なかった光景だった。去年の春とは、何もかもが変わった。宴の中央に座す人からして違うのだ。

明珠はあらためて天莠の顔を見上げた。数か月見ない間に、ずいぶん大人びた気がする。

この風貌では、もう少年とはとても呼べない。寂しいような、胸の奥がこそばゆいような心地がした。その感情をごまかすように、明珠は言った。

「それにしても、まさか長公主様が男性とは思ってもみませんでした。お顔を見てさえ、あまりにお美しくて」

「え、気付いてなかったの？　私は最初からそうじゃないかと睨んで君を送り込んだんだけど」

　は、と明珠は天莠を見た。

「そのようなこと、一言もおっしゃらなかったではありませんか」

「あれ、言ってなかったっけ」

　へらりと笑った顔が憎らしいやら、己の鈍さが恥ずかしいやらで、明珠は顔を伏せた。

「ごめんごめん、機嫌を直しておくれ。冗談だよ。久しぶりなのに、天華たちの話ばかりだからついね」

　体を揺すぶられ、明珠は顔を上げる。

　ふと、天莠の前髪に花弁が舞い降りた。思わず伸ばした明珠の手を、天莠が摑む。

「陛下、花弁が」

「いいよ。そのままで」

　天莠は明珠の手を握ったまま離さなかった。

胸が苦しい。息を吸おうとしても、肺の腑は桃の香に満たされるばかりで、ちっとも息が楽にならなかった。

天莠の手が明珠の頭に添えられ、肩に寄りかかるよう導かれる。

「奉天廟では君の膝を借りたからね。お返し」

明珠は早鐘を打つ鼓動を聞きながら、それでも頭を天莠の肩に預けた。

天莠の温度がそこにあった。仄かに温い春の陽の中にあってなお、その体は温かかった。

「綺麗だねえ、明珠」

「ええ。とても」

陛下、と答えようとして、明珠は天莠が己の名を呼んだことに気が付いた。

いつかの夜にした約束を思い出す。あれは、尚懐宮を訪れた二度目の夜だったか。今ではあの夜は、はるか遠い過去に思える。

「とても美しい春ですわ。……天莠様」

明珠は温もりを己の内に閉じ込めるように目を閉じた。

桃花の香と楽と、遠くさざめく女たちの声、そして天莠の気配だけがそこに残った。

明秀十五年、夏。

時の皇帝、高皇后を冊立《さくりつ》す。

才人として後宮に入った女を皇后に立てたのは、濤の歴史において唯一この孝秀帝のみである。

高皇后は冊立の儀に際しても、その代名詞といえる紅花染めの衣を身に着けていたと伝わる。紅花は、皇后の故郷旗州の名産であった。帝の寵厚い皇后の身に着けるそれを、後宮の女たちは皆真似た。そしてそれはやがて亶陽の女たちに広がり、地方へと波及していった。当時はどこへ足を延ばしても、紅の衣を見ない街はないほどの流行ぶりであった。

かくして紅花は、旗州に再び富をもたらした。いつしか旗州名産の紅は、高皇后の名である明珠の字を取って珠紅と呼びならわされた。

後宮で自ら商いを行ったという逸話を持つ彼女について、しかし史書が語ることは多くない。才人という低い身分から皇后にまで昇ったこと、夫である孝秀帝を亡くして一年の後、後を追うように息を引き取ったことのみである。

奉天廟の年譜には、もう少し詳しい。

高皇后が身罷ったその日、その死を悼み涙を落とすかのように、日輪がわずかに欠けたとそこに記される。

## 主な参考文献

・『北魏道武帝の憂鬱　皇后・外戚・部族』田余慶著　田中一輝・王鏗訳　京都大学学術出版会
・『中国儒教社会に挑んだ女性たち』李貞徳著　大原良通訳　大修館書店
・『東アジアの後宮』伴瀬明美・稲田奈津子・榊佳子・保科季子編　勉誠社
・『中華料理の文化史』張競著　ちくま文庫
・『中国の神獣・悪鬼たち　山海経の世界』伊藤清司著　慶應義塾大学古代中国研究会編　東方書店
・『中国の歴史6　絢爛たる世界帝国　隋唐時代』氣賀澤保規著　講談社学術文庫

光文社文庫

文庫書下ろし
後宮《こうきゅう》に紅花《べにばな》の咲《さ》く　濤《とう》国《こく》死《し》籤《せん》事《じ》変《へん》伝《でん》
著　者　氏《うじ》家《いえ》仮《か》名《な》子《こ》

2024年9月20日　初版1刷発行

発行者　三　宅　貴　久
印　刷　新　藤　慶　昌　堂
製　本　ナショナル製本

発行所　株式会社　光　文　社
〒112-8011　東京都文京区音羽1-16-6
電話（03）5395-8147　編　集　部
8116　書籍販売部
8125　制　作　部


ISBN978-4-334-10416-0　Printed in Japan



組版　萩原印刷